SOUVENIRS

D'UN PRISONNIER

D'ABD-EL-KADER.

Paris. Typographie de Henri Plon, imprimeur de l'Empereur, rue Garancière, 8.

CH.GAILDRAU   L.DEGHOUY.

LE HUSSARD TESTARD.

SOUVENIRS

D'UN

PRISONNIER

D'ABD-EL-KADER

PAR

HIPPOLYTE LANGLOIS.

OUVRAGE ILLUSTRÉ DE DOUZE DESSINS TIRÉS A PART.

PARIS

HENRI PLON, IMPRIMEUR-ÉDITEUR,

RUE GARANCIÈRE, 8.

1859

A Monsieur le général COURBY DE COGNORD,

Général,

Quand j'ai eu l'honneur de vous voir, vous m'avez autorisé à écrire votre nom en tête de ces SOUVENIRS, en témoignage de la vérité des faits.

Ce nom, qui a été la providence des prisonniers d'Abd-el-Kader, sera providentiel encore pour le livre.

Veuillez agréer, Général, l'assurance de mon profond respect.

Hippolyte LANGLOIS.

TABLE DES CHAPITRES.

FIN DE LA TABLE DES CHAPITRES.

SOUVENIRS
D'UN PRISONNIER
D'ABD-EL-KADER.

CHAPITRE PREMIER.

ISLY.

Après les émotions du tirage au sort et de la révision, arrivait l'époque fatale où la feuille de route allait me forcer à quitter le foyer paternel.

Un de mes amis d'enfance avec lequel j'avais partagé les travaux des champs, chassé les lapins en maraude et vécu presque d'une vie commune dans notre village de Chanéac, Courcial, dont j'aurai plus tard à dire des choses si navrantes, se trouvait dans la même position.

Le conseil apparemment n'avait pas cru devoir nous séparer dans le malheur, et nous avait déclarés bons pour le service.

Chaque jour donc nous guettions le facteur de Saint-Martin-de-Valamas, et nous nous demandions si l'administration militaire, plus indulgente que le conseil de révision, voudrait bien nous incorporer dans le même régiment.

Nous demeurions porte à porte, et il nous semblait

1

que rien au monde ne pouvait nous désunir. Dans notre malheur, c'était encore une consolation pour nos familles et pour nous de partir ensemble le même jour, à la même heure, et d'aller continuer au régiment la vie commune que nous menions à Chanéac.

Courcial était une de ces natures énergiques, résolues, qui ne doutent de rien. Il avait maintes fois donné des preuves du courage le plus déterminé. Avant le tirage, il avait toujours manifesté le désir de porter l'uniforme, et promettait de quitter le village en chantant.

Mais à mesure que l'heure du départ approchait, sa résolution s'envolait en fumée; sa gaieté disparaissait, la tristesse envahissait sa belle figure martiale.

Avait-il le pressentiment des infortunes que lui réservait un prochain avenir?

Je l'ignore, mais le pauvre camarade me disait souvent tout bas, en hochant la tête, qu'il allait abandonner les bois et les montagnes de l'Ardèche pour ne plus les revoir.

La pensée de quitter sa mère surtout lui faisait, à lui que je n'avais jamais vu pleurer, verser des larmes qu'il dissimulait pour ne point affliger sa famille.

Notre feuille de route arriva le 9 ou le 10 août 1841, et nous dûmes préparer notre départ pour le 13.

Outre que c'était un mauvais jour, la feuille de route nous séparait sans retour.

Courcial était désigné pour le 2ᵉ hussards, en garnison à Dôle; moi, c'était pour le 14ᵉ d'artillerie, qui se trouvait à Valence.

Nous nous rendîmes à Privas, notre chef-lieu départemental, escortés de parents et d'amis, comme c'est l'usage. Une fois que le bruit du départ se fut apaisé et que nous fûmes seuls, nous nous embrassâmes comme deux amis qui vont prendre des routes opposées.

Mais à ce moment une même pensée nous arriva :

— S'il était possible de nous faire incorporer dans le même régiment !

Peu nous importait d'aller aux artilleurs ou bien aux hussards ; l'important était de rester unis.

Je fis quelques démarches à Privas, sans trop compter sur le succès ; mais l'affaire alla comme sur des roulettes, et je fus désigné pour les hussards de Dôle.

Nous partîmes bras dessus, bras dessous, en criant : Vive le roi !

A dater de ce moment, Courcial reprit son entrain habituel et n'eut plus une minute de tristesse. Il ne songeait qu'au bel uniforme que nous allions revêtir, au cheval qu'il allait monter, aux parties fines de la garnison.

Il parlait même de l'effet que nous produirions au retour parmi les bonnes gens du village. Six ans, ce n'était pas un siècle !

Pauvre Courcial ! il ne savait pas que, pour lui du moins, c'était plus qu'un siècle, c'était l'éternité !

Ce fut à Dôle que nous apprîmes notre métier de cavaliers et que nous passâmes notre première année de service.

On parlait beaucoup de l'Afrique en ce temps-là.

L'Afrique ressemblait à ces gouffres maritimes qui tournoient en se creusant en entonnoir.

4 SOUVENIRS D'UN PRISONNIER

Une fois qu'un vaisseau est pris par le premier cercle de la circonférence, il tourne, s'approche à chaque tour, et disparaît au centre.

Dès qu'un régiment changeait de garnison et faisait un pas vers le Midi, la marche s'accélérait vers la Méditerranée, et, un beau jour, le régiment se trouvait en Afrique.

Seulement, au lieu de pousser le cri de détresse du marin qui va périr, on saluait cette terre africaine d'une immense acclamation.

Nous, nous étions sur la pente.

De Dôle, nous étions descendus à Béziers.

Puis, de Béziers, nous tombâmes à Port-Vendres et de Port-Vendres à Oran.

C'était en 1844. L'année était orageuse et l'on nous promettait la guerre non-seulement avec l'émir, mais encore avec les Marocains.

On nous poussait à droite, du côté de Lalla-Magrnia, du côté du Maroc.

La bataille d'Isly, à laquelle je pris part avec mon régiment, vint bientôt donner raison à tous ces bruits.

Cette journée fut une fête pour nous tous. Nous abordions l'armée marocaine avec une confiance entière dans le résultat final. Cette confiance a fait en Afrique la moitié de nos succès. Nous y avons éprouvé des désastres depuis trente ans, nous avons donné dans des embûches, le froid et la chaleur nous ont été meurtriers; nous savions tous que la mort, embusquée dans les ravins, sur les crêtes, derrière un buisson, partout, pouvait nous frapper inopinément, l'un ici, l'autre là-bas, mais nous n'avons jamais, même aux plus mauvais jours de notre occupation, douté de notre supériorité sur les Arabes, ni regardé les hommes du désert comme des ennemis sérieux.

On sait quelle fut l'issue de la bataille d'Isly, dans laquelle, pensaient les croyants, nous devions être écrasés jusqu'au dernier.

L'armée marocaine s'ébranla; son général en chef, le fils de l'empereur, au lieu de jeter sur nous ses masses formidables, se sauva de peur en criant que nous étions des diables, donnant ainsi le signal d'un sauve-qui-peut universel.

Tous les burnous pourtant ne suivirent pas l'exemple du prince, et sur certains points le combat prit un caractère sérieux.

C'étaient mes débuts, et je pris goût à la chasse des Arabes, comme, dans mon enfance, j'avais pris goût à celle des perdrix et des lapins.

Cette fois j'étais du moins en règle avec la loi et en paix avec ma conscience.

Je ne fus pas plus héros que mes camarades; je courus avec l'escadron, à droite, à gauche, en avant, partout où nous envoyait l'ordre du *père* Bugeaud.

Je me rappelle cependant que le soir de la bataille, on était un peu débandé.

Comme l'affaire était bien gagnée par nous, on nous laissa poursuivre quelques Arabes entêtés à ne pas reculer trop vite, à fourrager et à chercher de l'eau.

Pour mon compte, je m'étais un peu écarté et je rentrais au trot de mon bon et brave cheval, quand, à cent

1.

pas devant moi, j'aperçus, dans les demi-ténèbres qui étaient arrivées, un cavalier, une monture tout du moins, un je ne sais quoi qui s'en allait boulottant, paisiblement, à pas comptés, sans s'inquiéter des dernières rumeurs de la bataille.

Je ne fus bientôt plus qu'à une dizaine de pas de ce que j'avais remarqué.

La chose marchait bien sur quatre pattes, mais, au lieu de porter un cavalier, elle avait sur le dos un objet très-volumineux qui s'étendait plus en largeur qu'en hauteur.

C'était, ma foi, un bel et bon âne avec un énorme panier sur chaque flanc.

Mais ces paniers étaient pleins, et l'on eût dit, d'où j'étais, une demi-douzaine de bambins dans chacun d'eux.

J'eus l'idée d'une mauvaise rencontre, d'un piége, de je ne sais quoi; mais, un soir de victoire, on ne s'épouvante de rien.

Je chargeai vigoureusement.

Ce qui m'avait paru être des enfants était des pains de sucre jetés un peu pêle-mêle dans des paniers.

La Providence m'envoyait de quoi boire de l'eau sucrée après la victoire!

Pour un naturel du midi de la France, de ces contrées bienheureuses où l'on boit tant et de si généreux vin, ce n'était qu'une demi-consolation; mais j'avais une soif ardente, et, dans ces cas-là, on est moins difficile.

Puis, en fin de compte, c'était une faveur du ciel, qui ne me devait rien de plus qu'aux autres.

J'étais monté et je fus d'abord embarrassé de ma trouvaille; cependant je poussai l'âne devant moi et je me dirigeai tant bien que mal du côté de mon régiment qui se réunissait à quelque distance de là, sur le champ même où la bataille s'était engagée le matin.

Je croisai un cavalier démonté, qui, comme moi, cherchait à rallier son régiment.

Je reconnus Besson, un camarade qui avait eu son cheval tué dans l'affaire.

— Blessé? lui demandai-je avec inquiétude.

— Oui, camarade, mais par... mes bottes.

— Alors je t'offre cette monture, avec sa charge, seulement je réserve de quoi me sucrer un verre d'eau.

— Merci; j'accepte!

Je repris le grand trot pour rentrer plus vite.

Chemin faisant, je traversai des bivouacs où les zouaves et les zéphyrs chantaient à tue-tête, tout en dérangeant les cadavres arabes qui les gênaient.

Besson naturellement était resté fort en arrière.

Il avait d'abord essayé d'enfourcher sa monture, mais les paniers étaient immenses et la position n'était pas tenable.

Comme il était homme de prudence et qu'il tenait singulièrement à la cargaison, il remit pied à terre et se décida, malgré sa fatigue, à prendre l'âne par la bride et à le tirer derrière lui pour accélérer sa marche.

Il traversa les bivouacs que j'avais traversés moi-même; mais, si personne n'avait fait attention à moi lors de mon passage, beaucoup de monde le remarqua, lui.

Il y avait de quoi du reste.

Un hussard qui remorquait un âne, un soir de bataille, était une singulière chose.

Si l'âne n'eût rien porté sur le dos, les bivouacs auraient salué le hussard de leurs quolibets, mais la bête avait des paniers sur les reins, et ces paniers paraissaient chargés au grand complet.

Au lieu de décocher leurs quolibets, zouaves et zéphyrs s'approchèrent furtivement de l'âne et se levèrent sur la pointe des pieds pour reconnaître la nature du chargement.

Besson ne se retourna même pas.

Il s'aperçut seulement que l'âne prenait une allure plus décidée, et obéissait plus volontiers à la traction de son conducteur.

Quand je l'aperçus, à son arrivée, je me hâtai d'aller réclamer une petite part du butin.

Je tenais d'autant plus à ma réserve, que j'avais promis à quelques camarades de partager ma bonne fortune avec eux.

Ce bon Courcial surtout se passait d'avance la langue sur les lèvres.

De la meilleure foi du monde, l'honnête Besson alla aux paniers pour faire droit à ma réclamation.

Je puis dire que de ma vie de soldat je n'entendis jamais juron plus militairement accentué.

Les paniers étaient vides!

Voilà pourquoi les zouaves et les zéphyrs s'étaient levés sur le bout de leurs pieds en gardant le plus profond silence.

Voilà aussi pourquoi l'âne, depuis les bivouacs, marchait si délibérément sur les pas de son conducteur.

Zouaves et zéphyrs lui avaient rendu la démarche
moins lourde en lui enlevant la totalité de sa cargaison.

Cette nuit-là, nous ne dormîmes que quelques heures,
et par intermittences encore.

Les vaincus avaient demandé au *père* Bugeaud le
droit d'enlever leurs morts du champ de bataille ou de
les y enterrer.

Ils se répandirent de tous côtés, sans escorte, comme
de blancs fantômes, et rendirent le suprême devoir de
la sépulture à leurs frères ou les emportèrent sur leurs
épaules.

La journée avait été meurtrière pour ces pauvres
Arabes, et, de si bon cœur qu'ils accomplissent leur funèbre besogne, il était évident que le soleil retrouve-
rait, au matin, plus de la moitié de ceux qui étaient
tombés la veille.

Nous fûmes réveillés avant le jour, et nous aidâmes
les Arabes à ramasser les cadavres, que nous descendîmes dans un ravin, et qui disparurent dans une fosse
immense que des travailleurs avaient ouverte.

C'est toujours le dernier acte d'une bataille, et c'est
le plus triste.

A cette heure-là, les plus indifférents, les plus durs à
cuire ne rient plus.

Quand le jour fut venu, nous partîmes par petits dé-
tachements à la recherche des champs de blé que les
mouvements de la bataille avaient épargnés.

Nos grands sabres, un peu ébréchés sur l'échine des Marocains, nous étaient d'une précieuse utilité.

Avec une faucille nous coupions la moisson; avec le fourreau du sabre nous battions le grain, qui passait immédiatement dans les moulins de campagne, et des moulins au four.

Ce bon pain chaud des camps, il faut en avoir mangé pour en apprécier la saveur!

CHAPITRE II.

LALLA-MAGRNIA.

Des lieux où nous venions de combattre, nous rentrâmes à Lalla-Magrnia.

C'était, à l'époque dont je parle, une simple redoute à l'abri de laquelle nos soldats surveillaient les mouvements de l'ennemi et d'où ils sortaient quelquefois pour le châtier.

Comme nous étions vingt fois plus de monde que la redoute n'en pouvait contenir, on établit un camp qui l'enveloppa de ses vivants replis.

Abd-el-Kader avait probablement revu le Prophète et en avait reçu la promesse d'une prochaine revanche, car nous nous sentîmes comme enlacés par les Arabes, qui venaient effrontément, la nuit, jusque devant nos fronts de bandière pour voir ce qui se passait dans le camp.

L'Arabe tient un peu de la nature des insectes de ses

déserts, qui vous piquent, que vous chassez, qui reviennent encore pour vous sucer une goutte de sang.

Tant qu'on n'a pas tué l'Arabe, il revient à la charge,
comme le moucheron, à cela près qu'il y met infiniment
plus de prudence.

C'est le moustique, plus la raison.

Nous ne dormions que d'un œil. Toute la nuit on
entendait rôder autour du camp, et l'on s'imaginait que
le désert nous avait envoyé des nuées d'hyènes et de
chacals.

On ne pouvait raisonnablement supposer que les
Arabes, si bien corrigés à Isly, osassent reparaître si tôt.

Ce n'étaient pas les réguliers d'Abd-el-Kader, et encore moins les chacals.

C'étaient les irréguliers, les *Bachi-Bozoucks* de l'armée, mêlés aux honnêtes gens du pays, qui venaient
ainsi rôder autour de nous.

On sut bientôt ce qu'ils voulaient.

Quelques-uns d'entre nous, au lever du soleil, ne
retrouvèrent ni leurs chevaux ni leurs armes.

On fit bonne garde dorénavant.

Une nuit, j'étais couché sous ma tente et j'allais m'endormir, quand j'entendis quelques coups de fusil très-
rapprochés.

Puis quelques grognards poussèrent des jurons formidables.

En amateur, j'allai aux informations, et j'appris qu'un
hardi voleur, se hasardant entre nos tentes, au risque
d'être pris vingt fois et fusillé une bonne, avait escamoté
les deux chevaux du capitaine Gentil Saint-Alphonse.

C'étaient, ma foi, deux fort beaux anglais, auxquels le capitaine tenait singulièrement, comme on le pense bien.

Et pendant deux heures, sur tout le périmètre du camp, on entendit de fréqnentes et lointaines crépitations, on aperçut les éclairs de la poudre qu'on brûlait en l'honneur des visiteurs de la nuit.

Il vint de mon côté une fausse alerte qui me remit sur pied comme tous mes camarades; mais, au lieu de rentrer sous la tente pour me livrer aux moustiques qui devaient m'attendre impatiemment, je m'assurai que la capsule de mon fusil était bien posée sur la cheminée, et je me dirigeai vers un buisson, à moins de cinquante pas de ma tente.

Peut-être était-ce une bluette qui venait de me passer devant les yeux; peut-être c'était l'effet d'un brouillard qui passait emporté par une tiède brise, mais il me semblait que j'avais aperçu quelque chose, à quarante pas au delà du buisson.

J'avais apporté au service du pays deux excellents yeux que la chasse, passionnément aimée jadis dans nos montagnes, avait perfectionnés d'une manière fort remarquable.

Cependant les sentinelles n'avaient rien vu; les vedettes, mes camarades, prétendaient que j'avais rêvé.

Je ne m'en cachai pas moins derrière mon buisson, une touffe d'épines qui n'eût pas couvert deux autres hommes avec moi.

Cette heure de ma vie militaire est aussi présente à ma mémoire que si elle n'avait qu'un jour de date.

Je n'en ai oublié aucun détail.

Je me souviens qu'il faisait un magnifique clair de lune qui se perdit peu à peu dans des flots de brouillard.

Ce brouillard, comme je l'ai déjà dit, était fouetté par une brise de mer qui me caressait la figure au passage.

La lune n'apparaissait que par intermittences, et, dans ces rapides instants-là, mon regard sondait la plaine et cherchait l'objet déjà vu.

Il est vrai que de ce côté-là se trouvait un olivier qui pouvait cacher ma vision, mais je voulais en venir à mon honneur, et n'eût-ce été qu'une pierre, je tenais à prouver le lendemain à mes contradicteurs, en leur montrant quelque chose, que mes yeux ne m'avaient point trompé.

J'en voulais surtout à l'olivier.

Il me venait de là, de minute en minute, un bruissement indécis, un vague frémissement que je cherchais à définir.

Tout à coup le bruit devient plus distinct et il me semble que dans l'ombre projetée par l'arbre, une forme à peine perceptible se remue.

Par précaution, j'arme mon fusil, je le passe entre les broussailles, et je l'épaule en visant l'ombre.

J'aurais parié mille contre un que je tenais au bout de mon fusil une de ces bêtes fauves qui viennent rôder la nuit autour des camps.

Je ne voyais pas assez bien l'être inconnu pour tirer; et je tenais singulièrement à ne pas manquer mon coup.

J'attendis encore.

Les coups de feu sur les fronts de bandière avaient cessé de se faire entendre ; la nuit était calme, et les sentinelles, rassurées par ce silence, se promenaient dans le brouillard.

En ce moment j'avais même perdu de vue celles qui veillaient dans mon voisinage.

Profitant de leur éloignement momentané, l'être animé sortit de l'ombre protectrice, marchant sur ses quatre pattes avec une extrême prudence, et se dirigea vers ma droite.

Il avait une teinte blanchâtre que je ne connaissais pas au commun des chacals.

Tant il y a que l'objet approchait toujours en appuyant sur ma droite, et qu'il n'était plus qu'à dix pas de moi.

Sa marche était tellement silencieuse, qu'il eût pu venir jusqu'à mon buisson sans que j'entendisse le moindre frémissement de ses pieds sur le sol.

C'était une bête fauve bien intelligente !

Soudain elle s'arrête et se redresse avec une lenteur accusant un surcroît de précaution.

Un rayon de lune tombe en plein sur elle, et je distingue parfaitement un magnifique Arabe, qui, perché sur le bout de ses pieds et se faisant un abat-jour de ses deux mains, regarde au loin dans le camp français.

Il me tournait presque le dos, et il était à dix pas.

Mon doigt appuya sur la détente de mon fusil, le coup partit, un cri rauque et sourd se fit entendre.

Je sortis de mon embuscade et je regardai.

Mon Arabe, le torse renversé, pressant ses hanches

CH. GAILDRAU

MON DOIGT APPUYA SUR LA DÉTENTE...

(Page 14.)

de ses deux mains, tournoyait par soubresauts sur lui-même.

Puis il tomba sur le sol.

Il avait l'épine dorsale fracassée.

Le cri : Aux armes! retentit sur toute la ligne et le maréchal des logis chef Barbut vint à moi.

— Qui a tiré? demanda-t-il.

— C'est moi, chef!

— Fausse alerte?

— Non pas, chef; c'était un Arabe.

— Manqué?

— Descendu!

— Une gasconnade, mon cher!

— Qu'est-ce? qu'est-ce? vint à son tour demander le capitaine Gentil Saint-Alphonse.

— Un Arabe, mon capitaine!

— Si c'était mon voleur, seulement!

— Je ne sais qui, mais je voudrais bien aller le chercher.

— C'est inutile, ce pourrait être une ruse.

— Mais je l'ai tué!

— On le retrouvera demain.

— Les Arabes l'enlèveront pendant la nuit!

— Il paraît que vous tenez à ne pas perdre le gibier touché. Allez trouver le maréchal des logis de garde, et il vous donnera quelques hommes.

C'était par mesure de prudence que le capitaine me donnait cet ordre.

Nous partîmes, le maréchal des logis Barbier, trois hussards, et moi cinquième.

Au moment où je franchissais les lignes, Caillé, le brave cantinier du premier escadron, me rappela que mon fusil, qui venait d'être déchargé, ne pouvait m'être d'aucun secours; il me donna le sien en échange, et attendit, auprès du capitaine Saint-Alphonse, le résultat de notre exploration.

J'allai droit où l'Arabe était tombé.

—Vous ne dormiez vraiment pas? me demanda railleusement le maréchal des logis.

—Vous ne voyez donc pas ce sang dont la terre est mouillée?

Mes camarades se baissèrent pour examiner la nature de cette flaque que j'avais signalée.

—Est-ce du sang? cria de loin le capitaine.

Pour toute réponse, je ramassai une pierre que je passai sur la terre mouillée, et je la portai au capitaine.

A la lumière du fallot du cantinier, il aperçut le sang qui mouillait le dessous de la pierre.

—C'est vrai, mais il n'a été que blessé.

—Il a eu son affaire!

—Cherchez alors!

Nous ne fîmes pas longue route.

A moins de trente pas de la flaque de sang, mon Arabe, étendu sur le dos, poussa un cri où il y avait plus de rage que de douleur quand, le premier, je le signalai à mes camarades.

Le pauvre diable, héroïque comme ses frères, avait en effet les reins fracassés, et avait essayé de nous échapper en se traînant sur les pieds et sur les mains.

Par un sentiment d'humanité sans doute, un de mes camarades leva la crosse de son fusil pour l'achever.

— Laisse! lui dis-je, il est presque mort. Prends-le par un bras, je vais prendre une jambe.

Nous l'emportâmes ainsi à deux, et nous le déposâmes à la porte de la tente du commandant de Clérambault.

Il expira quelques heures plus tard.

Au jour, le commandant me fit appeler.

— Eh bien, fit-il en me voyant, on m'a dit que tu as tué un lapin cette nuit?

— Oui, mon commandant!

— Tu étais donc chasseur au pays?

— Vous me faites bien de l'honneur, mon commandant. Je n'étais qu'un petit amateur chassant par occasion.

— Je comprends alors que tu n'aies pas voulu perdre ton gibier. Souviens-toi bien d'une chose : autant d'espions tués, la nuit, autour du camp, autant de vingt-cinq francs pour le chasseur.

— Vingt-cinq francs?

— La preuve, la voici !

Et le brave commandant me remit cinq pièces de cinq francs.

Onze ans plus tard, j'ai eu l'honneur de rencontrer à Paris M. le général comte de Clérambault, qui, en m'apercevant de loin, s'est souvenu de l'ex-hussard et de mon heureux coup de fusil nocturne.

Le brave général commande aujourd'hui à Châteauroux.

Le lendemain, je rencontrai, auprès de la tente du

2.

commandant, un de mes bons amis du 2ᵉ escadron, nommé Lozelle, qui me demanda la vérité sur ce qu'on racontait de mon coup de fusil.

Je lui confirmai l'histoire, et, pour preuve de ce qui s'était passé, je lui remis douze francs cinquante, juste la moitié de ce que j'avais reçu du commandant.

Dans les déserts d'Afrique, à la veille d'une expédition, l'argent n'a pas grande valeur, il est vrai; mais je dois dire que l'amitié — doublée d'un peu de reconnaissance — m'avait inspiré cet acte de générosité.

On était en effet à la veille d'une expédition.

Cette expédition devait offrir aux Arabes l'occasion de la revanche d'Isly.

Hélas!... de tous ces amis, de tous ces braves officiers, de tous ces joyeux militaires qui animaient le camp de Lalla, combien devaient payer de leur vie cette revanche prochaine!

Sidi-Brahim devait suivre de près la victoire d'Isly.

Mais n'anticipons pas sur les événements.

Ceci, comme nous l'avons dit, se passait en 1844.

Quelque temps après nous fûmes dirigés sur Djemmâa, où, depuis l'année précédente, commandait le colonel de Montagnac, de glorieuse mémoire.

Aller de ce côté, c'était se rapprocher des balles.

Abd-el-Kader, battu à Isly, réparait activement ce désastre, et s'apprêtait à recouvrer, par un coup de main habile, le prestige qu'il avait perdu dans sa défaite.

Tous les rapports du commandant supérieur de Djemmâa faisaient pressentir une lutte prochaine, et personne ne doutait qu'une fois les récoltes faites l'émir ne tentât sa revanche.

Comme d'habitude, on l'attendait avec cette confiance donnée par les succès de tous les jours.

Bientôt on raconta que l'émir se trouvait dans les montagnes voisines, qu'il réunissait des contingents et que son armée grossissait d'une manière formidable.

Le laisser faire, c'était dangereux pour la sûreté de la petite garnison de Djemmâa.

Le colonel de Montagnac eut l'idée de démoraliser l'insurrection naissante en allant la trouver sur les lieux mêmes et la dispersant, comme cela nous avait réussi bien des fois.

Le 10 septembre, il prit avec lui une soixantaine de hussards pour aller faire une reconnaissance du côté de Sidi-Brahim.

J'étais de l'expédition.

Avec le colonel de Montagnac étaient MM. Courby de Cognord, chef d'escadron, et le capitaine Gentil Saint-Alphonse.

Nous fîmes une pointe au midi dans ce pays de révoltés, et la solitude complète des lieux annonçait une concentration d'ennemis sur un autre point.

La petite colonne marcha ainsi longtemps sans rencontrer personne.

Tout à coup, avec ces bons yeux dont j'ai parlé, j'aperçus une forme humaine qui, à trois cents pas en avant, se glissait de buisson en buisson, de roc en roc, en marchant sur les mains et en rampant.

Je prévins le capitaine Gentil Saint-Alphonse.

Il alla porter ce renseignement au commandant de Cognord, lequel le transmit immédiatement à M. de Montagnac.

La colonne s'arrête.

Puis cinq ou six hommes, ayant à leur tête M. de Cognord, partent comme le vent pour s'assurer de la présence d'un être vivant que je venais de signaler.

On était à peu près sûr que, si je ne m'étais pas trompé, l'individu signalé était un espion.

Mais les éclaireurs prirent à gauche, tandis que mon Arabe était descendu vers la droite, où les chemins étaient à peu près impraticables.

— Ils ne trouvent rien! dit tout haut le capitaine Gentil Saint-Alphonse; on s'est trompé.

— Je l'ai bien vu, mon capitaine, répondis-je, mais c'était plus à droite.

— Êtes-vous sûr d'avoir vu?

— Parfaitement.

— Allez-y voir alors.

Je partis à mon tour en piquant des deux.

Au moment où M. de Cognord avec ses hommes allait revenir sur ses pas, j'arrivais sur un pli de terrain exhaussé par des broussailles.

Je battis les buissons pendant quelques minutes, et je me trouvai face à face avec un Arabe indolent qui avait l'air de chercher des nids, tant il me parut inoffensif.

Je le mis en joue.

— Que fais-tu là? lui criai-je en mauvais arabe.

— Tu le vois bien, je me promène.

La bouche du canon de mon fusil ne lui avait pas fait baisser le regard.

On eût dit qu'il ne comprenait pas que je pouvais le tuer.

Il avait la main gauche pendante et tenait sa main droite sous son burnous.

Cette position équivoque me frappa.

Dans cette main cachée pouvait se trouver une arme, pistolet ou yatagan, avec laquelle il attendait l'occasion de me descendre.

— Qu'as-tu à la main? lui-dis-je en me rapprochant.

Il me montra sa main gauche.

— Dans l'autre?

Il tira lentement cette main cachée de dessous les plis de son burnous, et m'offrit des figues dont cette main était pleine.

Cette offre avait été faite avec tant de naturel et de bonhomie que j'abaissai mon fusil sans plus rien craindre.

Un espion n'était pas si bonhomme.

Seulement, une chose m'intrigua.

Comme je ramenais mon Arabe vers la colonne, je pus l'examiner à mon aise.

Il avait la tête bossuée et la figure hachée.

De larges coutures rouges couraient sur son cou.

Cette dernière inspection m'enleva jusqu'au dernier scrupule que j'avais eu de faire un mauvais parti à ce pauvre débonnaire qui allait avoir à répondre de sa présence en ces lieux.

De minute en minute, il avait de sombres regards; mais il paraissait fatigué et il était si laid avec ses coups de sabre sur la figure, que cette laideur donnait beaucoup à penser.

Je rentrai en même temps que les éclaireurs de M. de Cognord.

Alors la colonne tourna bride et rentra le soir avec son prisonnier à Djemmâa.

Mon Arabe se laissa emmener sans protester.

La justice voulut en savoir plus long que moi, elle interrogea le prisonnier, et son œil clairvoyant aperçut un espion derrière sa bonhomie affectée.

Le lendemain ou le surlendemain, j'entendis le colonel de Montagnac dire à quelques officiers qui l'entouraient :

— Son affaire n'est pas claire, ou, si vous aimez mieux, elle l'est trop pour lui !

Je compris que si ce n'était pas là une sentence de mort, c'en était l'équivalent.

CHAPITRE III.

LE COMBAT.

Il paraît au reste que ces jours-là des chefs Arabes, nos alliés, écrivirent au colonel de Montagnac qu'ils étaient sérieusement menacés par l'émir.

Ils imploraient du secours.

Le 21 septembre 1845, nous partîmes à dix heures

du soir, sous le commandement en chef de M. de Montagnac.

M. Coffyn, capitaine du génie, en l'absence du colonel, prenait le commandement de Djemmâa.

La colonne expéditionnaire comptait environ quatre cent trente hommes en tout.

Trois cent soixante hommes d'infanterie, appartenant au 8e bataillon des chasseurs d'Orléans, sous le commandement du chef de bataillon Froment Coste.

Soixante-dix hommes montés, du 2e régiment de hussards, commandés par le chef d'escadron Courby de Cognord.

Ces quatre cent trente hommes pénétraient en pays ennemi, et s'en allaient bravement au-devant d'une armée régulière et nombreuse que l'émir venait de réunir derrière les montagnes.

Nous le savions tous, mais avec de pareils officiers nous eussions tenté la conquête du monde.

Puis, en face de l'ennemi, nos chefs n'avaient pas l'habitude de compter leurs soldats.

Ils ne comptaient que leurs succès passés.

Vers le milieu de la nuit, après une heure de marche environ, la colonne fit un temps d'arrêt.

J'étais à l'arrière-garde.

A cent pas de moi, j'entendis quelques coups de fusil qui ne firent presque, derrière un monticule, qu'une seule détonation.

— Qu'est-ce que cela? demandai-je à un de mes camarades.

— Ton prisonnier.

— Comment! mon prisonnier?

— Ton Arabe, qu'on fusille comme espion, avec un autre, à ce qu'il paraît.

— Grand bien leur fasse!

A cinq heures du matin, nous étions chez les Msirda, nos alliés.

On s'arrêta au fond d'un ravin.

Alors, un certain nombre d'Arabes de cette tribu, dans une intention pour le moins suspecte, vinrent dans le camp raconter des choses inquiétantes sur les forces et les projets d'Abd-el-Kader.

L'émir devait, disaient-ils, venir coucher le soir même à Bou-Djenan.

De Bou-Djenan, il tomberait sur nous comme une trombe, avec tout son monde.

Dix contre un peut-être.

— Eh bien, fit le colonel de Montagnac, nous irons nous-mêmes coucher à Bou-Djenan. L'émir veut la bataille, il est du même avis que nous.

Ce matin du 22, avant de songer à prendre leur repas et à se reposer, les hussards conduisirent leurs chevaux à l'abreuvoir.

Je me trouvais un des derniers.

De l'autre côté de la petite rivière, un Arabe, un de ces rôdeurs du désert qu'on rencontre partout et qui cherchent toujours on ne sait quoi, regardait curieusement nos brillants uniformes.

L'Arabe, soit mépris pour notre civilisation, soit indifférence, ne daigne jamais nous honorer d'un regard.

Celui de l'abreuvoir était donc une exception.

Était-ce un ami? était-ce un ennemi?

Je lui fis quelques signes de tête.

Sa figure s'anima et prit un air de pitié.

— Quoi? que veux-tu dire? lui criai-je.

Il ne comprit sans doute qu'à mon regard que je l'interrogeais.

Pour toute réponse il passa son index allongé sous sa gorge et sur son cou.

C'était trop énergique, trop significatif pour me laisser un doute.

Et son bâton me montrait les montagnes qui étaient devant nous.

L'Arabe voulait me dire que, derrière ces montagnes, l'émir attendait la colonne française et que le yatagan nous couperait la tête.

Prophète de malheur!

La colonne reprit sa marche à onze heures, avec l'intention bien arrêtée de gagner Bou-Djenan le soir même.

Il faisait une chaleur écrasante.

Nous enjambions les ravins, nous grimpions les collines, nous traversions un pays de l'aspect le plus sauvage, et la colonne, comme un long serpent, défilait en tournant les obstacles et en se frayant un chemin sur les indications des Arabes qui guidaient notre marche.

Après trois heures de cette marche difficile, nous arrivions à Sidi-Brahim.

Sidi-Brahim! un point ignoré, sur la rivière de l'Oued-Tarnana, que nous devions marquer de notre sang sur la géographie et dans les pages de l'histoire...

3

Sidi-Brahim, un nom qui devait si vite retentir douloureusement d'un bout de la France à l'autre !

Nous allions repartir de ce point après quelques heures
de repos, quand un Arabe, envoyé par des chefs nos
alliés, vient prévenir le colonel de Montagnac qu'Abd-el-
Kader est dans le voisinage avec des troupes nombreuses
et qu'il écrasera les tribus qui ont refusé de le suivre.

Les quelques tribus d'où venait le courrier étaient
dans ce cas-là.

C'étaient des amis, trop faibles pour se défendre, qui
demandaient protection contre l'émir.

— Nous resterons ! répondit le colonel ; au lieu d'aller chercher Abd-el-Kader à Bou-Djenan, nous l'atten-
drons ici !

Et l'on établit le bivouac.

Les chefs qui avaient envoyé l'émissaire ne s'étaient
pas trompés.

A peine avions-nous établi le bivouac, que les vedettes
signalèrent sur les montagnes voisines de nombreux cavaliers arabes dont la silhouette se détachait sur le ciel
en feu comme des ombres en peine.

Ces ombres passaient comme la foudre ou s'arrêtaient
sur les crêtes pour sonder de leur regard ce qui se passait chez nous.

Le moment était solennel comme l'heure qui précède
une grande bataille.

D'une minute à l'autre, on s'attendait à voir descendre
des montagnes cette nuée d'ennemis pour cerner notre
petit camp, et nous nous préparions à la plus vigoureuse
résistance.

La résolution devait tenir lieu du nombre.

Le maréchal des logis chef Barbut reçut ordre d'aller reconnaître l'ennemi.

Il partit au galop et se dirigea vers un groupe de cavaliers qui l'attirèrent peu à peu et faillirent l'envelopper.

Mais le jeune sous-officier tourna bride et échappa par la rapidité de son cheval à l'ardente poursuite des Arabes. Dans cette course fantastique que nous suivions d'un regard anxieux, il essuya, sans être atteint, une décharge d'une quarantaine de carabines.

Des hussards montèrent à cheval et arrêtèrent les Arabes.

Le jour était trop avancé pour une affaire sérieuse, mais le lendemain promettait des coups de fusil.

Quand le sous-officier Barbut fut rentré, on remplaça les vedettes par des chasseurs du 8e bataillon qu'on mit en embuscade en avant du camp.

Les Arabes, nous l'avons dit, sont tenaces comme des chats.

N'apercevant plus les vedettes sur les pentes, ils descendirent sur la gauche de l'embuscade, sous prétexte de faire boire leurs chevaux dans le ravin.

Si rusés qu'ils fussent, ils ne soupçonnèrent pas le piège qu'on leur avait tendu.

Ils descendaient de confiance.

Mais à peine arrivaient-ils au ruisseau, que les chasseurs se démasquant les saluèrent de coups de carabine.

Comme une volée d'oiseaux effarouchés, ils repartirent au galop et regagnèrent, au delà du mamelon, le gros des troupes d'Abd-el-Kader.

Malgré cette petite alerte, un grand nombre de cavaliers arabes reparurent sur les crêtes avant la nuit, qui approchait.

Ils tenaient leurs chevaux en main et s'asseyaient sur les roches pour nous examiner à leur aise.

La nuit même ne les éloigna pas; seulement, pour mieux voir encore ce qui se passait dans le camp, ils se rapprochèrent sans bruit.

On eût dit qu'ils tenaient à nous compter homme par homme.

Pour tromper la surveillance des Arabes, le colonel donne ordre d'allumer des feux au bivouac et de faire dans le plus profond silence les préparatifs du départ.

Au milieu de la nuit, nous nous mettons en marche.

Mais, à chaque pas que nous faisions dans les ténèbres, une vedette arabe s'envolait devant nous en déchargeant son fusil, et, de mamelon en mamelon, cette télégraphie de la poudre allait dire à l'émir ce qui se passait dans nos rangs.

Cette surveillance inquiète nous suivait dans l'ombre.

Nous n'avions fait qu'un trajet bien court, je présume, quand nous nous arrêtâmes, sur les deux heures du matin.

Nous étions au bord d'une petite rivière.

La défense d'allumer du feu dans le nouveau bivouac, de fumer même, était parfaitement inutile, car nous étions incessamment sur le qui-vive, et de minute en minute nous pouvions être attaqués.

Abd-el-Kader, par ses espions, savait où était la colonne.

Avec les coups de fusil, les Arabes avaient encore d'autres signaux pour correspondre.

Et la correspondance marchait bien, je vous l'assure, dans cette longue et anxieuse nuit du 22 au 23 septembre 1845 !

Des feux s'allumaient de crête en crête, puis s'éteignaient, puis se rallumaient encore, avec plus ou moins d'intensité, suivant le sens des nouvelles à porter.

Si brave qu'on soit, si confiant qu'on puisse être dans la vaillante ardeur du chef, on ne voit pas sans angoisses de pareils préparatifs.

Il est vrai que la fumée de deux ou trois cartouches fait disparaître ce sentiment, qui n'est autre chose que l'instinct de la conservation, mais qui n'en est pas moins réel.

Les plus braves peuvent le dire.

Au reste, il faisait nuit; nous nous savions entourés, et les idées tournaient au lugubre, quand, aux premières lueurs du jour, nous aperçûmes l'ennemi.

La confiance revint avec le soleil.

Le commandant de la colonne veut sans doute faire une reconnaissance, car il prend avec lui les cavaliers et la plus forte partie des chasseurs à pied.

Deux compagnies de ces derniers, commandées par le chef de bataillon Froment-Coste, restent au camp pour garder les tentes.

Les chasseurs qui nous suivaient avaient quitté leurs sacs et bourré leurs poches de cartouches.

3.

Dans la bataille, surtout quand on est pressé, la poche est toujours pour le soldat la meilleure giberne.

Pour mon compte, mes poches de côté étaient pleines.

Nous autres hussards, nous étions à pied, et nous avions nos chevaux en main, comme s'il n'eût été question que de les mener boire au gué, sous la protection de nos frères d'armes les chasseurs.

Tout le monde savait bien dans nos rangs que la journée allait être chaude, mais personne ne s'en plaignait.

Seulement les amis les plus intimes se recherchaient et se serraient la main, ou, trop éloignés, se saluaient d'un regard.

Mon bon ami, mon brave et intrépide Courcial était à quelques pas de moi.

Sa main rencontra la mienne.

Pauvre Courcial!... il était d'un entrain extraordinaire : il avait confiance dans sa bonne étoile, lui!

Comme des vautours que la soif du sang poursuit, les Arabes étaient à mi-côte, ne sachant s'ils devaient descendre jusqu'à nous ou remonter.

Quand nous arrivâmes au ruisseau, ils crurent que nous allions décidément abreuver nos chevaux, et ils firent quelques pas vers nous.

Tout à coup le colonel crie :

— A cheval! en avant!

Comme s'ils eussent attendu ce signal pour faire acte d'hostilité, les Arabes déchargèrent leurs fusils sur nous et s'enfuirent.

Aucune de ces balles ne porta.

Et nous prîmes le galop sur la trace des ennemis, ayant à notre tête nos braves officiers, qui, de leurs éperons, enlevaient leurs chevaux sur le chemin difficile qui conduisait en haut de la montagne.

Le temps de halte qu'on fit au sommet du plateau pour donner aux chevaux le temps de souffler, permit aux chasseurs de nous rejoindre, mais nous ne tardâmes pas à les devancer une seconde fois.

L'ennemi n'était pas nombreux et il nous tardait de le disperser. La charge fut brillante, mais elle nous emmena un peu trop loin.

C'est qu'il faisait si bon chasser et frapper ces incorrigibles, qui depuis trois jours nous agaçaient les nerfs en nous suivant comme des loups affamés!

Ils fuyaient comme le vent.

Quelques-uns d'entre eux restèrent en route, atteints par nos balles.

Mais les fuyards n'allèrent pas loin.

Cette fuite précipitée, sans riposte, était une manœuvre.

Il s'agissait pour eux d'entraîner les cavaliers français à la tête desquels se trouveraient indubitablement les chefs, puis d'écraser ces quelques hommes avant que les chasseurs pussent arriver.

Deux ou trois cent des leurs, cachés derrière un monticule, reçurent les fuyards dans leurs rangs, et tous revinrent à la charge avec fureur.

Enfin l'affaire s'engage.

Le colonel de Montagnac n'a que le temps de réparer, dans sa petite troupe, le désordre occasionné par cette longue course, et de notre côté on s'apprête à une résistance opiniâtre.

J'ai dit *résistance* et non pas *attaque*.

L'heure était en effet venue de se défendre.

Chaque pli de terrain, chaque rocher, chaque buisson, chaque motte de terre semble vomir sur nous de nouveaux ennemis, cavaliers ou fantassins.

Et, comme nous ne pouvons que nous défendre, ils prennent le temps de se former à leur aise ; des fantassins se mêlent dans les rangs de leurs cavaliers et tirent sur nos chevaux.

Nos chevaux renversés, les cavaliers arabes tombent sur le hussard démonté pour le tuer à bout portant.

Les chasseurs d'Orléans arrivaient bien au pas de course pour prendre part à la bataille, mais comme ils étaient loin encore !

Et le carnage continuait.

Le capitaine Gentil Saint-Alphonse vient de tomber frappé mortellement d'une balle à la tête, et notre lieutenant-colonel lui-même, atteint d'un coup de feu dans le bas-ventre, se soutient héroïquement à cheval pour commander ses hussards jusqu'au dernier soupir.

Une main sur la blessure d'où le sang jaillit, de l'autre main il manœuvre son cheval et frappe du sabre.

Je n'ai jamais vu plus noble et plus mâle figure en face de l'ennemi !...

Un peu plus loin, c'est le hussard Metz qui reçoit dans ses bras le lieutenant Klein, un autre héros que celui-là ! qui descend de cheval en secouant le sang qui inonde sa figure, et qui, lutteur vaincu par la mort, va s'abriter sous un rocher pour rendre le dernier soupir, dans le recueillement de ses dernières pensées.

Metz ne l'a point abandonné.

Il fait sentinelle autour du héros qui trépasse, afin de protéger sa dernière heure...

Puis, le héros éteint, il lui enlève, pour sa famille, sa montre et sa bourse, et, pour sa propre défense, deux bons pistolets dont il se servira tout à l'heure.

A partir de cette minute, je me trouvai placé au centre d'une mêlée épouvantable.

Notre brave commandant, M. de Cognord, déjà blessé, se trouvait à quelques pas de moi et luttait avec une puissance inouïe pour rallier ses hussards et démoraliser les Arabes.

O mon bon, ô mon brave commandant! laissez-moi dire toute mon admiration pour ce stoïcisme, pour ce froid courage, pour cette grandeur d'âme dont vous donniez l'exemple à ce moment où la lutte se faisait autour de vous, où les balles ennemies nous cherchaient, où vous meniez la charge le front haut, la poitrine en avant, le feu dans le regard!...

Cette minute où je vous vis si grand, je ne me la rappelle jamais, mon général, je ne la raconte jamais à personne sans que mes yeux s'emplissent de larmes!..

Les Arabes, en effet, cherchaient dans la mêlée ce chef intrépide qui soufflait son ardeur au cœur des soldats.

Une balle vint frapper son cheval dans le haut de la jambe droite de devant.

J'étais à vingt pas, me défendant, attaquant, ripostant, avec mon sabre et mon fusil, assommant tout ce qui me tombait d'Arabes sous la main.

Le cheval de M. de Cognord, se sentant blessé, s'emporte, poursuit sa course, et au bout d'une cinquantaine de pas chancelle et tombe avec son cavalier.

Et les Arabes de courir pour achever le brave commandant des hussards.

Je crois qu'à ce moment il pleuvait des balles autour de nous ; je pique des deux, et, malgré cette grêle meurtrière, j'arrive auprès du commandant, qui a roulé avec son cheval et qui ne se relève qu'avec peine.

Je mets pied à terre.

— Mon commandant, lui dis-je, les hussards ont besoin de vous ; voici mon cheval !

— Et vous, mon brave ?

— Dieu fera de moi ce qu'il voudra.

Le commandant saute sur mon cheval, et, me serrant la main avec effusion :

— Votre nom ?

— Testard !

— Retirez-vous de la mêlée... les chasseurs arrivent, allez dans leurs rangs.

— Oui, oui, mon commandant, allez toujours !

Et mon cheval, tout fier de son noble fardeau, emporta le commandant dans la mêlée.

Je n'avais plus qu'à m'occuper de moi.

Le départ de M. de Cognord avait bien éloigné les nombreux Arabes et Kabyles qui s'acharnaient après lui, mais les Arabes sont toujours un peu voleurs, même au plus fort du combat.

MON COMMANDANT, VOICI MON CHEVAL !

(Page 34.)

Le harnais du cheval tombé tenta trois traînards.

J'étais occupé à tirer des fontes une paire de pistolets sur lesquels je comptais pour ma défense personnelle.

La besogne était difficile.

Le noble cheval venait de se remettre sur pied, et je ne pouvais avoir les pistolets.

Il faut dire qu'outre cette besogne, j'en avais une autre non moins embarrassante, celle de me garantir des balles qui m'arrivaient de partout.

Enfin mes trois traînards arrivent à une courte distance et tirent sur moi.

La Providence, qui voulait que je sortisse de là sans une égratignure, me garantit des balles.

Mais le pauvre cheval du commandant tomba.

Il avait, en mon lieu et place, reçu les balles dans le flanc.

Une fois le cheval à terre, j'ouvris facilement les fontes et j'en tirai les deux pistolets.

Par bonheur, ils étaient chargés.

Mes trois Arabes ne s'étaient pas donné le temps, bien entendu, de recharger leurs fusils.

Ils arrivaient sur moi.

Je les laissai venir à ma portée, puis je tirai mon premier coup.

Un des trois tomba roide mort.

Je passai l'autre pistolet chargé dans la main droite et je levai la main pour viser.

En voyant ce mouvement, les deux survivants se sauvèrent.

Comme j'avais eu la main heureuse, je tirai mon second coup, mais cette fois la balle ne porta pas.

Je n'avais plus qu'une chose à faire, c'était d'abandonner, à qui voudrait les ramasser, les deux pistolets
de M. de Cognord et de rejoindre les hussards qui re-
prenaient de l'avantage, et qui, à force d'intrépidité,
acculaient les Arabes à un monticule cachant, hélas!
dans ses plis, toute une formidable réserve commandée
par Abd-el-Kader en personne.

La route était dangereuse; le champ de bataille avait
plusieurs fois changé de place, et des Arabes couraient
çà et là pour achever les mourants, couper la tête des
morts, piller les cadavres tronqués et faire prisonniers
les cavaliers démontés.

Dans de pareils moments, la vie est si peu de chose
qu'on songe à peine à la conserver.

On frappe avec tant d'acharnement et l'on voit mourir avec tant de courage autour de soi, que vraiment
l'instinct brutal, qui sauvegarde même les bêtes, s'éteint
au cœur ou dans le sang de l'homme.

J'étais convaincu que mon affaire était claire comme
le jour, et que j'allais rejoindre dans quelques instants
tous ces braves compagnons d'armes qui jonchaient le
sol, mais j'avais encore de l'amour-propre et je tenais
singulièrement à une chose.

J'avais mon fusil en bandoulière, et ce fusil était
chargé.

Je n'aurais pas voulu mordre la poussière avant d'u-
tiliser la charge de mon arme.

Le destin me servit à souhait.

Un Arabe, démonté comme moi, sans une blessure comme moi, promenait, à cent pas de là, son regard sur le champ de bataille.

Ne pouvant se mêler d'une manière utile aux combattants, il eut l'idée de dépouiller ceux d'entre nous que ses frères abattaient.

Seulement, comme cette idée était venue à bien d'autres depuis une demi-heure, et que tout homme tombé était pillé sans délai, la récolte funèbre ne produisait que peu de chose.

Il s'avisa alors de tuer pour son compte ceux qu'il pourrait atteindre.

Il vint droit à moi.

Pour lui, j'étais une magnifique affaire.

Il pouvait fouiller dans mes poches vierges de toute razzia, me dépouiller des pieds à la tête, me tuer ensuite ou tout au moins me faire prisonnier.

Donner ma vie comme un agneau, ou ma liberté comme un lâche, c'était chose impossible.

J'attendis de pied ferme.

J'engageai dans mon poignet droit la dragonne de mon sabre, et, cette précaution prise, j'armai bruyamment, ostensiblement mon fusil.

L'Arabe approchait toujours avec un sans-façon inouï.

Il m'avait sans doute vu tirer sur les trois cavaliers, et était, par conséquent, à peu près sûr que mon arme était vide.

Je le mis en joue et je fis feu.

Le diable se mettait décidément du côté de mon ennemi; la balle ne l'avait point touché.

4

— Rends-toi! me cria-t-il en mauvais français et en accourant à toutes jambes.

— Minute! minute!

Je remis mon fusil en bandoulière et je pris mon grand sabre.

L'Arabe n'eut pas plus peur de mon bancal qu'il n'avait eu peur de mon fusil.

Il n'était plus qu'à deux pas de moi.

— Rends-toi! répéta-t-il.

— A nous, Bédouin! répondis-je.

Et de mon sabre je lui fendis la tête du haut en bas.

Il roula à mes pieds, fit quelques bonds sur le sable et expira.

Instinctivement je me dirigeai vers un groupe de hussards, les uns à cheval, les autres démontés, qui sabraient à tour de bras et repoussaient avec le courage du désespoir le flot sans cesse renaissant des Arabes qui tombaient sur eux.

Chemin faisant, je rechargeai mon fusil.

Au moment où j'allais rejoindre les miens, j'aperçus à terre un képi qu'à ses cinq galons je reconnus pour être celui du lieutenant-colonel commandant la colonne.

Et, comme si toutes les péripéties de ce drame sanglant eussent dû se dérouler une à une sous mes yeux, je vis passer à quelques pas de moi le pauvre lieutenant-colonel, dont la voix éteinte cherchait encore à rallier les débris de son détachement.

Je lui présentai son képi qu'il eut beaucoup de peine à replacer sur sa tête, et qui retomba quelques pas plus loin.

Il était évident que la volonté seule soutenait encore ce brave officier supérieur.

Il était pâle à faire peur.

Ses habits, son cheval tout entier étaient couverts de son sang.

La large blessure qu'il avait au ventre, malgré la main qui la comprimait, ruisselait toujours.

Et cependant, il parcourait le champ de bataille dans un galop formidable.

La mêlée était horrible et changeait de place de minute en minute suivant le succès des charges partielles.

En ce moment elle s'éloignait.

Trois cavaliers ennemis passaient au galop de leurs montures et m'ajustèrent.

Je tirai sur eux et l'un des trois descendit.

Un autre, atteint par la balle d'un hussard, tomba avec son cheval dans les rochers.

Un camarade l'avait ajusté et n'avait tué que le cheval.

L'Arabe n'eut pas le temps de me mettre en joue, je lui fis presque sauter la tête d'un coup de sabre sur le cou.

Le troisième s'envola.

Du fond de la plaine accouraient en ce moment ventre à terre une douzaine de cavaliers arabes poursuivis par quatre de mes camarades.

De ma vie je n'ai vu charge plus fantastique. Les chevaux, animés par la voix des cavaliers, arrivaient comme le vent et soulevaient sous leurs pas un épais nuage de poussière, et, à travers ce nuage gris qui tourbillonnait, on apercevait les sinistres éclairs de l'acier.

C'étaient les sabres des quatre hussards qui tournoyaient rapidement, et qui de temps en temps abattaient un cheval ou un homme.

La charge passa comme la foudre à côté de moi, faisant
retentir le sol sous ses pieds et l'air de ses cris de rage.

Un des hussards s'arrêta en me voyant.

C'était mon bon et cher Courcial.

— Je suis mort! s'écria-t-il.

— Courage, mon brave! les morts ne parlent pas!...

— Adieu! adieu!

Et il repartit ventre à terre.

Pauvre ami, il était presque mort en effet. Une balle
lui avait percé le côté droit, et, comme notre valeureux
lieutenant-colonel, il voulait combattre jusqu'à la dernière goutte de son sang généreux.

L'adieu qu'il venait de me dire en repartant devait
bien être le dernier.

Et cependant il me fut donné de le revoir; mais,
hélas! dans quelle circonstance!

Un galop de cheval se fit entendre derrière moi, et je
n'eus que le temps de me retourner.

Un cavalier arabe arrivait de mon côté et à mon intention, car j'étais seul en cet endroit.

Il me restait en poche une seule cartouche.

Je la mis dans mon fusil et je n'avais pas relevé mon
arme que le cavalier, à trois pas de moi, me tenait en
joue en me criant de me rendre.

Si son fusil eût été chargé; j'étais mort.

Il poussa son cheval sur moi pour me renverser; mais
je fis un pas de côté et je le tirai à bout portant.

La charge tout entière, jusqu'à la bourre, lui entra dans la poitrine.

Mais je tombai en même temps que lui.

Je venais de recevoir sur la nuque un violent coup de canon de fusil qui m'étourdit et me fit tomber sur le visage.

En essayant de me relever, j'aperçus trois cavaliers qui mettaient pied à terre et qui bientôt m'entourèrent.

Cette fois j'étais bien pris.

A leurs burnous je reconnus trois officiers d'Abd-el-Kader.

Avec de simples cavaliers arabes, mon affaire n'eût pas traîné en longueur : on m'eût coupé la tête et l'on eût pillé le tronc.

Mais avec ces trois chefs, au lieu de la tête, — ce qui ne m'eût pas fait regret en ce moment, — je perdais ma liberté, ce qui était plus triste que de mourir.

Comme je n'avais pas le choix et que j'étais le plus faible, je dus me laisser faire.

En une minute ils se partagèrent mes dépouilles.

L'un prit le fourreau de mon sabre.

Le second prit la lame.

Le troisième s'empara de ma giberne et de mon fusil, cette chère arme avec laquelle je venais de casser la tête à une douzaine de burnous, et que je reconnus plus tard, hélas! entre les mains d'un soldat d'Abd-el-Kader.

L'un des trois officiers, — le plus haut en grade sans doute, — remonta rapidement à cheval en faisant signe aux deux autres.

4.

Ceux-ci, qui avaient compris le signe du chef, me prirent dans leurs bras nerveux et me hissèrent en croupe derrière lui.

Ma part de sanglante besogne était faite et je m'en allais au bon moment, car les chasseurs à pied arrivaient enfin et semaient la mort autour d'eux...

Jamais plus, Dieu merci, je ne reverrai pareil carnage!

Ils étaient bien essoufflés de leur course, ces braves chasseurs; la sueur ruisselait sur leurs visages, mais ils avaient à venger leurs frères et ils s'en acquittaient bien!

Chacun de leurs coups portait.

Des colonnes ennemies tombaient, chevaux et cavaliers; on eût dit la foudre labourant ces masses d'hommes et les faisant tourbillonner...

En présence de ce renfort qui arrivait à la dernière heure, les cavaliers d'Abd-el-Kader se trouvèrent dans le plus grand désordre, atteints, dans leur fuite, par les balles et sabrés par les derniers hussards.

Le chef qui m'avait pris en croupe m'avait fait passer les bras autour de lui et les tenait de ses deux mains.

J'avais bien envie de l'étouffer, mais le beau cheval blanc dont la longue queue balayait la poussière galopait si vite qu'en un moment nous nous trouvâmes loin, au delà du champ de bataille, au milieu d'autres Arabes qui n'avaient point encore pris part à l'action.

La moindre résistance de ma part m'eût été inévitablement fatale.

Je me laissai emmener, précédant le tourbillon d'ennemis qui, dans leur panique, se sauvaient du champ de bataille.

Après dix minutes de cette course vertigineuse, mon officier ralentit sa marche et rencontra un Arabe armé d'une longue lance rouillée qui lui demanda qui j'étais.

— Prisonnier !

— Bon ! alors il faut le tuer.

— Non pas ! non pas ! répondit mon cavalier.

Et il piqua des deux pour repartir.

Le terrible interlocuteur était un Marocain, et peut-être avait-il à cœur de se venger de la défaite d'Isly.

Il fait alors demi-tour, pique des deux comme l'autre, et se met à notre poursuite.

En trois bonds de son excellent petit cheval, il se trouve à ma portée et m'envoie dans les reins un coup de sa vieille lance dont je n'eusse pas guéri sans doute, si le coup eût porté.

Mais j'avais vu sa manœuvre ; j'avais lu son dessein dans ses yeux flamboyants ; j'avais aperçu sa lance et je m'étais effacé.

Le diable de Marocain y allait de si bon cœur, que la vieille lance transperça mes vêtements et le burnous de mon officier.

Puis, je ne sais pourquoi, il s'arrêta court, assura sa pique dans ses mains, et reprit le galop du côté du champ de bataille.

A midi et demi je fus descendu au milieu d'un groupe d'Arabes en observation, et mon sauveur, reprenant à son tour le chemin du champ où la bataille se réorganisait, me laissa à la garde de trois nègres.

C'en était bien fait de ma liberté.

Quelle que dût être l'issue du combat, j'étais prisonnier de guerre, et les Arabes, vainqueurs ou vaincus, ne tarderaient pas à m'emmener dans leurs tribus lointaines.

Je me regardais comme bien mort pour mon pays, pour mon régiment, pour mes amis, pour cette famille qui là-bas, de l'autre côté de la mer, prendrait mon deuil à la nouvelle de la bataille de Sidi-Brahim...

Ce que je pouvais espérer de mieux, c'était d'être tué le plus tôt possible, d'une balle à bout portant et en pleine poitrine...

Ce serait le cas de compter orgueilleusement ici les glorieuses blessures remportées du champ de bataille.

Mais j'aime mieux être entièrement vrai.

J'avais passé sain et sauf dans la pluie de fer et de feu ; les balles et les yatagans avaient sifflé en passant à côté de moi et en tournoyant au-dessus de ma tête.

Je n'emportais de cette gigantesque mêlée que mon coup de canon de fusil sur la nuque et quelques misérables coups de poing reçus un peu partout.

J'eus beau me tâter des pieds à la tête, je ne découvris pas même l'ombre d'une égratignure.

J'avais beaucoup de sang sur mon uniforme, mais c'était du sang arabe !

Maintenant il me reste à dire ce qui se passa après mon enlèvement.

Pendant quinze mois de captivité dans les solitudes de l'Afrique, j'eus le temps de me faire raconter les détails suivants par mes compagnons de captivité.

Les chasseurs, comme je l'ai dit, venaient d'arriver.

Le sous-lieutenant Larrazet, de la compagnie de

Chargère, reçoit l'ordre d'occuper un monticule pour protéger les dispositions qu'on va prendre, et le lieutenant-colonel de Montagnac, avec le reste de ses hommes, reprend l'offensive, et voit l'ennemi reculer devant quelques charges vigoureuses.

L'élan des chasseurs est admirable ; ils fauchent en désespérés dans cette moisson humaine qu'ils ont devant eux.

Le succès n'était plus douteux.

Ils se battaient bien un contre dix ; mais ils se soutenaient si bien, ils frappaient si juste, ils perdaient si peu de leurs balles ou de leurs coups de baïonnette, que la victoire leur serait restée.

Mais, du côté des Arabes, ce n'était que le premier acte.

Et le principal personnage du drame n'avait pas encore mis le pied sur la scène.

Abd-el-Kader n'avait exposé que son avant-garde.

Il arriva bientôt avec toute sa réserve, ses réguliers, sa légion sainte, ses fidèles, sa garde prétorienne !

Son geste, son regard, sa voix animaient ces fanatiques.

La section du sous-lieutenant Larrazet gênait ses mouvements : la section est entourée, culbutée, broyée sous les sabots des chevaux qui passent et repassent vingt fois sur cette poignée de héros tombés.

Le sous-lieutenant tomba un des derniers, et, comme un de ces héros des temps antiques, il tint bon jusqu'à ce que, la tête hachée, la bouche et les yeux pleins de sang, il n'eût plus la force de se défendre.

Il s'affaissa, évanoui, sur les cadavres de ses hommes, à son poste d'honneur.

Alors le lieutenant-colonel de Montagnac est enfermé avec ses hommes dans un cercle de feu qui se resserre de minute en minute et vomit la mort sur nos braves par des milliers de fusils qui s'enflamment sans relâche.

Le capitaine de Chargère voit son lieutenant de Raymond tomber à ses côtés et masse autour de lui ce qui lui reste de fantassins, afin de donner de l'ensemble à cette suprême défense qu'il faut tenter pour sortir de ce cercle de mort.

Mais que faire contre tant d'ennemis?

Le bataillon sacré, comme la section du sous-lieutenant Larrazet, tombe rang par rang sous les balles et les pieds des chevaux; le brave capitaine succombe au milieu de ses chasseurs, et peut voir en mourant le triomphe des Arabes.

Quelques hommes, échappés au carnage, rejoignent le lieutenant-colonel de Montagnac, qui va succomber à son tour.

C'est à ce moment que l'intrépide Barbut, poursuivi par un escadron d'Arabes tout entier, traverse les rangs ennemis, brave les sabres et les balles, franchit en quelques minutes un espace de près de deux lieues, et va porter au camp la fatale nouvelle et demander du secours.

Le brave sous-officier, qui ne marchandait ni l'audace ni l'intrépidité, ne devait pas non plus remporter la moindre égratignure de ces longues heures de massacre, et pourtant, les premières balles du matin, comme les dernières de la journée, avaient été tirées sur lui.

Il y a des hommes prédestinés, j'en suis convaincu, et je me regarde comme un de ceux-là.

Le camp se divisa en deux parties.

La première, sous le commandement de M. Froment-Coste, partit au secours de M. de Montagnac.

C'était la compagnie Burgard.

L'autre partie, — la compagnie de Géraux, — dut forcément rester sur place pour garder les tentes et les bagages.

Sa part de gloire ne devait pas être la moins belle.

Les nouvelles du champ de bataille sont de plus en plus sinistres.

Le lieutenant-colonel de Montagnac, ne pouvant retenir le sang qui s'échappe de sa blessure, se fait soutenir par le chasseur Perrin et ferme les yeux en s'écriant:

— Courage! mes enfants, courage!

Le commandant de Cognord, qui vient de perdre son second cheval, — celui que je lui avais donné, — essaye, malgré de profondes blessures, de réparer le désordre.

Mais, à ce moment, les renforts envoyés du camp se montrent au loin, et les Arabes, en vue du secours qui nous arrive, continuent et achèvent rapidement leur œuvre de destruction.

Le commandant de Cognord est tombé, frappé de quatre blessures :

Trois coups de feu à la tête;

Un coup d'yatagan qui lui coupe en deux la joue gauche.

Et le petit détachement qui arrive a beau regarder de tous côtés,

Pas un Français ne reste debout!

Partout les Arabes, des nuées d'Arabes, occupés à tuer, à dépouiller, à décoller nos malheureux frères!!

Et tout auprès de cette boucherie, Abd-el-Kader au milieu de ses fidèles, qui font retentir les montagnes de leurs chants de victoire!...

La défaite était bien consommée!

L'ennemi était ivre de succès!

M. Froment-Coste meurt frappé d'une balle.

L'adjudant-major tombe après lui.

Frappé à son tour, le capitaine de la compagnie, M. Burgard, serre avant de mourir la main de l'adjudant Thomas et de l'intrépide Barbut.

La mort avait commencé par la tête de cette héroïque petite troupe.

Elle allait arriver au cœur.

La compagnie entière tomba.

Et le carnage recommença comme il s'était fait sur la troupe de M. de Montagnac.

Les Arabes tuent, pillent, ramassent des prisonniers.

Au nombre de ces derniers se trouvent les deux sous-officiers dont je viens de parler et qui ont eu leurs vêtements troués par les balles sans être autrement blessés.

Il était deux ou trois heures de l'après-midi.

Grâce à l'intervention d'un officier d'Abd-el-Kader, Barbut et Thomas échappèrent à la fureur de ces milliers d'Arabes qui tuaient comme des bouchers tous nos pauvres blessés étendus sur le sol.

CHAPITRE IV.

LE MARABOUT DE SIDI-BRAHIM.

Peu à peu les détonations de la poudre deviennent plus rares et finissent par s'éteindre tout à fait. Les flots de poussière et de fumée qui avaient depuis le commencement enveloppé le champ de bataille, s'élèvent lentement vers le ciel.

Et le soleil, ce soleil implacable qui devait achever l'œuvre des Arabes en envenimant les blessures, reparut dans sa splendeur sur le champ du massacre.

Des quatre cent trente hommes sortis de Djemmàa sous le commandement du lieutenant-colonel de Montagnac, il ne restait plus que la compagnie de Géraux, quatre-vingts à quatre-vingt-dix hommes environ, laissée, comme je l'ai dit, à la garde du camp.

Abd-el-Kader pouvait les écraser en quelques minutes. Il ne fallait pour cela que lancer sur eux quelques milliers d'Arabes, les enfermer dans un cercle de mort, ou les sabrer résolûment à leur tour.

Mais Abd-el-Kader avait une autre pensée.

Le gouverneur de l'Algérie, ce redoutable maréchal Bugeaud qui traitait en rebelles les hommes du désert, et qui avait toujours refusé de traiter de puissance à puissance avec l'émir, serait bien forcé de faire plier son orgueil et de négocier enfin, si l'émir pouvait réunir cent cinquante prisonniers de guerre entre ses mains.

5

Il fit donc surseoir au massacre autour de lui, et cherR le moyen de s'emparer des hommes restés au camp.

D'abord il fallait les compter.

Des cavaliers de l'émir partent à toute bride pour reconnaître leur position dans les ravins et leur nombre.

Mais le camp venait d'être levé en toute hâte, et cette poignée de braves qu'il eût été si facile d'écraser tout à l'heure, paraissaient décidés à se défendre, comme leurs frères, jusqu'au dernier soupir.

Voici ce qui était arrivé.

En venant chercher du renfort au camp, Barbut avait, tout naturellement et en peu de mots, raconté les péripéties du combat, et exposé la situation désespérée de la colonne d'attaque.

N'eût-il rien dit, que le capitaine de Géraux, laissé avec si peu de monde pour tenir tête à des milliers d'Arabes qui rôdaient aux alentours, eût compris la sinistre vérité.

En proie à des angoisses qu'il est facile de comprendre, il monte sur une crête voisine et cherche à distinguer ce qui se passe là-bas, là-bas...

Mais son regard ne peut rien voir. Des monticules font obstacle, des nuages de poussière roulent lentement vers les hauteurs; et puis, deux lieues le séparent des combattants.

Ne pouvant rien distinguer, il écoute.

C'était l'heure où les crépitations de la fusillade s'éteignaient par degrés.

Quand le silence recouvrit cette scène de carnage, le

brave capitaine comprit que la fortune avait trahi le courage des nôtres, et que ses quatre-vingt-dix hommes restaient seuls vivants.

Que faire? Marchera-t-il au devant de l'ennemi?

Peine inutile! Voici l'ennemi qui arrive comme les flots précipités d'une rivière qui déborde.

Reculera-t-il, cherchant à gagner Djemmâa?

Il n'en est plus temps.

Des nuées d'Arabes, des cavaliers enivrés de carnage voltigent autour de sa petite troupe comme des oiseaux de proie, et vont lui fermer la retraite.

Il promène son regard autour de lui pour découvrir un buisson, une roche ou toute autre défense naturelle à laquelle il puisse s'appuyer pour recevoir le choc de cette innombrable cavalerie qui va l'envelopper.

A moins d'un kilomètre, au milieu d'une plaine, il aperçoit des ruines, un ancien marabout dont les murs, de quelques pieds de hauteur, forment une sorte de citadelle inabordable à la cavalerie.

Ces ruines fourmillent d'ennemis qui s'en sont emparés déjà; mais au moyen d'une charge vigoureuse on peut en déloger les Kabyles et s'en faire un rempart.

Le salut de la troupe est là.

Ce marabout de Sidi-Brahim, ce n'est point une citadelle où l'on puisse tenir longtemps; mais il n'est séparé de Djemmâa que par une distance de quatre lieues, et ceux qui sont restés à Djemmâa, inquiets du sort de la colonne expéditionnaire, arriveront peut-être ce soir ou demain.

— En avant! s'écrie le brave capitaine. Emportons

dans ces ruines ce qui nous embarrassera le moins !

On ramasse le peu de vivres qui restent, et l'on s'é-
lance au pas de charge. Déconcertés par la hardiesse
de ce mouvement offensif, les Arabes ne se défendent
que faiblement, et se retirent en laissant dans le marabout une dizaine de leurs morts.

Les chasseurs escaladent les murailles et se dévelop-
pent sur le pourtour des ruines, afin de faire face à
l'ennemi qui débouche de toutes parts.

C'est en ce moment qu'arrivèrent les courriers de
l'émir.

En apprenant que cette poignée de braves qu'il eût
été si facile de réduire ou de tuer, venaient de se réfu-
gier dans le marabout de Sidi-Brahim et organisaient à
la hâte une défense déterminée, Abd-el-Kader devint
soucieux.

Il venait de commettre une faute probablement irré-
parable.

Il réunit autour de lui les quelques prisonniers valides gardés par ses hommes, et cherche du regard
M. de Cognord, qui perd son sang par de larges blessures.

— Faites mettre bas les armes à ces hommes ! dit-il.

— Jamais ! répond le noble chef d'escadron.

— Il faut toujours qu'ils succombent ! que ce soit aujourd'hui ou demain, la mort les prendra. Écrivez-leur
pour les détourner d'un projet de défense inutile.

— Je n'écrirai pas !

Un des prisonniers, craignant pour ses compagnons
d'infortune comme pour lui-même la colère de l'émir,

croyant peut-être arracher à une mort certaine les héroïques défenseurs du marabout, écrivit quelques lignes
au crayon sur un lambeau de papier qu'il tendit à l'émir.

Un régulier, chargé du message, part comme une
flèche et arrive au marabout, tandis que l'émir s'en
approche lentement avec le gros de sa troupe et ses
prisonniers.

Le capitaine de Géraux, profitant d'un moment de
répit, faisait denteler le mur en créneaux et achevait
d'organiser la défense.

Ces braves se croyaient en terre française, ou du
moins prenaient courageusement possession des ruines
au nom de la France, car le caporal Lavaissière plan-
tait sur le point le plus élevé une sorte de drapeau improvisé.

Pour le soldat, le drapeau est plus qu'un symbole,
un signe de ralliement, plus même qu'un culte : c'est
l'âme du pays.

Une immense acclamation salua les trois couleurs,
que soulevait une brise du désert.

En même temps le lieutenant Chapdelaine, excellent
tireur, embusqué derrière les créneaux, compte un par
un les Arabes qu'il tue à chaque coup, et donne l'exemple de cette défense calme, posée, qui mesure la poudre,
et qui ne doit perdre une cartouche qu'en abattant un
homme.

L'arrivée du parlementaire fit cesser le feu.

Le capitaine de Géraux ne pouvait plus douter de
l'issue du combat qui s'était livré dans la plaine. Puisque toutes ces masses de cavaliers venaient à lui,

5.

c'est qu'ils ne laissaient que des morts ou des mourants derrière eux.

Il était curieux de savoir de quelle main venait la lettre et ce que cette lettre lui voulait.

Le parlementaire ayant mis pied à terre, s'approche du mur d'enceinte et se hausse sur la pointe des pieds pour remettre son message au capitaine ; puis il s'assied à terre, au milieu des cadavres, pour attendre la réponse.

Le message était laconique. Il invitait les assiégés à se rendre, leur assurant que l'émir les traiterait avec humanité.

Le capitaine reprit à haute voix la lecture de ces quelques lignes, cherchant en même temps à lire sur le visage bronzé de ses compagnons l'effet produit sur eux par cette lettre arrachée sans doute à quelqu'un des prisonniers.

— Jamais! jamais! Vive la France!

Tel fut le cri général, énergique, accentué, qui répondit à l'invitation d'Abd-el-Kader.

Au dos du papier, le capitaine, en quelques mots, répondit à l'émir qu'on pouvait les tuer, mais les forcer à se rendre, jamais.

Le régulier repartit vers son maître.

Abd-el-Kader, plus soucieux que jamais, presse les prisonniers de se joindre à lui pour obtenir une capitulation.

Cette fois tout le monde refuse.

Mais, espérant toujours que ce refus un peu brutal n'est pas le dernier mot des assiégés, l'émir envoie de

nouveau son courrier, qui, cette fois, n'obtient qu'un
éclat de rire pour toute réponse.

Une troisième tentative est faite, toujours sans résultat.

Convaincu désormais que cette poignée d'hommes ne
cédera qu'à la force, l'émir donne l'ordre de monter à
l'assaut du marabout, et de prendre morts ceux qui re-
fusent de se livrer vivants.

Un cercle de feu s'allume avec fracas autour des
ruines, et les assiégés, protégés par la muraille, répondent à cette fusillade par des décharges meurtrières.

Peu fournis de munitions sans doute, et voyant le
peu d'effet de leurs balles, les Arabes, se faisant abri
de tout, s'approchent le plus près possible du marabout
et accablent les assiégés d'une grêle de pierres.

Mais cette manœuvre coûta la vie à tous ces témé-
raires qui osaient venir si près du mur, s'offrant d'eux-
mêmes à la balle qui frappait toujours au but.

Il y eut parmi les assiégeants une minute d'hésitation. Tous ces burnous qui jonchaient le sol, toutes ces
flaques de sang qui rougissaient le sable, tous ces blessés
silencieux et sombres, qui se traînaient hors de la portée des balles françaises pour mourir plus recueillis,
tout cela donnait à réfléchir.

Pourtant, avant de s'éloigner, l'émir avait dit :
« Prenez ces hommes! » et la parole de l'émir, c'était
un ordre du Prophète.

Pendant une autre minute, les assiégeants parurent
se consulter. Quelques signes furent échangés entre eux,
et bientôt l'immense cercle resserrant sa circonférence

vers le centre, étreignit le marabout comme pour l'é-
touffer dans un chaîne vivante.

C'était l'assaut.

Le capitaine de Géraux, qui ne perdait aucun mouvement des Arabes, prévit cette attaque, et ordonna de
ne tirer qu'à bout portant, la gueule du fusil sur la
poitrine de l'homme.

Quatre-vingt-dix Arabes, frappés à coup sûr, tombèrent dans le petit fossé.

Toutes les balles avaient touché juste.

D'autres assauts répétés jusqu'au soir, mais avec une
énergie qui faiblissait visiblement, furent repoussés
comme la première fois.

On eût dit qu'au fur et à mesure qu'il s'éloignait,
l'émir enlevait à ses hommes leur résolution.

Vers dix heures du soir, il s'éloigna pour ne plus
revenir. Il avait lâché ses meutes féroces sur les braves
du marabout, qu'il abandonnait à leur malheureux
sort.

La destruction de ces courageux entêtés pourrait
peut-être bien coûter des centaines de morts aux Arabes,
mais elle n'en était ni moins certaine ni moins proche.

A la même heure, les assiégeants, lassés de ces atta-
ques où ils perdent tant de monde, demandent humblement du répit pour enterrer leurs morts, et n'entourent plus que de loin le fatal marabout.

Mais, de si loin qu'ils l'entourent, les mailles de cette
chaîne vivante sont tellement serrées qu'aucun des
hommes du marabout, à moins d'avoir les ailes de l'oiseau, ne saurait s'échapper du cercle fatal.

La moitié des assiégés dormaient la main sur leurs fusils; l'autre moitié veillait aux créneaux.

Le capitaine, qui répondait à Dieu et au pays du salut de ses hommes, se promenait derrière les sentinelles, les yeux fixés sur les abords du marabout.

La nuit était assez belle pour que la vue ne pût perdre aucun détail.

Un des factionnaires, épaulant d'une main son fusil dont le canon reposait sur la muraille, arrêta de l'autre au passage le capitaine de Géraux.

— Un homme! murmura-t-il.

Le chef allongea la tête et vit en effet sur la terre nue un homme qui s'approchait en rampant.

— Laissez venir, dit-il; peut-être nous veut-on quelque chose.

C'était un Arabe.

L'interprète, qui dormait avec la moitié des défenseurs, fut réveillé sans bruit.

Il allongea la tête à son tour et appela l'Arabe à voix basse.

Celui-ci vint au pied de la muraille et se redressa lentement.

— Que veux-tu? demanda l'interprète.

— Vous être utile.

— Qui es-tu?

— Un ami des Français.

— Et comment peux-tu nous servir?

— En prévenant ceux de Djemmâa.

En d'autres circonstances, il est probable que de pareilles offres eussent été repoussées, et que cet ami douteux eût été renvoyé à ses montagnes.

On eût flairé un piége dans cette démarche officieuse.

Mais dans la position critique où l'on se trouvait, tout espoir, si léger, si trompeur même qu'il dût paraître, était le bienvenu. Les officiers remirent à cet ami inconnu tout l'argent qu'ils portaient sur eux et le capitaine de Géraux, traçant à tâtons quelques mots au crayon sur un feuillet de son calepin, lui confia un message pressant pour le blockhaus de Djemmâa.

On ajouta force promesses de récompense pour l'Arabe au cas d'une réussite.

Fidèle, ils encourageaient cet ami inattendu qu'envoyait la Providence ; traître, les promesses pouvaient changer ses dispositions.

L'Arabe était un bon et brave ami, qui risquait sa tête pour payer sans doute quelque service de la part d'un de nos braves soldats.

Il partit pour le blockhaus, où il arriva bien avant le jour.

Mais à Djemmâa personne ne connaissait l'écriture du capitaine de Géraux ; puis ce message, écrit au crayon, sur un chiffon de papier, en caractères inégaux, presque illisibles, fit pressentir un piége.

Le messager eut beau jurer, la main sur sa barbe, qu'il disait la vérité, que la colonne était tombée sur le champ de bataille et que les derniers débris allaient périr s'ils n'étaient secourus, rien n'y fit.

On le garda comme ôtage.

Du reste, il faut dire bien vite que le camp de Djemmâa ne comptait que quelques hommes valides, à peine suffisants pour le défendre, et qu'à chaque heure on s'attendait à une attaque de la part des tribus voisines, profondément travaillées par l'esprit de la révolte.

Pourtant cette visite de l'Arabe au marabout de Sidi-Brahim eut un excellent résultat, celui de mettre un peu d'espoir à côté du courage dans l'âme des braves qui s'y défendaient.

Quatre jours durant les chasseurs soutinrent le siége avec un entrain merveilleux : ils tuaient avec une précision terrible pour éclaircir les rangs ennemis. Comme un bûcheron qui s'ouvre un sentier dans un fourré, ils faisaient brèche dans cette forêt humaine pour percer un passage et regagner Djemmâa.

Mais un autre ennemi, un ennemi bien plus puissant que les hordes de l'émir, indomptable, sans pitié, va se mettre de la partie.

La faim !

La faim, qui s'était fait sentir dès le 23 au soir, quelques heures seulement après la bataille, plus exigeante le lendemain, devint horrible le troisième jour.

Pour un grand nombre, la soif était un supplice plus intolérable encore que la faim.

Et pourtant pas un de ces hommes ne quitta son poste, pas un ne sentit son courage faiblir, pas un ne murmura contre la mauvaise fortune pendant ces longs jours.

Ils consentaient bien à mourir d'une balle, à endurer les tortures de la faim et de la soif, mais rien au monde n'eût pu les décider à se rendre.

Au-dessus de leur tête flottait le drapeau tricolore, qui leur disait d'être résignés et forts jusqu'à la dernière minute.

Et puis, d'heure en heure, le secours attendu pouvait arriver du côté de Djemmâa et changer la défaite en victoire.

Un des héroïques défenseurs du marabout m'a raconté cette lente et épouvantable agonie, cette lutte sans espoir contre la faim, la soif, la dévorante ardeur du soleil et les ennemis.

Lui-même, comme tous les autres, s'il n'avait rien eu à manger, avait pu, du moins, boire son urine brûlante pour apaiser sa soif !

A partir de cet instant, les moments de ces braves étaient comptés.

Encore vingt-quatre heures sans secours, et tant de courage, tant d'abnégation allaient être en pure perte.

La faim planait sur l'héroïque phalange et l'irritant éclat du soleil augmentait d'heure en heure la soif que l'urine, manquant à son tour, ne pouvait plus soulager.

La fièvre arrivait à la suite, puis le vertige, puis le délire et les affres de la mort.

Et rien ne venait à l'horizon de Djemmâa, rien !

Et cependant, comme des vautours qui se rassemblent autour d'une proie convoitée, les Arabes devenaient plus nombreux de minute en minute autour du marabout, et bientôt ils pourraient impunément tenter l'assaut suprême, car aucun des assiégés n'allait plus avoir même la force de charger son fusil.

Le capitaine de Géraux eut pitié d'une si stoïque abnégation, d'un courage si résigné. Puisque le salut n'arrivait pas, il fallait aller le chercher résolûment et battre en retraite sur le blockhaus.

Le matin du quatrième jour, il distribua les dernières cartouches et ordonna les préparatifs du départ.

Il y avait des morts et des malades.

Les morts furent enterrés à la hâte dans l'enceinte, et les blessés, placés sur les épaules des valides, furent mis au milieu de la colonne avec le drapeau.

Une garde d'honneur fut donnée à ces pauvres écloppés, dépôt précieux et cher, que le capitaine tenait à ne pas laisser aux mains des Arabes.

Bien que ces préparatifs se fussent accomplis avant l'aube et dans le plus profond silence, les postes assiégeants devinèrent, à certains mouvements indispensables, la résolution de la petite troupe, et prirent des dispositions en conséquence.

La cavalerie, jusque-là éparpillée dans les alentours, se massa rapidement pour fermer le chemin de Djemmâa, et attendit, le fusil au poing, l'heure du massacre.

Le capitaine de Géraux s'aperçut qu'il avait été deviné; mais, si périlleuse que fût la retraite, il n'y avait pas à hésiter.

Il compta soixante-douze hommes, dont à peu près cinquante-cinq valides, fit charger les fusils, donna ses derniers ordres, et commanda le départ.

L'héroïque garnison enjamba les murailles et se jeta tête baissée, la baïonnette en avant, sur un premier poste d'Arabes qui fut enlevé en quelques minutes.

Mais toute la cavalerie s'ébranle et vient se réunir autour du détachement français, afin de l'enfermer dans un cercle de fer et de feu.

Cinq heures durant, de sept heures à midi, la lutte se continua sous un soleil dévorant.

Les braves chasseurs s'étaient juré de n'abandonner aux Arabes que des cadavres, et ils se tenaient parole. Les blessés, portés ou soutenus, chargeaient les armes dans les temps d'arrêt, et la petite colonne avançait pas à pas, marquant sa route par des morts.

Vingt fois elle se forma en carré pour recevoir le choc de la cavalerie, puis, si l'ennemi foudroyé faisait un mouvement de recul, elle s'allongeait et reprenait sa route pour s'arrêter trente pas plus loin.

Mais les rangs des Arabes avaient beau s'éclaircir, ils opposaient à leurs adversaires de profondes colonnes qui se refermaient à mesure que les chasseurs y pratiquaient, à l'arme blanche, des trouées pour le passage.

A une heure, on aperçut Djemmâa. Trois kilomètres à peine séparaient nos braves du blockhaus.

Trente hommes restaient encore les armes à la main autour de l'intrépide capitaine.

Bientôt les munitions vont manquer. Les blessés en mourant repassent leurs cartouches à leurs frères, mais la mort n'attend pas; le lieutenant Chapdelaine tombe à son tour en criant :

— Allez! allez! je suis perdu, laissez-moi!

Les chasseurs se forment en carré autour de ce cadavre que les Arabes veulent enlever comme un trophée de victoire, et pendant plus d'une demi-heure la lutte est épouvantable.

Mais là-bas, là-bas, voici des uniformes français,

voici des frères qui sortent de Djemmâa, voici le salut qui vient...

Hélas ! quelques pauvres écloppés, la seule garnison du blockhaus, s'étaient bien, en effet, montrés dans le lointain ; mais ne sachant pas le péril que couraient les débris de la colonne et croyant Djemmâa menacé par ces multitudes d'Arabes, ils rentrèrent pour défendre la place en cas d'attaque.

La colonne repartit, abandonnant le cadavre du lieutenant, mais au bout de vingt pas elle se vit tellement entourée, tellement pressée, que le capitaine fit faire halte pour former de nouveau le carré.

Un quart d'heure on se soutient encore, mais la dernière cartouche a été brûlée, le feu s'est éteint dans les rangs, et les braves n'ont plus que la baïonnette pour se défendre.

Voyant qu'ils n'ont plus rien à craindre des vingt-cinq hommes qui restent, les Arabes se font un jeu cruel de voltiger autour d'eux et de les fusiller à distance.

Le vaillant capitaine de Géraux, visé par cent fusils, tombe foudroyé.

Alors, dans une soudaine résolution, les survivants se débandent, se jettent tête baissée parmi les cavaliers arabes et mettent le désordre dans leurs multitudes.

Cinq ou six hommes arrivèrent au blockhaus.

Le canon tonna subitement, la petite garnison sortit de Djemmâa en toute hâte, et put recueillir quelques blessés cachés dans les buissons.

Cinq jours auparavant le blockhaus ouvrait ses portes

pour laisser sortir une colonne volante de quatre cent trente hommes.

Aujourd'hui, sur ce nombre, quatorze blessés rentrent à Djemmâa. Les autres ne sont plus que des cadavres semés à tous les coins du désert, sauf quelques prisonniers dont j'ai à conter maintenant la longue et douloureuse captivité.

CHAPITRE V.

LES TÊTES COUPÉES.

J'ai dit qu'en me déposant dans une réserve d'Abd-el-Kader, l'officier qui m'avait apporté en croupe sur son cheval blanc était retourné à la bataille et m'avait laissé aux mains de trois grands nègres.

Ces trois têtes noires n'avaient rien de rassurant.

Ils commencèrent à échanger des mots rapides que je ne comprenais pas, mais que leurs yeux farouches me traduisaient très-bien.

Et puis ils passèrent le pouce sur le tranchant d'un grand sabre pour s'assurer qu'il coupait bien.

Je sentais que la peau du cou me frissonnait.

Il s'éleva un court débat entre eux.

Il s'agissait de savoir à qui reviendrait l'honneur de me couper la tête.

Enfin ils tombèrent d'accord.

Le plus grand des trois prit le sabre, examina de

nouveau le fil avec l'attention la plus scrupuleuse, et assura la poignée dans sa main.

N'ayant pas trop le sentiment de moi-même, je regardais faire dans une sorte d'hébétement.

Les deux autres se demandèrent quelle position il fallait me donner pour que le coup portât bien, et déjà une large main s'abattait sur mon épaule pour me faire prendre cette position avantageuse.

Je ne saurais dire si l'idée me vint de recommander mon âme à Dieu et de donner un dernier souvenir à ma famille, mais c'était là le cas ou jamais.

Tout à coup mes nègres se retournent et s'écartent pour laisser passer un chef arabe qui revient de la bataille et qui en rapporte d'horribles blessures.

De son œil plein de sang et à demi-voilé déjà, il vit les apprêts de mon supplice.

Il se redressa sur son coursier fumant.

Cet homme était magnifique, et il fallait qu'il eût l'âme chevillée au corps pour avoir survécu à ses blessures.

Les balles françaises lui avaient criblé les deux bras et les deux jambes.

— Ne faites pas de mal à ce brave! s'écria-t-il d'une voix vibrante encore, il a fait ce que vous ne feriez pas, vous autres!...

Je le regardai en face.

— Je te reconnais bien! me dit-il.

Le grand nègre abaissa son yatagan.

— Qu'on ne lui fasse pas de mal, répéta l'officier en essayant de descendre, il a sauvé la vie de

6.

son chef en lui donnant son cheval pendant la bataille. J'ai fait tirer sur lui et pas une balle ne l'a touché! Dieu veut qu'il vive!

A ces derniers mots, le nègre laissa tout à fait tomber son sabre, et j'eus alors seulement le sentiment du danger auquel je venais d'échapper si miraculeusement.

La vue du sang qui coulait à flots de ses quatre membres, autant que ses bonnes paroles, m'inspira une profonde pitié pour ce brave qui s'était battu du moins et qui se montrait si clément après la victoire.

Je m'approchai de lui et j'examinai ses blessures.

Elles étaient larges et profondes.

Autour de nous, il y avait déjà des dépouilles opimes, des fusils français que les Arabes avaient ramassés sur le champ de bataille.

J'en pris cinq ou six que je dressai en faisceau.

Mes Arabes ébahis me regardaient faire avec leurs yeux de chat, qui font toujours semblant de ne rien voir et qui voient si bien.

Une fois le faisceau formé, je pris le burnous du blessé que j'étendis sur les fusils, et j'eus une espèce de tente sous laquelle je déposai l'officier.

Je l'avais pris moi-même sur son cheval avec toutes les précautions possibles, et je l'avais emporté sur mes bras, comme une mère son enfant.

Son regard, où vint une larme, me remercia.

Un médecin arabe qui suivait la colonne de réserve fut prévenu et vint visiter le malade.

J'eus envie de le prendre par le cou et de le jeter loin du pauvre blessé.

Mais j'étais prisonnier de guerre et mes trois nègres rébarbatifs n'étaient pas loin.

Ce médecin fit toutes sortes de grimaces et appliqua je ne sais quelle espèce d'onguent vert sur les blessures saignantes en priant le Prophète d'activer la guérison.

Puis il se retira avec la gravité d'une Faculté tout entière, en levant les yeux au ciel.

Ce savant du désert me fit l'effet, sinon d'un charlatan, au moins d'un âne parfaitement convaincu de l'efficacité de ses drogues et de ses patenôtres.

Plus encore de celles-ci que de celles-là.

Après son départ, j'interrogeai le malade d'un regard anxieux.

— Mal! mal! répondit-il.

— Attendez! nous allons voir!

Et je retroussai mes manches pour opérer à mon tour.

A quelques pas de là se trouvait un filet d'eau courante. J'en pris dans la première chose venue, et je rentrai sous la petite tente.

Bien qu'il fût à l'ombre, le blessé souffrait horriblement, surtout depuis l'application de l'onguent vert de mon charlatan.

Je levai les appareils et je lavai à grande eau ces blessures béantes, que je refermai ensuite avec des compresses humides.

La fraîcheur de l'eau calma la fièvre des plaies, et, au bout de quelques heures de ce traitement si simple, mon malade se trouva beaucoup mieux.

Comme médecin et comme infirmier, je m'attachai à ce malade, qui, du reste, m'avait sauvé la vie.

Mais, je dois le dire, après la lutte, après les colères
de la bataille, un soldat retrouve son bon et brave cœur
d'homme, et je n'eusse pas donné plus de soins à un
compatriote.

Ces membres horriblement déchirés me navraient, et
je savais pourtant que ces bras que je soignais avaient
assommé plusieurs de mes compagnons d'armes.

Que voulez-vous? l'amour de la patrie est bien fort
dans un militaire surtout; mais je crois que le sentiment
de l'humanité est plus puissant encore.

Mon malade sommeillait et j'étais assis auprès de la
tente, quand des éclairs lointains brillèrent sur les montagnes et appelèrent mon regard de ce côté.

Puis une détonation se fit entendre, un nuage de fumée s'éleva et la vision disparut.

On me raconta depuis que le capitaine Coffyn, laissé
à Djemmâa pour commander au lieu et place de M. de
Montagnac, inquiet du sort de la colonne qu'il ne voyait
pas revenir, avait envoyé sur ses pas quelques cavaliers
pour en savoir des nouvelles.

Il était quatre heures du soir et la bataille était finie.

Ces cavaliers pouvaient donc être ceux du capitaine
Coffyn, qui, voyant que le désastre était complet, avaient
tiré sur des traînards arabes et tourné bride pour porter
la fatale nouvelle au capitaine.

Des cavaliers apparaissant sur les crêtes lointaines et
dans les premières vapeurs du soir, c'était pour moi la
France, le régiment, mes frères, ma famille, le pays
natal, ma mère qui venaient me dire un solennel et dernier adieu au bord du désert...

Et j'avais comme une sorte d'horreur de cette vie qu'un miracle m'avait laissée !

C'est que personne ne venait de notre côté ! personne ne remuait plus sur ce fatal champ de bataille dont j'apercevais la limite ! Comme j'aurais bien voulu être tombé avec mes frères !

. Rester seul de ce carnage qui allait mettre la France en deuil, quel fatal miracle !

Patience ! patience !

Je fus distrait de ces pensées douloureuses par de grandes clameurs.

Ces clameurs, parties du côté où j'avais vu les cavaliers français pendant une minute, furent suivies d'autres cris qui s'élevèrent de toutes parts.

Puis, dans la même direction, un gros nuage de fumée monta vers le ciel, blanchi par les rayons du soleil qui le frappaient en plein.

Quelque chose me disait que c'était un malheur.

Hélas ! c'était un malheur en effet ; un malheur nouveau, une nouvelle atrocité qui venait s'ajouter à nos désastres !

Ces cavaliers qui m'étaient apparus sur les montagnes et qui avaient déchargé leurs armes, comme pour me dire adieu, n'avaient pu s'enfuir tous assez vite.

Les Arabes s'étaient jetés sur leurs traces et les avaient poursuivis à outrance, quarante contre un peut-être !

L'un des quelques cavaliers français, par un malheur quelconque, était resté derrière ses camarades, et peu à peu s'était laissé gagner par les plus agiles d'entre les Arabes.

Il ne tarda pas à être entouré.

Mais, nous l'avons dit, les soldats d'Abd-el-Kader n'étaient pas habitués aux succès, et la victoire les avait enivrés ce jour-là.

Ils avaient ramené leur prisonnier sur les mamelons, et avaient voulu se donner le spectacle d'un supplice barbare.

Au lieu de tuer le prisonnier et de lui couper la tête ou de le mutiler, comme cela se pratiquait depuis le commencement de la bataille, ils avaient allumé un grand feu de broussailles et d'herbes sèches, puis ils avaient jeté le cavalier vivant dans ce brasier.

C'est la fumée de ce foyer immense que je voyais monter à l'horizon, et les clameurs qui venaient jusqu'à moi, c'étaient les cris de joie de tous ces hommes ivres de rage et repus de sang; c'était le rire féroce des cannibales qui faisaient rôtir de la chair humaine pour les bêtes fauves du désert!

J'ai dit qu'il pouvait être de quatre à cinq heures du soir.

Le petit détachement au milieu duquel j'étais prisonnier ne comprit pas très-bien d'abord ce qui se passait là-bas, de l'autre côté de la vallée, au-dessus du champ de bataille.

Il avait la garde de nombreuses dépouilles et d'un prisonnier; il crut à un retour offensif des Français ou à l'arrivée d'un puissant renfort.

Vite on plia bagage et l'on décida qu'on s'enfoncerait assez avant pour mettre hors d'atteinte hommes, bêtes et dépouilles.

Comme mon cœur se serra quand je fis le premier pas en tournant le dos à la France, au milieu des ennemis qui m'emmenaient dans leurs solitudes !

Mon malade, soulagé par le traitement que je lui avais appliqué moi-même, ne voulut pas recevoir d'autres soins que les miens. Je le remis en selle et je conduisis le cheval par la bride, pour éviter les secousses et les mauvais chemins.

Ce brave et digne officier qui souffrait encore horriblement ne savait comment me témoigner sa reconnaissance. Il voyait avec quelle pieuse sollicitude je veillais sur lui, et son regard humide semblait me promettre un meilleur sort, s'il avait le bonheur de guérir de ses blessures.

Nous marchâmes ainsi jusqu'à huit heures du soir, en nous enfonçant sur la droite, et nous arrivâmes au bord de la mer.

Là, on établit le bivouac.

Je pansai de nouveau les blessures de mon pauvre officier, qui allait s'affaissant par degrés en perdant des flots de sang.

Vers minuit, un courrier qui nous avait longtemps cherchés dans le désert, nous atteignit et transmit l'ordre de rejoindre Abd-el-Kader sur le champ de bataille de Sidi-Brahim.

Il fallut, malgré la fatigue, rebrousser chemin et s'aventurer de nouveau à travers les montagnes.

Cette marche pénible dura au moins six heures.

Nous touchions au but de ce voyage en arrière, quand le blessé me serra la main et appela un grand mulâtre qui paraissait lui être particulièrement dévoué.

— Dieu veut que je meure! lui dit-il, je te recommande ce brave Français; fais en sorte qu'il arrive
au camp sain et sauf. Prends soin de lui comme il a eu
soin de moi.

Nous le descendîmes de cheval et il expira paisiblement dans nos bras.

Aussitôt quelques Arabes prirent son corps et le portèrent dans une tribu voisine pour qu'il fût enterré avec
les honneurs dus à son rang.

Je lui donnai une larme pour adieu, et je me souvien-
drai toute ma vie que c'est à sa bonté et à son admiration pour mon dévouement à mon chef que je dus la vie.

Enfin nous traversâmes, au lever du soleil, ce funeste
champ de bataille de Sidi-Brahim, où des centaines de
cadavres tronqués, sans sépulture, attendaient les chacals du désert.

J'osais à peine ouvrir les yeux, tant j'avais peur de
reconnaître les restes de ceux que j'avais plus particulièrement connus ou aimés.

On se figure suffisamment, du reste, toute l'horreur
d'un pareil spectacle.

Il était environ sept heures du matin, le 24 septembre, quand nous arrivâmes à la tente d'Abd-el-
Kader.

A côté de cette tente s'élevait un arbre à tête élan-
cée et touffue que je vois encore d'ici, un sorbier au gai
feuillage.

Autour du tronc montait une pyramide d'objets informes sur lesquels mes yeux s'arrêtèrent épouvantés.

Trois cent quarante-trois têtes!!

Voyez-vous d'ici un monceau de têtes hachées, san-
guinolentes, trouées par les balles, fendues par le yatagan, pantelantes, défigurées!!...

Et ces nobles têtes, où la pensée avait vibré la veille,
apportées là comme choses immondes, suspendues à des
feuilles de palmier passées dans la mâchoire, dans le
nez ou dans une oreille...

Je me trouvais là en face de prisonniers vivants, mes
égaux ou mes chefs, qu'en toute autre occasion j'eusse
embrassés avec frénésie...

Mais les morts m'empêchèrent de songer aux vivants...

Je fis le tour de la sanglante pyramide, de ce lugubre
trophée que les courtisans de l'émir venaient d'élever
auprès de sa tente, et, malgré moi, invinciblement, je
cherchai à reconnaître ces visages que j'avais vus, la
veille, animés d'une si guerrière ardeur.

Presque au sommet, à la place d'honneur, se trouvait
la tête du lieutenant-colonel de Montagnac, ayant à
l'oreille la feuille de palmier qui avait servi à son trans-
fèrement sous le sorbier.

Cette martiale figure était pâle, mais je l'avais vue si
livide la veille quand le sang du brave officier coulait à
flots par sa blessure au ventre, que je la trouvai à peine
changée.

Puis, à son crâne chauve, je reconnus la tête du capitaine Gentil Saint-Alphonse.

Le hasard lui avait donné une place d'honneur en
haut de la colonne funèbre, un peu au-dessous de celle
du lieutenant-colonel.

Un grand nombre de têtes étaient méconnaissables sous le sang meurtri qui les couvrait; d'autres avaient été hachées par le yatagan; d'autres encore ne montraient que le dessus ou l'arrière.

Mais, entre celles qui regardaient de leur regard morne et immobile ce champ de bataille où le désastre avait été si grand, et ces Arabes qui les insultaient jusque dans leurs dernières dépouilles, entre ces têtes, dis-je, je reconnus encore celle du trompette Jules Krempel, le plus jeune, je crois, de quatre frères servant en même temps sous les drapeaux.

Puis celle de ce pauvre Lozelle, du 2e escadron de mon régiment, avec lequel, on s'en souvient peut-être, j'avais partagé les 25 francs que j'avais reçus du commandant de Clérembault, pour mon Arabe tué à Lalla-Magrnia, la nuit, autour du camp.

J'eus beau chercher mon pauvre Courcial, je ne pus l'apercevoir.

Cette pensée d'un ami me rappela au souvenir des vivants que j'avais aperçus presque sans plaisir, tant la vue des morts m'avait brisé.

Peut-être que mon cher Courcial était prisonnier.

En levant les yeux, je me trouvai face à face avec M. Courby de Cognord, conduit par le maréchal des logis chef Barbut.

En présence d'un pareil captif, je me sentis revivre.

Désormais j'avais à qui consacrer mes longues heures de captivité, et sous l'autorité de ce chef bien-aimé, — bien-aimé de tous! — nous pourrions faire une sorte de petite patrie au fond de l'exil.

EN PRÉSENCE D'UN PAREIL CAPTIF, JE ME SENTIS REVIVRE.

(Page 74.)

CH.CAILDRAU

— Vous voilà, mon commandant? m'écriai-je en me plaçant en face de lui.

— Oui, mon ami... Ah! c'est vous, Testard!

— Vous êtes bien souffrant!

— Oh! moi, ce n'est rien... comment avez-vous pu échapper au massacre? Après vous avoir laissé hier sans cheval, dans la mêlée, je ne pouvais guère compter vous revoir aujourd'hui.

— Mon commandant, la Providence est grande et nous en portons la preuve!

— Mon ami, ne me quittez pas... restez avec moi!

Pauvre commandant! je l'ai laissé dans mon récit avec quatre blessures, — trois coups de feu à la tête et un coup de sabre qui lui coupait la joue gauche du haut en bas.

Depuis lors, il avait quelque chose de mieux.

Dans l'ardeur qu'ils mettaient à couper les têtes des vaincus, les Arabes n'avaient pas toujours l'attention de ne s'adresser qu'aux morts.

Et puis, à force de tronquer les morts, les morts commençaient à manquer.

Alors ils prirent parmi les vivants.

Le commandant de Cognord, couché sur le champ funèbre et perdant son sang par ses quatre blessures, fut avisé par les chercheurs de têtes.

L'un d'eux saisit son yatagan pour tronquer le noble officier qui ne pouvait plus se défendre.

Mais l'yatagan avait été profondément ébréché dans la fureur du combat, et l'Arabe, ne pouvant couper les chairs et les parties dures du cou, résolut de les scier.

Il était en train d'accomplir cette épouvantable besogne, quand le kalifa Bou-Hamedi, un des plus nobles
lieutenants d'Abd-el-Kader, s'apercevant que la victime
respirait encore, fit surseoir à cette décollation.

M. de Cognord fut relevé avec le cou à demi scié.

Le sous-officier Barbut se dévoua à cette grande infortune, et se fit la sœur de charité du commandant.

Et ce n'est pas sans quelque fierté que je fus admis à
partager ces soins, auxquels le vaillant chef d'escadron
dut de revoir sa famille et la France : — sa famille, à
laquelle je le remis moi-même; la France, qui en fit un
général!

Les prisonniers, mes frères d'infortune, étaient parqués comme un troupeau de moutons dans une enceinte
de broussailles, à l'extrémité du camp.

Tout naturellement je fus enfermé avec eux.

Mais j'eus à peine le temps de m'asseoir.

Un Arabe vint me requérir pour me faire continuer
une sinistre besogne qu'accomplissaient au fond du ravin ceux d'entre les prisonniers qui étaient les plus
valides.

Je ne compris bien ce qu'on voulait de moi que quand
j'eus rejoint ces quelques malheureux Français qui, le
bâton des Arabes suspendu sur la tête, lavaient dans
l'eau courante les têtes de leurs frères et les enduisaient
de miel pour les conserver.

Abd-el-Kader voulait garder le plus longtemps possible ces trophées de son odieuse victoire, afin de les
promener dans les tribus éparses dans le désert et de
faire ainsi croire à sa mission divine.

La plume se refuse à raconter les détails de cette sanglante lessive dans un petit ruisseau qui dut porter
d'un bout du désert à l'autre le sang généreux de nos
frères d'armes.

Le cœur me manquait, mais le bâton des chaous
était là.

Je fis donc comme les autres.

Je pris les têtes une à une, je les lavai dans l'eau
courante, je les enduisis d'une couche de miel, et je les
mis dans les paniers avec celles qu'avaient lavées et que
lavaient encore les autres prisonniers.

Mes yeux cherchaient silencieusement et comme malgré moi la tête de mon cher Courcial...

Cette tête n'apparaissait nulle part.

Et cependant Courcial n'était point parmi les vivants.

C'était un garçon de ressources et tout plein de bonnes
inspirations dans les moments difficiles.

Seul entre tous, avait-il échappé au sort commun?

Mais on parlait aussi du hussard Metz, un autre intrépide qui avait sabré avec frénésie, tué sans relâche,
avec ses balles, avec la crosse de son fusil, avec tout ce
qui lui était tombé sous la main, et cela depuis la première jusqu'à la dernière minute de la bataille.

Lui non plus n'était ni parmi les morts ni parmi les
vivants.

Si Metz avait pu échapper aux Arabes, Courcial avait
bien pu faire comme lui.

Et je fus heureux de son bonheur.

Il me restait deux têtes à laver, et le bâton du chaous
commençait à s'impatienter visiblement.

7.

J'allais prendre la dernière... mais... mais, je reculai d'épouvante...

Cette tête dont l'œil morne semblait pleurer, cette tête fendue par une profonde blessure, c'était celle de mon pauvre Courcial.

Comme ce regard sans lumière me fit froid au cœur !...

Pauvre bien cher compatriote! pauvre bien cher ami d'enfance, il faudra donc que, si je rentre au pays, je raconte à ta mère...!

Non, non, je n'en aurai pas le courage!

Un grognement et le sifflement d'une menace me firent retourner.

Le bâton du chaous s'inquiétait peu de ma douleur... il fallait en finir!

Je pris religieusement cette chère relique et j'eus le courage de lui donner le baiser de l'adieu suprême...

Puis je la lavai et je l'enduisis de miel.

Cette tête morne, c'était mon pays, mon enfance, les causeries porte à porte, les amitiés de famille, les danses du dimanche, les courses dans nos montagnes hospitalières...

C'était le rêve d'une existence évanouie!

On disposa les têtes dix par dix dans chaque panier, mais, pour ne pas me séparer de mon ami, je mis sa tête au-dessus des autres, et je me promis bien de ne l'abandonner qu'à toute extrémité.

Nous rentrâmes au bivouac avec nos paniers, et nous reçûmes l'ordre de nous tenir prêts à partir.

Des mulets avaient été amenés à la porte de notre enceinte pour recevoir les paniers aux têtes coupées et ceux d'entre nous qui ne pouvaient marcher.

J'ALLAIS PRENDRE LA DERNIÈRE... MAIS JE RECULAI D'ÉPOUVANTE !

(Page 78.)

Nous étions, je crois, soixante-douze, et plus des trois quarts étaient horriblement mutilés.

Au moment où nous chargions les mulets, nous vîmes un grand mouvement autour de la tente d'Abd-el-Kader.

Les Arabes qui nous gardaient cessèrent leurs chants monotones, et quelques-uns, plus curieux que les autres, se détachèrent pour aller voir ce qui occasionnait cette rumeur inusitée.

Moi-même j'aperçus des flots d'Arabes que je n'avais point encore vus auprès de l'émir.

Le mot de l'énigme ne se fit pas attendre.

Ces Arabes, appartenant à des tribus voisines, avaient trouvé dans les broussailles un échappé du désastre qui attendait la nuit pour regagner Djemmâa ou tout autre point de notre occupation.

On l'avait préalablement dépouillé de tous ses vêtements, et on avait tenu conseil à son sujet.

Comme Abd-el-Kader était dans le voisinage, et qu'enfin la victoire s'était mise de son côté, on profita de l'occasion pour lui faire une surprise agréable et l'assurer de l'entière soumission de la tribu.

Il y a des courtisans partout.

Sitôt la résolution prise, on passa une corde au cou du prisonnier, et un cavalier attacha l'autre bout de cette corde à la selle de son cheval.

Puis il piqua des deux et prit sa course dans la direction de Sidi-Brahim.

Le chemin était rude, les broussailles avaient des épines dévorantes, les rochers avaient des arêtes tranchantes comme des lames de sabre...

Le cheval arabe, habitué à ces courses diaboliques à travers ces plaines arides et ces montagnes de broussailles, franchissait sans trop de peine tous ces obstacles.

Mais le prisonnier, à moitié mort de faim et de soif, tailladé par des blessures, le corps entièrement nu, laissait en passant un peu de son sang, un peu de sa chair à chaque buisson, à chaque arête de roche.

Et s'il se faisait trop prier pour suivre la marche du cheval, s'il tombait exténué, en roulant dans ces buissons ou en se frappant aux angles de ces rochers, la lanière du cavalier sifflait à ses oreilles et lui imprimait sur le corps un sanglant stigmate.

C'était ce malheureux hussard qu'on présentait à l'émir, et dont la nudité attirait tout ce monde sur ce même point.

Son corps n'était qu'une plaie : il avait comme une longue robe de sang qui lui descendait de la tête aux pieds.

— Metz! c'est Metz! nous écriâmes-nous en apercevant ce spectre rouge qu'on amenait à nous.

C'était en effet Metz, du 2e hussards.

On se souvient que c'est ce militaire qui avait monté la garde autour du buisson sous lequel le lieutenant Klein s'était blotti pour mourir.

Ce que j'ai oublié de dire, c'est que Metz, après avoir fermé les yeux de son lieutenant, avait, en regagnant la colonne de M. Froment-Coste, rencontré cinq Arabes qui lui barraient le chemin.

Le hussard les avait attaqués résolûment, en avait tué trois et avait écarté les deux autres.

Pour tout traitement, Abd-el-Kader lui fit donner un pantalon et un sac de chasseur à pied.

C'est peut-être en récompense d'une pareille humanité que l'émir, prisonnier plus tard à son tour, trouva en France la plus généreuse hospitalité, des attentions délicates, et des amitiés cordiales, comme nous seuls savons en témoigner à nos vaincus!

Metz vint prendre au milieu de nous sa place de douleur.

Nous mîmes les paniers sur les mulets et les blessés sur le bât, les jambes pendantes en avant des épaules de la monture.

J'eus grand soin de ne pas perdre de vue un instant la tête de mon pauvre Courcial, à laquelle j'avais fait la meilleure place possible.

M. de Cognord, dont les blessures étaient effrayantes, obtint d'avoir un mulet sans le fatal panier de têtes coupées.

Abd-el-Kader resta sur le champ de sa victoire, et nous nous enfonçâmes dans le désert, poussés, comme un troupeau d'esclaves antiques, par le bâton des chaous, nos conducteurs.

Où allions-nous?

A l'exil... ou à la mort?

Personne n'en savait rien.

On nous disait bien que nous étions dirigés sur la deira de l'émir, mais après?...

CHAPITRE VI.

LES PREMIÈRES ÉTAPES DE LA CAPTIVITÉ.

Nous marchâmes pendant dix heures sans le moindre temps d'arrêt, à travers des plaines arides, sans vivres, sans une goutte d'eau, sous un ciel de plomb, au milieu des chants féroces des chaous et des plaintes de nos pauvres blessés, dont les cahots du chemin rouvraient les blessures.

La colonne marchait militairement sur deux rangs, et si quelque pauvre diable, éreinté par cette marche inexorable, perdant son sang et ses forces par ses nombreuses blessures, s'arrêtait un moment pour reprendre haleine ou étancher le sang de ses plaies, le bâton du chaous tombait lourdement sur ses épaules et le poussait en avant pour le forcer à reprendre sa place dans la colonne.

En vérité, je n'ai jamais compris que nos blessés aient pu soutenir cette première et atroce journée. Moi, qui n'étais pas blessé, et à qui Dieu n'a ménagé ni la force du corps ni l'énergie, je me sentais exténué.

D'abord, en ma qualité d'homme bien portant, j'avais un appétit à dévorer des pierres, et je crois que j'aurais bu le sable de la route, s'il avait eu quelque fraîcheur.

Heureusement que dans ces plaines désolées et d'un effrayant aspect se rencontraient des points moins arides où les buissons épais conservaient un peu de fraîcheur à la terre.

Là, on faisait au passage des festins de Lucullus.

Je me rappelle qu'un des premiers j'eus l'idée d'arracher du sol des espèces d'asperges sauvages qui montraient leurs têtes sous les broussailles du chemin.

En vrais sybarites nous sucions ces racines, dont la sève acidulée rafraîchissait l'ardeur de nos palais embrasés et de nos langues fiévreuses.

Comme des moutons qui bravent la morsure du chien de garde pour une feuille de luzerne, nous courions, au risque du bâton du chaous en quittant la colonne, pour arracher ces asperges sauvages.

Mais ces asperges étaient si bonnes aux pauvres affamés! L'estomac est un tyran de la pire espèce : la plus noble organisation descendrait, je crois, jusqu'à la bassesse, pour lui obéir, quand il devient bien impérieux.

Quoi qu'il en soit, l'on évitait, autant que faire se pouvait, le bâton des conducteurs, et l'on remerciait cette bonne Providence qui avait semé pour de pauvres affligés ces racines pleines d'eau fraîche sur la route des déserts!

Enfin, sur les sept heures du soir, nous signalons quelques misérables cabanes perchées en haut d'une montagne, et bientôt notre vue se repose, au fond d'un ravin que nous traversons, sur de misérables jardins, dépendant sans doute de ces nids humains suspendus au flanc des roches.

Nous arrivâmes à la nuit à cette première étape de la captivité.

Rien en France, pas même la plus misérable bourgade de nos côtes maritimes ou de nos montagnes, ne saurait donner une idée de cette crasse primitive, de ces informes ébauches d'habitation en commun.

On se croirait là au lendemain de la création.

On nous fit entrer, un par un, en nous comptant, comme un berger ses moutons à la bergerie, dans une espèce de cour, et les sentinelles arabes se promenèrent gravement autour de l'enclos pour nous garder.

Ma foi, je l'avoue, personne ne songeait à prendre la clef des champs. Nous étions écrasés de fatigue, et nous ne demandions pas mieux que de profiter de la nuit pour nous délasser les membres.

On vante un peu trop, je pense, l'hospitalité des Arabes; ou, du moins, en cette occasion, ils tinrent à ne pas faire parade de cette vertu.

Nous mourions de faim et de soif, les valides surtout, et nos parts de galette et de couscoussou n'étaient guère faites que pour la première dent creuse.

Comme le plus grand malheur est toujours bon à quelque chose, les plus souffrants repassèrent aux plus affamés leur superflu, et je me rappelle que, pour mon compte, je n'aurais pas eu grand'peine à manger les parts d'une demi-douzaine de mes camarades.

Je fis trois ou quatre fois le tour de l'enceinte où nous étions parqués, pour découvrir quelque chose à ronger, ne fût-ce qu'une poule.

Je ne découvris qu'un dessert.

C'étaient des figues de Barbarie, qui pendaient à leurs branches, à quelques pieds au-dessus du mur d'enceinte.

Je grimpai comme un chat, mais le bâton d'un gardien me rappela à l'ordre.

Je pris le coup de bâton en philosophe, en considération d'une énorme figue que j'avais entre les dents et que je ne lâchai point, malgré ses dards.

J'ai parlé d'une bergerie, et vraiment c'était bien le cas. Nous étions l'un sur l'autre dans cette cour étroite, mais on parlait de donner des chambres aux officiers et aux sous-officiers, et nous espérions être plus à l'aise.

Des chambres !

C'étaient des toits à porcs, des poulaillers infects, n'ayant pour toute ouverture que la porte basse, et tellement peu élevés qu'il était impossible d'y tenir debout.

A tout prendre, le fumier de la cour, à ciel ouvert, nous parut, à nous autres simples soldats, infiniment préférable à ces chambres d'officiers où l'air vous prenait au nez, où l'on se cassait la tête.

Nous restâmes donc sur le fumier.

Les propriétaires du lieu sortirent enfin de leur trou pour savoir si toutes choses allaient bien, peut-être pour se faire complimenter de leur gracieuse hospitalité.

Les vaniteux ! ils avaient l'air de croire qu'ils nous traitaient en sybarites, et que le dieu du Prophète n'aurait jamais trop de faveurs pour payer une telle générosité.

Ils étaient affreusement laids, ces vieillards en haillons qui venaient à nous les pieds et la tête nus.

M. de Cognord apprit d'eux qu'ils étaient Espagnols,

8

et que depuis près d'un demi-siècle ils étaient venus chercher fortune en ce pays.

Je soupçonne, moi, qu'ils avaient eu des raisons graves pour quitter leur pays natal, et que la justice de l'Espagne avait un peu trop voulu se mêler de leurs affaires.

Ayant, du reste, des comptes trop peu en règle à rendre au Dieu de leurs pères, ils étaient venus se jeter dans les bras du dieu de Mahomet, infiniment moins difficile à l'égard de ses adorateurs et des consciences timorées.

Ces rusés coquins n'étaient pas incapables de ce calcul de conscience.

M. de Cognord, qui avait perdu et qui perdait encore beaucoup de sang, était d'une faiblesse extrême. La galette arabe était peu faite pour le ramener à la santé et lui rendre des forces.

Barbut, qui n'avait pas été complétement dépouillé et qui avait retrouvé quelques pièces de monnaie dans le fond de ses poches, eut l'idée d'acheter une volaille afin de faire du bouillon au commandant.

C'était une excellente idée.

Il s'adressa de confiance aux deux chenapans, qui trouvèrent que le sous-officier était un homme humain.

Seulement, comme ils avaient affaire à des prisonniers, ils exigèrent que le prix de la volaille leur fût payé d'avance.

Barbut n'y vit pas malice et paya.

Mais la volaille se fit attendre.

Barbut, qui voyait le temps s'écouler, fit des réclamations.

On allégua que les poules dormaient, qu'il faisait trop
noir, que l'on ne pourrait faire un bouillon sortable
pendant la nuit; mais on affirma par la barbe du Prophète
que les poules seraient livrées religieusement au jour.

Barbut, ne pouvant mieux faire, se contenta de ces
raisons. Puis, du reste, il fut, comme nous, distrait de
la pensée de ses poules par la mort d'un pauvre chasseur du 8e bataillon dont les blessures étaient atroces et
qui n'avait pu supporter ni les fatigues de la journée
précédente ni le froid de la nuit.

Dieu sans doute a bien maudit cette terre d'Afrique,
ces déserts inhospitaliers où le soleil vous rôtit pendant
le jour, et où les nuits sont glaciales.

Moi qui n'étais pas blessé, je battis la charge avec
mes dents jusqu'au jour.

J'avais pu dormir à peine, et j'avais les membres
aussi roides que des branches d'arbre.

Au matin, les Arabes tranchèrent la tête du pauvre
trépassé et nous lui fîmes la suprême toilette qu'on avait
faite aux autres, puis on la plaça sur les paniers où déjà
nos blessés avaient repris leurs places pour la marche
qui allait recommencer.

Quant au tronc du pauvre chasseur, on le rejeta comme
une immondice par-dessus la muraille, et je ne sais ce
qu'il devint, ou plutôt je le sais trop bien, car les chacals, attirés par l'odeur du sang, ne perdaient pas de
vue la colonne.

Barbut se crut en pays de justice et d'équité.

Il cria comme un beau diable et redemanda sa poule
ou son argent.

Les chaous montrèrent les dents comme des dogues, et le bâton se leva sur lui.

Les deux gredins espagnols ne dédaignaient pas de voler des prisonniers, le pouvant faire impunément.

L'un d'eux même, qui nous suivit pendant une heure avec des airs de contrition, dit adieu à son créancier Barbut par un sourire de filou heureux, envoyé à l'adresse du sous-officier.

Une pauvre femme arabe, portant à dos un enfant et montée elle-même sur un âne efflanqué, profita de notre société pour traverser le désert.

Un homme aussi efflanqué que l'âne tirait nonchalamment ce dernier par la bride.

Au soir, la pauvre famille, à la recherche d'un douar ou de quelqu'un des siens, nous quitta pour s'enfoncer lentement dans ces profondes solitudes.

C'est après plusieurs heures de marche, dans cette journée du 25 septembre, qu'un sombre incident fit faire halte à la colonne.

Nous suivions des chemins à nous casser le cou, et les mulets s'en allaient piétinant pour ne pas perdre pied.

En haut, d'un côté, la montagne à pic ; d'un autre côté, l'abîme.

Tout à coup l'un des mulets fait un faux pas, trébuche, glisse sur la pente, où il laisse son blessé et entraîne au fond du précipice avec lui sa charge de têtes effarées et sanglantes.

Horreur ! il nous sembla que ces têtes mutilées jetaient des cris d'effroi et appelaient au secours.

Les chefs de la colonne avaient à rendre compte,

non-seulement des vivants, mais encore des têtes coupées, et il fallut descendre pour reprendre ces reliques de nos frères.

Les hommes non blessés étaient rares, et cette besogne allait faire perdre un temps précieux.

Les Arabes employèrent le bâton et la crosse de leurs fusils pour envoyer à cette corvée funèbre les moins maltraités d'entre les malades.

Ils mirent une effrayante gravité à compter ces têtes remontées du gouffre, et firent reprendre la marche en jurant après nous.

Derrière ces montagnes dont la grise échine reçoit les rayons du soleil tropical depuis le commencement du monde, nous aperçûmes devant nous une vaste plaine désolée tout enflammée de ces rayons de soleil qui nous brûlaient les yeux.

C'est dans cette vaste plaine, où l'on eût dit qu'avait tourbillonné longtemps quelque vaste incendie, que deux autres blessés succombèrent.

Les choses prenaient une tournure sinistre. Pour peu que cela continuât ainsi, les Arabes pouvaient se dispenser de nous maltraiter; la route se marquait au moyen des cadavres, et les corps tronqués de nos malheureux compagnons servaient de bornes milliaires sur cette voie funèbre de la captivité.

Les têtes étaient coupées, lavées, enduites de miel et jetées dans les paniers.

La vue seule de ces steppes sans fin donnait la fièvre. Partout du sable gris, mêlé à une sorte de chiendent grillé; des touffes d'alfa, des arbres séculaires qui ont

8.

végété péniblement et qui s'affaissent sous le poids du soleil; des broussailles sèches qui n'ont de vivace que de longues épines qui déchirent au passage, la désolation partout.

Pauvres colons! vous aurez beau mettre la bêche ou la charrue dans ces vastes champs incultes, vos sueurs y tomberont sans les féconder; et un jour ou l'autre vous laisserez aux bêtes fauves ces solitudes que le bon Dieu a faites pour elles.

Dans l'après-midi on signala quelques douars marocains qui se réveillèrent en sursaut pour nous insulter au passage.

Toute cette hideuse population criait, hurlait, battait des mains pour célébrer la grande victoire d'Abd-el-Kader.

Cette fureur contre laquelle nous étions protégés ne manqua pas de nous amuser; ces contorsions et ces grimaces, ces piaulements et ces menaces avaient quelque chose de fantastique.

Tout à coup une femme se détache des groupes en ébullition et s'approche des Arabes qui nous conduisaient.

— Donne-moi un de ces Français, s'écrie-t-elle.

— Q'en veux-tu faire? demande un Arabe.

— Lui manger le foie!

— Fais comme nous, femme! si tu veux de cette viande-là, vas-en chercher sur le champ de bataille.

Nous passâmes outre, mais de ma vie je n'oublierai cette furie en guenilles, sa figure ardente, ses yeux pleins de feu, ses bras crispés par la colère.

Hélas! qui sait? Cette femme avait sans doute envoyé son fils à la bataille, et ce fils avait peut-être trouvé la mort sous les balles ou le sabre des nôtres...

Pauvre mère... elle se vengeait!!

Il était peu sûr de camper dans le voisinage de ces douars inhospitaliers ; nous nous en éloignâmes le plus possible et nous gagnâmes l'autre bout de cette plaine aride que nous suivions depuis huit ou dix heures.

La nuit était commencée depuis longtemps déjà.

Je ne sais si nos maîtres et nos chaous avaient des vivres pour eux, mais nous n'avions rien à nous mettre sous la dent ; les asperges sauvages nous avaient fait défaut en route, et nous étions littéralement exténués.

Des cavaliers se détachèrent de la colonne pour se mettre en quête des habitations les plus voisines et en rapporter de quoi manger.

Pour nous faire patienter, les chefs ordonnèrent aux chaous de nous mener boire à la Malouïa, distante d'un quart de lieue.

Les chaous étaient de mauvaise humeur et passaient leur colère sur nos épaules.

Pour mon compte, je les comptai du coin de l'œil pour savoir s'il ne serait pas possible de les envoyer à l'eau et de nous débarrasser de ces atroces surveillants.

Mais ils étaient nombreux, armés de toutes pièces et, ce qui mieux est, sur leurs gardes.

On baissa la tête et l'on descendit humblement au fleuve pour boire et puiser de l'eau pour les blessés, restés au bivouac.

En les rejoignant, notre premier soin fut de laver et

de panser leurs blessures, puis de songer à se garantir du froid p ndant la nuit.

M. de Cognord souffrait horriblement.

Moi qui savais de première main combien les nuits étaient glacées, je songeai à lui faire non-seulement un abri, mais encore un lit.

Nécessité rend inventif.

Au fur et à mesure que nous nous étions rapprochés de la montagne, j'avais remarqué des buissons plus robustes et au milieu de ces buissons des baguettes d'un vert lisse qu'on pouvait couper.

Voyant que le souper ne venait pas, je me pris à fabriquer le lit du commandant.

Je coupai quelques-unes de ces baguettes vertes et des touffes d'alfa, la seule laine dont je pouvais disposer en ce moment pour confectionner un matelas.

Pendant ce temps nos éclaireurs rentrèrent au bivouac, mais le souper avait l'air de se faire tirer l'oreille.

Après une longue journée de marche et de fatigues, sans repos et sans nourriture, souper avec les eaux de la Malouïa n'était pas chose restaurante pour l'estomac.

Il n'y avait pas là à frapper sur son verre ou sur la table pour se faire servir plus vite ; la moindre impatience même attirait inévitablement le bâton du chaous sur l'épaule de l'imprudent qui ne faisait pas taire les exigences de l'appétit.

Enfin pourtant, sur les dix heures du soir, un groupe d'Arabes, venus d'une tribu voisine, apportèrent au bivouac des galettes qui furent partagées et qui firent feu sous ma dent affamée...

Si j'avais eu seulement trois ou quatre bonnes petites blessures pour modérer cet appétit-là!

Cette nuit fut une des plus froides que j'aie jamais senties.

Quand je voulus me lever le matin, j'étais, à la lettre, aussi rigide et aussi froid qu'une barre de fer.

Ces bons Arabes nous regardaient à peu près comme des bêtes de somme. A notre réveil, les chaous nous conduisirent de nouveau à la rivière, où nous bûmes dans le creux de nos mains en vue de la chaleur dévorante qui nous attendait quelques heures plus tard.

Il est vrai de dire aussi que ce coup d'étrier devait tenir lieu du repas matinal.

Ne pouvant nous donner à manger la galette des tribus, ils nous donnaient à boire l'eau du bon Dieu.

Nous pansâmes de nouveau nos chers blessés, et la colonne repartit lentement d'abord, puis activée peu à peu par l'éternel bâton des chaous qui ne distinguait pas entre hommes et mulets et qui frappait également sur le tout.

On se rapprocha obliquement de la Malouïa, et le commandant Mohammed, qui conduisait le convoi, s'arrêta dans un endroit où les rives du fleuve étaient moins escarpées.

Il s'agissait de passer l'eau.

La rivière était-elle guéable en cet endroit?

On n'en savait rien au juste, mais on le croyait un peu, et ce peu suffisait pour se risquer.

Les plus valides s'enfoncèrent à la grâce de Dieu dans cette eau limpide, et les mulets suivirent.

C'était bien un gué.

Nous n'eûmes de l'eau que jusqu'aux aisselles.

Aucun accident ne marqua ce passage. Nous nous tenions bravement par la main, et les mulets, de leur côté, mirent toutes les précautions dont ils ne se départissent jamais dans les cas difficiles.

Le chemin dura six heures dans les ravins, dans les collines, dans les montagnes, dans les broussailles, dans un pays où la colère des Titans avait dû passer.

C'est bien triste ces longues routes à travers le désert; aucune semelle humaine n'a laissé d'empreinte sur ce sol tourmenté, et, si ce n'est quelque bête fauve qui se retire lentement en regardant en arrière, rien de vivant n'y récrée les yeux.

Je ne me souviens même pas d'avoir aperçu un seul oiseau.

Quelquefois cependant, là-haut, bien haut, au fond du ciel, au-dessus des pitons, l'œil distingue un point noir, tantôt immobile, tantôt filant avec la rapidité d'une flèche.

C'est quelque oiseau de proie qui rôde dans les airs et qui guette un reptile dormant au soleil, dans l'anfractuosité des rochers.

Mais c'est encore la mort; — la mort partout !

Sur les deux heures de l'après-midi, nous aperçûmes enfin un bouquet d'arbres, des jujubiers sauvages qui semblaient s'élever du sol à mesure que nous gravissions les pentes.

Enfin ! enfin !

C'est pourtant la deira d'Abd-el-Kader.

Des tentes pleines d'êtres vivants, sous des ombrages, un village entier de patriarches groupés autour de la mère et de la famille de l'émir !

C'était la vie... la vie, hélas ! de la captivité, mais au moins le repos pour tous, la guérison pour les blessés.

La deira se leva tout entière pour nous recevoir.

A la bienveillance de cet accueil, nous dûmes juger des dispositions de cette peuplade au milieu de laquelle nous allions vivre.

Les douars marocains, sur notre passage, s'étaient montrés féroces ; ici c'était presque de la fraternité.

C'était au moins de la compassion, de la sollicitude. On se sentait au point central de la civilisation africaine.

La colonne s'ouvrit un chemin à travers la foule, et nous fûmes dirigés du côté de la tente de l'émir.

Nous arrivions au but.

Ce fut là que nous nous séparâmes pour toujours des chères reliques de nos compagnons d'armes, de ces têtes qui nous suivaient depuis le champ de bataille.

Ce fut avec un serrement de cœur inexprimable que nous les vîmes déposer, un peu au delà du village, au pied d'un monticule, au milieu des cris et des vociférations des Arabes.

Bien des jours encore, l'image de ces têtes insultées, conspuées, ballottées par les vainqueurs, me poursuivit.

C'est un des souvenirs douloureux que je porte en moi et qui me suivra jusqu'à mon dernier jour.

J'ai vu toute une population jouer avec ces têtes de victimes, les tourner en dérision, puis les briser, comme un enfant fait de ses hochets, quand il s'en est lassé.

O mes braves compagnons d'armes... que sont devenus les restes brisés de ces têtes glorieuses?...

Mon pauvre et cher Courcial, adieu!

CHAPITRE VII.

LE CAMPEMENT DES PRISONNIERS.

Un village arabe est l'ébauche primitive d'un village
à nous.

Une famille se réunit dans une enceinte de broussailles, vives ou sèches; dans cette enceinte sont plan-
tées des tentes coniques ou d'une autre forme, recouvertes d'une toile en poil de chameau ou d'une étoffe
plus précieuse, suivant la fortune du propriétaire.

Une même famille a plusieurs tentes, une entre autres
toute de silence et de mystère sous laquelle se tient cachée la femme de l'Arabe, condamnée à une sorte de
réclusion éternelle et gardée par un esclave.

Cette enceinte de broussailles, renfermant plusieurs
tentes, s'appelle un *douar*.

Le village se compose d'un nombre plus ou moins
grand de ces douars.

La population masculine domine dans ces villages,
ou du moins s'y montre en majorité; mais si les mères
et les filles arabes sont recluses, les mendiantes et les
esclaves abondent.

Ces femmes sont pour la plupart dégoûtantes, et je

crois qu'elles pourraient sans danger promener leur vertu d'un bout de la France à l'autre.

Lella-Zohra, la mère d'Abd-el-Kader, reçut nos officiers et nous jeta de loin un regard de pitié.

C'était une bonne vieillotte de soixante et quelques années, qui se montra généreuse et donna le bon exemple aux Arabes qui l'entouraient.

Elle couvrit d'un mouchoir la tête de M. de Cognord, veuve de son képi depuis Sidi-Brahim.

Les femmes sont bien femmes partout, je vous assure.

La toile des tentes remuait sur notre passage, se soulevait furtivement pour laisser voir aux recluses les prisonniers.

Cela sans doute n'avait lieu que dans les tentes où les maris manquaient, et en dépit du cerbère.

A ce moment nous vîmes accourir à nous un homme mi-partie Arabe et Français.

Arabe par le burnous, Français par son pantalon rouge.

C'était un prisonnier du mois d'avril précédent, le nommé Turgis, qui plus tard...

Mais n'anticipons point.

Turgis avait survécu à deux de ses compagnons de captivité et avait eu le bonheur de trouver au camp d'Abd-el-Kader une Française, Juliette la Marseillaise, devenue la femme d'El Had-Bachir, parent, je crois, et sellier d'Abd-el-Kader.

Il faut que le sentiment du pays soit quelque chose de bien vivace et de bien profond, car le pauvre diable

9

était fou de joie, embrassait tout le monde, pleurait, dansait et chantait en même temps.

Il était devenu le factotum de Juliette.

Il nous donna d'excellents renseignements sur le sort qui nous attendait, et nous apprit qu'à une heure de marche du village, aux bords de la Malouïa, une grande enceinte nous avait été préparée au milieu d'un camp arabe, et que nous pouvions compter, sinon sur une entière bienveillance, au moins sur le respect dû au malheur.

C'était bien.

Puisque Abd-el-Kader avait pris soin de préparer une bergerie, c'est que pour le moment il ne songeait point à égorger le troupeau.

Comme pour confirmer les assurances de Turgis, les Arabes de la deïra se partagèrent les prisonniers.

Le chagrin que j'avais ressenti de l'outrage fait aux têtes de nos compagnons d'armes me dominait tellement, que je n'ai pas gardé d'autre souvenir des quelques heures passées au village d'Abd-el-Kader.

Je me rappelle seulement que nous échûmes quatre, — Lacan, Mialle, Metz et moi, — à un bonhomme qui avait d'excellentes figues, des raisins exquis et du lait.

Je fis honneur à sa généreuse hospitalité.

Vers le soir, nous partîmes pour le camp.

Je ne saurais dire en vertu de quelles protections Turgis obtint de quitter le service de Juliette : toujours est-il qu'il nous suivit au camp de la Malouïa, notre résidence définitive, — nous disait-on.

Ce camp paraissait avoir été établi dans un lieu aussi

agréable qu'il nous était possible de le désirer. C'était bien encore le désert silencieux et vaste, mais le désert avec des perspectives variées, avec des flots de verdure dans le lointain, avec le voisinage bienfaisant d'une rivière, précieuse ressource pour tous, mais indispensable surtout pour nos malades.

Nous y arrivâmes à la clarté des étoiles, un peu moins las que les jours précédents et rassurés par l'accueil qui nous avait été fait à la deira.

Un Arabe nous compta, et nous fit entrer dans un douar préparé à notre intention.

Cette enceinte, entourée d'une haie d'épines sèches et fermée par un fagot de broussailles, contenait quelques tentes recouvertes en toile de poil de chameau et destinées à nos officiers.

Pour nous autres, l'hospitalité était plus simple : quelques bottes d'herbes sèches sous nos têtes; le ciel au-dessus.

Nos pauvres blessés nous inspiraient une compassion toute fraternelle qui nous faisait veiller sur eux avec une sollicitude de tous les instants.

De notre douar, on apercevait, à une demi-lieue environ, des montagnes à chevelure verdoyante, et je songeai que cette verdure, quelle qu'elle fût, pouvait être une précieuse ressource.

Dans cette verdure j'apercevais des touffes d'alfa.

L'alfa est la providence de ces lieux désolés. On en fait des matelas, des paillassons, des tentes, des tamis pour la farine, toutes sortes de choses enfin.

Les animaux eux-mêmes s'en nourrissent.

C'est un bouquet de gros foin, de genêt à feuilles, qui s'arrondit sur terre et qui tient au sol par une racine unique grosse comme le poignet.

J'obtins l'autorisation d'aller, sous la garde d'une sentinelle, chercher deux ou trois de ces touffes, dont je ne pris que les feuilles et dont je fis un lit pour M. de Cognord.

Et chaque matin, devenu volontairement le valet de chambre du brave commandant, je faisais son lit, en secouant l'alfa et en enlevant les tiges qui eussent fatigué le sommeil du noble blessé.

A dater de cette époque, je m'attachai tout particulièrement à sa personne, et je dirai plus tard comment la Providence m'en récompensa.

Après M. de Cognord, nous songeâmes aux autres officiers.

Ces messieurs eurent leurs lits comme le commandant, sous les tentes délabrées qu'ils habitaient.

Il nous semblait, à nous autres simples soldats, que nos braves officiers nous étaient devenus plus chers sur cette terre de captivité et que nous devions nous dévouer jour et nuit pour leur adoucir les ennuis et les souffrances de l'exil.

Moins la discipline commandait, plus le cœur obligeait.

Leurs tentes où les lits étaient dressés étaient tout au plus bonnes pour la nuit; le jour il y faisait une chaleur dévorante.

Il nous vint à l'idée de leur construire une salle à manger, qui serait en même temps pour eux un lieu de réunion dans le jour.

Metz et quelques autres se joignirent à moi.

Toujours sous la surveillance de trois ou quatre sentinelles, nous grimpâmes sur le flanc de la montagne et
nous coupâmes des branches de lauriers-roses pour com -
mencer notre construction.

On planta quatre pieux aux quatre angles; puis, à
force de passer des traverses en tous sens, d'entrelacer
des feuilles d'alfa, d'amonceler sur le tout des gerbes
de broussailles ou de feuilles, nous pûmes offrir un
palais à nos officiers.

Quelques-uns de nos gardiens, nous voyant travailler
de si bon cœur, nous prêtèrent leurs épaules ou leurs
bras pour descendre de la montagne les matériaux né-
cessaires.

La salle demandait une table.

On enfonça en terre quatre nouveaux pieux qu'on
maria avec des traverses; puis, sur le tout, nous tres-
sâmes des branches et des ramilles de lauriers-roses.

Le dessus de cette table ne ressemblait pas mal au
siége d'une chaise de quinze sous.

C'était rudimentaire, primitif, mais c'était solide.

La captivité fait, du reste, passer par-dessus bien
des choses.

Une fois nos officiers installés, nous songeâmes à nos
blessés.

Pour quelques-uns, la guérison s'opérait d'elle-même,
mais pour un grand nombre, la chaleur aggravait les
plaies d'une manière épouvantable.

Un pauvre chasseur du 8e bataillon, amputé depuis
quelques jours, poussait des plaintes à fendre le cœur

9.

et un hussard dont je ne sais plus bien le nom avait le genou fracassé et faisait pitié à voir.

La gangrène envahissait la jambe, et des vers énormes grouillaient dans la plaie.

Il vécut quelques jours, mais ces quelques jours furent une longue et effrayante agonie.

Pauvre camarade! il avait tant souffert que c'est avec une sorte de pieux contentement que nous lui fermâmes les yeux.

On ne coupait plus les têtes alors.

Nous creusâmes sa fosse à quelques centaines de pas du camp et nous confiâmes ses restes à la terre.

La terre les a-t-elle gardés?

Ah! croyez-moi, la terre d'Afrique n'est pas sûre aux morts. Si avant qu'on y creuse une tombe, si lourdes que soient les pierres dont on la couvre, l'ongle du chacal parvient toujours à retirer le cadavre de sa dernière demeure.

Quand l'ombre bienfaisante d'un solide gourbi protégea nos blessés contre les ardeurs du soleil et le froid glacé des nuits, nous continuâmes nos constructions.

Mais cette fois pour nous.

On se groupait par escouades, suivant les sympathies, les anciennes ou les nouvelles liaisons.

Lacan, Mialle, Metz et moi nous nous trouvâmes réunis sous le même toit d'alfa.

Il était temps de s'abriter; car, même en se tapissant sous des feuilles, on avait froid.

Du reste, les vêtements qui me restaient m'embarrassaient peu.

J'avais rapporté de Sidi-Brahim ma chemise et mon
pantalon.

Un peu plus tard, on me donna une veste d'uniforme.

Mes bottes de cavalier me gênaient énormément, et
je leur donnais souvent congé dans mes courses.

Du reste, je les avais apportées de Sidi-Brahim soit
dans mes mains, soit sur mon épaule.

Je ne saurais dire à quelle faculté les médecins arabes
prennent leurs diplômes, mais les examens qu'ils y su-
bissent ne doivent pas être d'une extrême difficulté.

Un de ces médecins vint nous voir.

Il jouissait, paraît-il, dans les tribus, d'une réputation énorme.

Quand je le vis appliquer sur les blessures les plus
vives des herbes fortes, du sel et ce fameux onguent vert
qui paraît être leur panacée favorite, j'eus envie de le
jeter par-dessus notre enceinte d'épines.

Ces applications corrosives brûlaient les malades et
leur arrachaient des cris aigus.

Puis on débandait les plaies, et on se hâtait de les laver en jurant contre le guérisseur.

M. de Cognord s'était infiniment mieux trouvé d'un
traitement que Barbut et moi nous avions imaginé d'appliquer.

J'allais chaque jour hors du douar chercher des feuilles
de mauve, assez rares malheureusement, et je les faisais bouillir; puis le sous-officier se servait de ce jus
émollient pour laver les plaies du commandant.

En quelques semaines, les blessures se cicatrisèrent,
et la guérison devint plus probable de jour en jour.

Cependant l'estomac du commandant souffrait du régime alimentaire auquel nous étions soumis. Cette galette sèche qu'on nous distribuait n'était pas un mets bien recherché pour des malades et des convalescents.

Mais le commandant changea bientôt ce régime insuffisant de la galette indigeste.

La Providence, qui n'abandonne jamais complétement les malheureux, et qui en sait plus long que les docteurs arabes, vint au secours des blessés.

On découvrit en ces jours-là une source d'eau chaude où les blessés se transportèrent pour se laver.

A partir de ce moment la physionomie du camp se ranima, les écloppés furent bientôt en pleine voie de guérison, et il ne resta guère que trois ou quatre de nos camarades dont l'état inspirait des inquiétudes.

J'avais, moi particulièrement, gagné la confiance de nos gardiens.

Voici comment :

Ils avaient vu que je m'étais attaché à M. de Cognord et que je lui prodiguais des soins à toute heure. Il était peu probable que je pusse songer à déserter et à prendre la clef des champs, tant que le commandant aurait besoin de mon secours.

Je pus donc aller et venir sans être surveillé, et je descendais seul, chaque jour, aux sources d'eau chaude de la Malouïa pour laver les compresses et le linge de mon malade.

J'ajoute même que ces natures un peu brutes, mais droites, avaient une sorte de respect pour mon dévouement à mon chef.

J'étais donc devenu blanchisseur, après avoir rempli les fonctions d'infirmier.

Je me souviens même d'avoir fait une opération chirurgicale.

Un de nos camarades avait reçu dans le ventre une balle qui s'était logée dans le flanc droit.

Il va sans dire que la présence de cette balle en cet endroit retardait la guérison, devenait dangereuse et gênait beaucoup le blessé.

Au toucher, on sentait le projectile.

Le blessé avait de l'énergie, et nous pria, entre camarades, de le débarrasser de son ennemi.

Un Arabe nous prêta son couteau, et ma main fouilla si bien dans les chairs que je vins à bout d'extraire la balle.

Pour comble de bonheur, le blessé guérit.

J'ai dit que le chef modifia notre régime alimentaire.

Il nous fit distribuer du blé et de l'orge.

Le blé était pour les officiers et l'orge pour les soldats.

Ce fut la gamelle d'un chasseur à pied qui servit de mesure réglementaire.

Cette gamelle équivaut à peu près à un litre.

On nous donnait donc environ un litre d'orge par jour et pour trois hommes.

C'était peu, mais nous étions libres d'en faire ce que bon nous semblait.

Les officiers, mieux favorisés sous le rapport de la qualité et de la quantité tout à la fois, recevaient cette même gamelle pleine de blé pour deux hommes seulement.

Les Arabes avaient, après le massacre de la colonne de Djemmâa, ramassé dans les dépouilles des moulins de campagne qu'ils nous remirent en même temps pour moudre le blé et l'orge.

La besogne était fatigante. Ces moulins à bras sont d'une pesanteur à lasser Samson, et, n'eût été l'appétit qui revenait sans cesse, personne n'eût voulu tourner la meule deux jours de suite.

Une fois la farine moulue, nous la passions dans des tamis d'alfa pour en séparer le plus gros du son, qu'on avait soin de ne pas perdre et dont nous faisions du couscoussou, comme je le dirai tout à l'heure.

La pâte se pétrissait dans la première chose venue, et les pains en flûte, d'assez bonne mine, ma foi, étaient cuits dans un four assez solidement bâti de pierres et de terre grasse.

Nous commencions chaque jour par le pain des officiers, et, quand nous avions le temps, nous tâchions de confectionner notre fournée.

Ce pain d'orge de la captivité n'avait rien de bien délicat, mais on se fût trouvé heureux si l'on eût pu en avoir à discrétion.

Turgis, qui, sans doute, avait perfectionné son talent de geindre et d'enfourneur au service de Juliette, était d'une dextérité admirable que j'enviais sincèrement.

Je fis mon apprentissage de boulanger sous ce maître habile, et je pus bientôt le suppléer dans ses importantes fonctions.

C'est une belle chose de savoir un peu tout faire quand on a le malheur de passer par des positions semblables

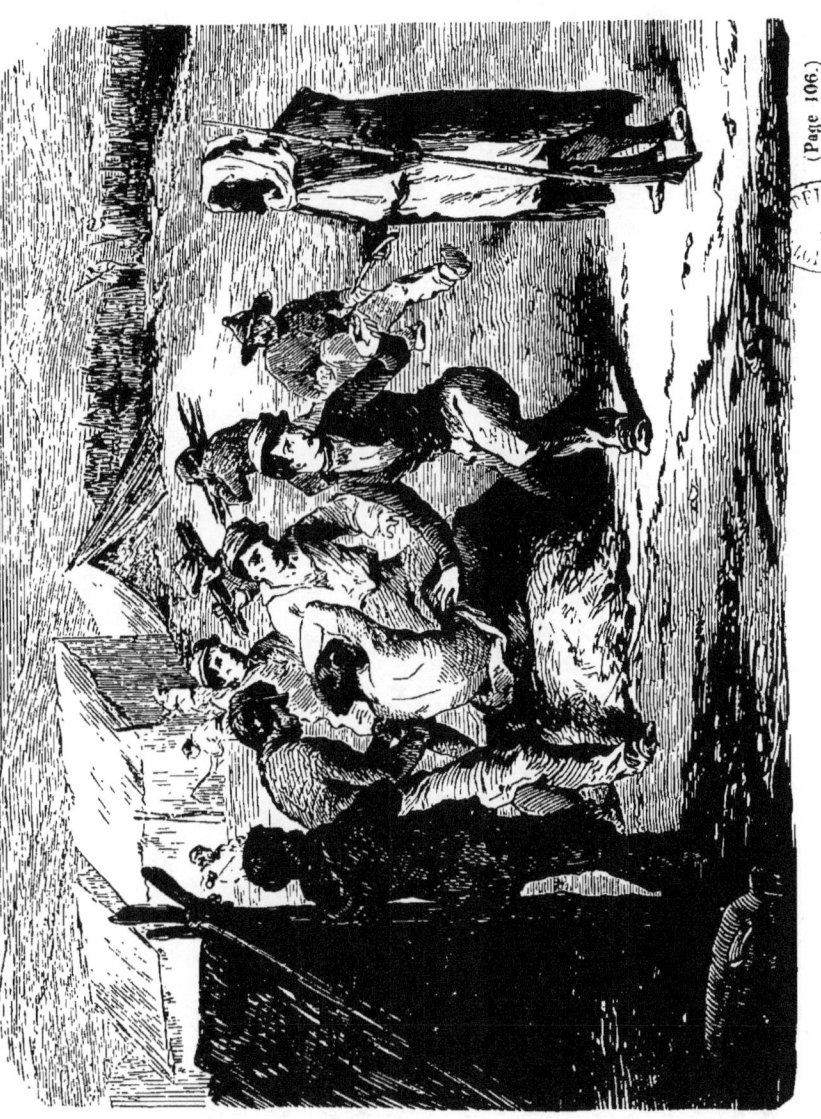

JE VINS A BOUT D'EXTRAIRE LA BALLE.

(Page 106.)

à la nôtre, et (Dieu sait bien que je n'ai jamais eu la pensée de reprocher un service à qui que ce soit) nos officiers eussent bien souvent manqué de vivres, si nous n'eussions pas été là.

L'un d'eux, qu'il est inutile de nommer, impatienté un jour que les choses n'allassent ni assez bien ni assez vite, essaya de tourner la meule, comme pour nous donner la preuve qu'il était facile de se passer de nous.

Mais ses blanches mains refusèrent le service, et ses efforts, doublés d'un peu de colère, furent vains.

Les mains calleuses furent en conséquence un peu moins malmenées.

Et puis, pour cuire ce pain, il ne suffisait pas de moudre le blé ou l'orge, il fallait du bois, et le bois était loin.

On était obligé de l'aller prendre au flanc des montagnes, dans des ravins, au milieu des obstacles de tous genres, et sous la garde d'Arabes armés qui pouvaient nous tuer, si l'envie leur en eût passé par la tête.

En rentrant au camp ils eussent dit, pour excuser leur sanguinaire fantaisie, que les prisonniers s'étaient montrés rebelles ou avaient essayé de s'enfuir.

Et leurs chefs eussent répondu gravement :

— C'est bien, Dieu l'a voulu !

On voit que même les choses les plus simples, les besoins de chaque jour n'étaient pas sans danger.

A ces distributions d'orge et de blé s'ajoutèrent bientôt des distributions de viande.

Mais c'était peu, bien peu, et encore tous les cinq jours.

Ordinairement cette viande était du mouton ou du bœuf, mais c'était d'une maigreur effrayante.

Heureusement que les os faisaient un bouillon passable.

Mais que de soins pour nettoyer et laver ces rations de viande, que de gros vers rongeaient jusqu'au cœur !

Dieu vous garde, mon cher lecteur, du gigot de mouton qu'on mange au désert !

Quant à nous, cependant, vu notre position, les jours où l'on distribuait de la viande étaient des jours de fête. La viande épluchée, lavée, visitée de nouveau, se faisait cuire dans de grandes marmites de terre qui ressemblaient assez à nos pots-au-feu et qui avaient de larges bords.

On posait ces marmites sur trois pierres en triangle, et l'on activait le feu.

Nous couvrions ces marmites avec un paillasson d'alfa fait en forme d'entonnoir et percé par le haut pour donner passage à la vapeur.

Ce paillasson formait four au-dessus du pot-au-feu.

Ceci nous donna l'idée d'utiliser le gros de la farine de nos officiers. Nous le roulions dans de la farine plus fine, en la mouillant légèrement, et nous faisions cuire ces pâtés grossiers dans les paillassons et à la vapeur du pot-au-feu.

C'est ce que les Arabes appellent le *couscoussou*.

Nos officiers se régalaient de ces gourmandises.

Pour ce qui est de notre son d'orge et de la grosse farine, nous en faisions de la bouillie à l'eau et au sel.

Je ne conseillerais cette bouillie aux estomacs les plus robustes qu'à la dernière extrémité.

La bouillie demandait des cuillers : nous en fîmes avec des branches d'arbre.

Nos officiers furent, sous ce rapport, mieux partagés : on leur remit des cuillers de fer ramassées sur le champ de bataille de Sidi-Brahim.

Au reste, nous commencions à nous habituer à cette vie uniforme. Si rudes et si farouches que dussent se montrer nos geôliers, l'humeur des prisonniers les dérida peu à peu, et ils finirent par être assez bons diables.

Personnellement, j'étais presque libre ; j'allais à la Malouïa sans gardien, je flânais dans le camp, interpellant celui-ci, arrêté par celui-là, lançant des quolibets sur les barbes renfrognées, et faisant rire tous ces visages sombres au profit de notre sécurité.

Seulement, la nuit, nous avions beau faire, la surveillance était d'une rigueur extrême, et nos malades en souffraient horriblement.

Plusieurs des nôtres, guéris ou à peu près de leurs blessures, avaient été atteints de la dyssenterie.

La nuit, il fallait de toute nécessité sortir de l'enceinte. Pressé ou non, il fallait attendre son tour, afin d'être accompagné par la sentinelle, qui, rebutée de ce métier de porte-coton, faisait rentrer dans l'enceinte, à coups de crosse de fusil, les pauvres diables que d'atroces épreintes retenaient une minute de plus au dehors.

Ces détails sont ignobles ; mais je n'ai pas voulu les taire, parce qu'il faut qu'on sache ce que nous avons souffert.

10

Il y avait au camp, parmi les soldats, nos gardiens, un Arabe qui avait été longtemps prisonnier en France, à Sainte-Marguerite, et que j'avais autrefois connu. Il me raconta un soir que l'émir venait de remporter une seconde grande victoire sur les Français, et que, sous peu, un nouveau convoi de prisonniers viendrait bientôt grossir nos rangs.

L'année, paraît-il, était mauvaise.

— Où se sont-ils battus? demandai-je.

— Nulle part !

— Comment, nulle part?

— Le fusil n'a point parlé !

— Farceur ! est-ce que le Français se rend à l'ennemi sans brûler ses cartouches?

— Dieu l'a voulu !

— Voyons…. tu sais autre chose, Bel-Arbi?

— Vous autres, ajouta Bel-Arbi, vous êtes de grands braves; ceux qui viennent sont des femmes ! l'officier qui les commandait a eu peur de l'émir !

Bel-Arbi jugeait en Arabe ce qui venait de se passer sur la frontière du Maroc. Encore émerveillé de la redoutable défense opposée jusqu'à la dernière minute par les grands vaincus de Sidi-Brahim, le soldat du désert ne comprenait pas qu'un officier français, même pour sauver la vie et la liberté de deux cents hommes, pût rendre son épée à l'ennemi sans courir la chance d'une bataille.

Il est vrai que l'honneur militaire, même en France, chatouilleux, inexorable, parfois excessif, a jugé le même fait avec une sévérité terrible; mais le dévouement se produit sous plus d'un aspect, et l'acte que

venait d'accomplir l'officier dont parlait Bel-Arbi a pu
être une erreur, mais l'erreur généreuse d'une grande
âme.

CHAPITRE VIII.

LE LIEUTENANT MARIN.

Nous vîmes bientôt arriver deux cents nouveaux compagnons d'infortune, qu'on installa pêle-mêle avec nous.

Aucun de ces hommes n'était blessé.

Ainsi que me l'avait dit l'Arabe, ils s'étaient rendus
sans brûler une amorce. Aux sommations d'Abd-el-Kader, ils avaient ôté la baïonnette de leurs fusils et s'étaient
laissé prendre, eux et le convoi de munitions qu'ils es-
cortaient sur les chemins du désert.

On comprend sans doute qu'après la lutte gigantesque
dans laquelle nous avions succombé, nous devions tous,
officiers et soldats, partager un peu l'opinion de Bel-Arbi
sur le compte de nos nouveaux camarades de captivité.
Le malheur nous rendait injustes.

Le moment de la réunion fut pénible, les saluts un
peu glacés. Moi, tout le premier, je trouvais que ces
soldats portant l'uniforme français n'avaient pas fait ce
qu'ils eussent dû faire.

Mais le sentiment du malheur commun ne tarda pas
à nous réunir et à faire disparaitre les froideurs du premier accueil.

L'un des hommes de cet infortuné détachement devint même bientôt mon intime.

C'était Trotté, l'homme des grandes ressources dans les moments critiques, dont j'aurai plus d'une fois à parler au courant du récit.

Trotté, soldat solide qui avait déjà dans mainte occasion rencontré les Arabes sur le champ de bataille, regrettait de n'avoir pas combattu comme nous l'avions fait à Sidi-Brahim.

Il jugeait sévèrement, mais tout bas, la conduite de l'officier qui commandait le détachement. Ce n'est qu'en jurant et en sacrant comme un damné qu'il rappelait cette lamentable histoire.

— Que diable veux-tu? répétait-il à toute heure, on nous a rendus malgré nous, malgré le brave docteur Cabasse, qui voulait commencer la danse, malgré tout! Aie pas peur, va! si c'était à recommencer!...

Et il pleurait de rage.

J'avoue qu'à sa place j'en aurais fait autant.

Deux cents hommes, deux cents Français, avec le drapeau flottant au milieu d'eux, possesseurs de quarante mille cartouches convoyées, se rendant sans allumer une capsule, c'était chose inouïe!

C'est pourtant ce qui venait d'arriver.

Au reste, ce qui pourrait nous excuser, nous autres simples soldats, d'avoir été si sévères sur le compte du lieutenant Marin, c'est que nos officiers, dont j'excepte M. de Cognord, furent tout haut et complétement de notre avis. J'ajoute même qu'après les débats d'Oran, devant le conseil de guerre où s'est faite la lumière sur la capitulation du malheureux lieutenant, quelques-uns de nos officiers ont persévéré dans leur opinion, et signé de leur nom quelques pages visiblement dédaigneuses où M. Marin n'est point épargné.

J'insiste à dessein sur ces détails, parce que le caractère de la capitulation d'Aïn-Temouchen a été méconnu et que cette capitulation a pesé longtemps, et à tort, comme une honte, sur la tête d'un brave et loyal officier qui avait fait ses preuves, et qui a dû céder devant l'opinion de ses compagnons d'armes.

Est-ce une réhabilitation que je vais entreprendre? Pas le moins du monde. M. Marin s'est parfaitement passé d'auxiliaires pour venger sa conduite. Je n'ai pour but que d'être vrai, même aux dépens de l'idée que je m'étais faite de cet officier.

Mais je n'étais pas dans le détachement du lieutenant Marin; je ne connais que pour les avoir entendu dire les circonstances de la capitulation; je ne sais donc rien de plus que tous mes compagnons de Sidi-Brahim.

C'est vrai, mais je suis revenu, comme quelques-uns d'eux, de cette longue captivité; j'ai lu les débats d'Oran, et j'ai vu le docteur Cabasse s'indigner contre les accusations portées contre M. Marin.

Et pourtant on ne dira pas que le courageux docteur prêchait pour son saint, c'est-à-dire dans son intérêt, en défendant l'accusé; jusqu'à la dernière minute, il avait, en face des Arabes, conseillé la défense et protesté contre toute espèce d'arrangement. Un moment même il avait failli laisser le lieutenant aux mains d'Abd-el-Ka-

10.

der et prendre le commandement de la petite troupe formée en carré autour du convoi.

Le sentiment de la justice et de la vérité a donc pu tout seul dicter au docteur, devant le conseil de guerre, ses dépositions sur l'affaire d'Aïn-Temouchen, dépositions si bienveillantes pour le lieutenant Marin.

Après tout, comme je ne veux m'en prendre ni aux juges ni à l'opinion publique d'alors, ni même aux souvenirs un peu aigres de mes anciens officiers, et que je raconte tout bonnement, au courant de la plume, sans discuter, sans blâmer, sans récriminer, des impressions qui me sont entièrement personnelles, je continue l'histoire de cette capitulation malheureuse.

Le désastre de Sidi-Brahim, connu rapidement d'un bout de l'Afrique à l'autre, avait appelé sur la tête des indigènes un châtiment qui ne s'était point fait attendre.

Toutes les troupes de la subdivision de Tlemcen, dispersées çà et là, comme les pièces d'un échiquier, sur les différents points du territoire, s'étaient ralliées en un jour ou deux à la colonne du général Cavaignac pour opérer un mouvement offensif.

Soit que la punition ait été jugée suffisante, soit qu'il désespérât de reprendre immédiatement à l'émir les prisonniers de Sidi-Brahim, Cavaignac quitta le pays des Traras et s'éloigna du Maroc.

Malgré des défaites qui se succédaient rapidement depuis bien des années déjà, dans les derniers temps surtout, l'émir s'imagina que la fortune abandonnait la France, ou du moins, pour raffermir son autorité chancelante, il profita des circonstances pour faire croire à ses hommes que l'heure des victoires était enfin venue.

Les marabouts, ses complices ou ses esclaves, prê-
chèrent partout la guerre sainte; l'appel aux armes souleva les tribus jusqu'au fond de la Kabylie, et, ce qui
fut infiniment plus grave, ses contingents, recrues ou
vieux soldats, forts d'une confiance poussée jusqu'à l'enthousiasme, se battirent avec une énergie sauvage, avec
un aplomb inconnu.

On pouvait craindre qu'ils ne prissent l'offensive et ne
vinssent tomber sur nos petites garnisons d'avant-poste.
Avant tout, il fallait empêcher le retour d'un autre Sidi-
Brahim : un second malheur pareil à celui-là nous mettait sur les bras d'innombrables contingents.

Ordre fut donné à la place de Tlemcen d'envoyer un
renfort à la petite garnison d'Aïn-Temouchen, distant
d'environ quatorze lieues.

En même temps que ce renfort, et sous la protection
de ses baïonnettes, devaient être expédiées quarante
mille cartouches pour approvisionner le blockhaus.

Tlemcen était peu fournie de soldats. On prit ceux
qu'on avait sous la main, des recrues, des fiévreux, des
convalescents, et l'on finit par obtenir un effectif de deux
cents hommes, détachement formé de toutes pièces, dont
on donna le commandement au lieutenant Marin, du
15e léger.

Le lieutenant partit donc avec une compagnie de recrues de son régiment, tous jeunes soldats arrivant de
France et n'ayant point encore vu le feu; trente-sept
hommes du 41e de ligne, trente-deux du 8e bataillon de
chasseurs à pied, vingt-deux du 10e, vingt et un zouaves

et quatre conducteurs, ayant en main onze mulets chargés.

Le lieutenant Hillerain, du 41e, et le docteur Cabasse
faisaient partie du détachement.

Excepté la compagnie de recrues du 15e léger, tous
les autres, c'est-à-dire les vieux soldats sur lesquels on
eût pu compter en cas de rencontre avec les gens d'Abd-
el-Kader, avaient été pris à l'hôpital ; tous étaient convalescents et portaient sur leur figure la trace de ces
maladies africaines qui ont fait tant de ravages parmi
nos soldats.

Les conscrits, sans doute, n'eussent eux-mêmes manqué ni d'aplomb ni d'entrain dans l'action ; mais ces
pauvres jeunes soldats, qui n'avaient point eu le temps
de s'acclimater, étaient horriblement fatigués d'une
longue marche qu'ils avaient faite la nuit précédente.

C'est pour cela que le docteur Cabasse avait reçu l'ordre
d'accompagner le détachement.

C'était alors un jeune homme de vingt-cinq ans.

Intrépide et dévoué comme toute la glorieuse phalange
de nos chirurgiens militaires, il venait de se distinguer
surtout dans les dernières courses du général Cavaignac,
et de mériter une citation honorable au *Moniteur*.

Attaché comme chef de section d'ambulance à la colonne du général, il était resté, le 11 juin, depuis six
heures du matin jusqu'à six heures du soir, à l'arrière-
garde, horriblement maltraitée par les Arabes, et avait
eu son cheval tué sous lui.

Il avait donc été forcé de suivre à pied les mouvements
du combat. Au moment où il parcourait les lignes de

tirailleurs, il vit tomber un caporal du 8ᵉ bataillon de chasseurs, qui venait d'être blessé grièvement et que les Arabes vont faire prisonnier. Ne consultant que son grand cœur, le jeune médecin se jette dans une grêle de balles, charge le blessé sur ses épaules, et l'emporte en deçà des tirailleurs pour lui sauver la liberté avant la vie.

C'est parce qu'on savait dans l'armée que le docteur Cabasse était un homme intrépide que, le 27 septembre, à l'heure du départ pour Aïn-Temouchen, le sous-intendant Cauchois-Féraud lui dit :

— Docteur, c'est un poste de confiance qu'on vous donne, car vous serez sans aucun doute attaqués pendant le trajet.

Le docteur salua en homme qui savait ce qu'on attendait de lui.

Mais comme si le malheur eût décidé que les plus résolus seraient les moins valides, le docteur souffrait encore d'un coup de fusil qu'il avait reçu à la chasse, un mois auparavant, dans les environs de Tlemcen.

Il était donc son premier malade.

Le chargement des onze mulets du train retarda le départ jusqu'à sept heures et demie.

A cette heure-là, le petit détachement se mit silencieusement en route avec les quarante mille cartouches destinées au blockhaus d'Aïn-Temouchen. Tout le monde savait qu'il était dangereux de faire entendre l'écho de ses pas même dans l'enceinte de la ville, car l'ennemi veillait dans les mamelons voisins, et tout le jour on avait aperçu des vedettes arabes qui voltigeaient au loin sur les crêtes, pour surveiller nos moindres mouvements.

Pour dérouter cette surveillance dangereuse, la petite colonne sortit de Tlemcen par une porte opposée à la route qu'elle devait prendre. Une fois dehors, elle décrivit dans l'ombre, autour de la ville, un demi-cercle qui la remit dans son chemin.

Pas un de ces hommes, bien entendu, ne doutait de la certitude d'une rencontre nocturne sur un point ou sur un autre de la route, mais on se figurait que, la marche du convoi n'étant pas connue des Arabes, on ne rencontrerait que des bandes isolées qu'il serait facile de disperser à coups de fusil.

Les quelques soldats valides restés à Tlemcen pour défendre la ville en cas d'attaque, et réparer à la hâte les fortifications, travaillaient à la porte par où sortait le convoi. Ils serrèrent silencieusement au passage la main de ces frères d'armes qui peut-être allaient se faire tuer en route, et refermèrent la place quand le dernier homme eut passé.

Le bruit de la lourde porte, dont les deux battants se rencontrèrent, fit à ceux qui partaient l'effet d'un cercueil se refermant sur eux.

Un des soldats, placé tout près du docteur Cabasse, dit avec une certaine mélancolie grave :

— Ah!... ce bruit de planches!...

— Eh bien, quoi, ce bruit! fit un zouave avec humeur; c'est la ville qui s'enferme pour dormir.

— Nous ne reviendrons jamais plus ici!

Un silence tout rempli de malaise et de vagues inquiétudes accueillit cette malencontreuse exclamation.

Il n'y eut pas jusqu'au chien du docteur, l'intelligent

Castor, dont j'aurai plus tard à parler, qui ne se rapprochât de son maître, en se mettant presque sous les pieds de son cheval.

Comme les hommes, Castor sentait le danger venir.

L'ordre de route portait que, partant à six heures du soir de Tlemcen, nous devions arriver à Aïn-Temouchen à six heures du matin ; mais les mulets nous avaient retardés, et il ne fallait plus compter arriver au but avant le jour. Pourtant en pressant le pas, en encourageant les malades, en ne s'écartant pas surtout du chemin tracé, il était peut-être possible de gagner le blockhaus peu après le lever du soleil.

Tout alla bien pendant quelques heures, mais la marche, rondement menée d'abord, se ralentit d'elle-même à la longue, et quelques alertes sans importance firent perdre un temps précieux.

Vers le milieu de la nuit, on entendit au lointain des galops formidables ; on aperçut même sur les flancs de la petite colonne des ombres qui voletaient un moment dans les ténèbres et qui disparaissaient bientôt.

Puis des clameurs ne tardèrent pas à s'élever de toutes parts autour du convoi.

Le secret de notre marche avait été surpris par les espions de l'émir, et ses cavaliers réveillaient en sursaut les tribus des montagnes pour les jeter sur notre passage.

Il fallut s'arrêter pour prendre des mesures.

Le commandant apprit d'un indigène qu'Abd-el-Kader n'était qu'à quelques lieues du détachement avec un gros de réguliers, et qu'avant une heure, vu la direction qu'on suivait, on se trouverait nécessairement face à face avec lui.

Que faire? Avancer ou reculer?

Mais le jour arrive, mais voici le soleil; voici là-bas, là-bas, à l'horizon, sur la grise échine de la plaine tourmentée, un point gris qui doit être Aïn-Temouchen.

— En avant! en avant! crient nos soldats.

M. Marin fait charger les armes et ordonne de poursuivre la route. Il fait grand jour; une surprise à bout portant n'est pas possible, et de quelque côté que vienne l'émir, on aura le temps de s'apprêter à le recevoir.

Au reste, on ne s'est pas trompé : le point gris que les meilleurs yeux de la troupe avaient signalé une heure auparavant était bien le blockhaus, distant à peine de six kilomètres.

La petite garnison qui veille derrière ses remparts apercevra le convoi, et prêtera main-forte au besoin.

En avant donc! on arrive au but.

Le détachement fait encore cent pas.

Il ne devait pas aller plus loin.

A Sidi-Moussa, qu'on allait tourner pour éviter des escarpements, une nuée d'Arabes lui barre le passage.

Dix contre un des nôtres peut-être!

Et tous n'étaient pas là.

Des signaux rapides furent envoyés dans une certaine direction, et, en quelques minutes, quatre mille cavaliers entourèrent le convoi.

Le premier moment de stupeur passé, on s'interroge du regard et l'on essaye de compter ces flots épais d'ennemis.

Le lieutenant Marin sacrifiera-t-il sa petite troupe en acceptant cette bataille inégale?

Va-t-on recommencer Sidi-Brahim?

Tous nos hommes, jusqu'au dernier malade, disent oui.

Le docteur Cabasse, surtout, se prononce énergiquement pour une défense désespérée.

Tiraillé en sens contraire par le lieutenant Hillerain, qui expiera douloureusement plus tard ce moment d'hésitation, le lieutenant Marin décide qu'on acceptera la bataille, et fait jurer à ses hommes de mourir plutôt que de rendre les armes.

Plus jeune que son camarade Hillerain, cet officier avait dû à de magnifiques états de service l'honneur de commander le détachement. Simple soldat en 1839, il s'était distingué dans un grand nombre d'occasions, avait obtenu la croix pour des actions d'éclat, et était devenu lieutenant dès 1845. Dans une seule affaire, il avait eu sa tunique trouée de sept balles.

Sa bravoure est donc un fait acquis. Comme ces privilégiés auxquels l'occasion, cette providence des parvenus, ne fait jamais défaut, il se trouvait là en face d'une de ces circonstances qui donnent du relief et font valoir l'homme.

Il ordonne de former le carré.

Hillerain, par excès de prudence sans doute, revient à la charge, et lui démontre l'impossibilité de tenir un quart d'heure.

— Nous tiendrons ce que nous tiendrons! répond Marin avec une énergie voisine de l'indignation et de la colère. Serrez vos rangs, amis!

Alors, comme pour couvrir le bataillon sacré de l'om-

11

bre de la France, il dénoue sa cravate, l'attache à son sabre, et l'élevant de façon que tous ses hommes l'aperçoivent :

— Soldats, s'écrie-t-il, voici le drapeau. Vive la France ! vive le Roi !

Tous les yeux se tournent vers l'étendard improvisé, toutes les voix répondent énergiquement :

— Vive la France ! vive le Roi !

— Vous m'avez juré de mourir en combattant, reprend le commandant dont la figure rayonne ; quand de nous tous il ne restera plus qu'un homme, que ce dernier homme mette le feu aux poudres et fasse sauter les munitions !

Un Arabe s'approcha du carré pour parlementer.

— Arrière ! s'écria Marin ; nous mourrons ici s'il le faut, mais nous ne nous rendrons jamais.

Quatre heures durant, quatre mortelles heures, on reste en face de l'ennemi ; à chaque minute les contingents arabes surviennent plus nombreux et débordent nos hommes. Ils forment autour du convoi comme une épaisse muraille d'hommes qui attendent l'arme au poing.

Comment expliquer cette inaction des réguliers ? Ils sont quatre mille, ils nous entourent, ils n'ont qu'à faire feu pour coucher nos braves dans la poussière.

La grande faute, la seule faute du lieutenant Marin dans cette circonstance, c'est peut-être d'avoir donné le temps aux Arabes de s'affermir et à ses soldats celui de la réflexion.

Quatre heures d'attente anxieuse, d'angoisse, suffiraient à briser les plus mâles résolutions.

L'enthousiasme inoccupé ne vit jamais quatre heures.

Si les soldats ont pu se rendre compte du danger qu'ils courent, Marin lui-même a perdu de son énergie ; la réflexion a mis du froid sur son sublime emportement.

Il raisonne. Il répond au pays de la vie des soldats qui lui sont confiés, et il est convaincu que le combat est impossible, que le premier coup de feu tiré sera le signal d'un massacre, et que le détachement aura disparu jusqu'au dernier homme avant que le blockhaus, qui semble dormir là-bas, songe à opérer une diversion.

Et encore quelle diversion !

Que pouvait contre cinq mille Arabes une poignée de braves qu'un galop de cheval eût renversés dans la poussière ?

Il ne fallait donc compter en rien sur la garnison d'Aïn-Temouchen.

Tout à coup, dans les rangs arabes, un grand mouvement s'opère ; c'est l'émir qui arrive pour contempler la défaite de ses ennemis, pour remporter ce que les amis de sa puissance appelleront une nouvelle victoire.

La présence de l'émir compliquait la situation, ou plutôt allait la dénouer. Tous nos braves, dans un morne silence, regardaient ces Arabes impatients dont un grand nombre portaient les uniformes ensanglantés des héros de Sidi-Brahim, et se demandaient pourquoi personne ne paraissait vouloir entamer l'affaire.

Cependant les Arabes se font signe et vont s'élancer sur eux ; mais l'émir retient d'un geste leur impatience.

Les désespoirs de Sidi-Brahim l'ont effrayé quelques jours auparavant ; il veut parlementer, il ne demandera pas mieux que d'accepter une soumission sans coup férir.

Marin penche visiblement sinon vers une soumission absolue, du moins vers l'idée de parlementer avec l'émir.

Cependant, avant d'en venir là, il consulte le lieutenant Hillerain et le docteur Cabasse.

Le jeune et intrépide docteur, qui tenait, lui, pour la résistance quand même, surveillait un des côtés du carré comme chef et observait l'ennemi.

Devenu soldat dans cette circonstance solennelle, il répondit au lieutenant Marin qu'il ne fallait accepter aucune proposition.

— Mais nous sommes à découvert de tous côtés ! nous avons l'ennemi autour de nous !

— Couvrons nos quatre faces avec les cadavres de nos chevaux et de nos mulets. Derrière ces remparts de chair, nous pourrons accepter la lutte et peut-être la mener à bien.

A cette réponse du docteur, Marin tourne la tête et déclare qu'il ne croit pas qu'on puisse tenir.

— Je demande l'honneur d'ouvrir le feu ! s'écrie le docteur, dont la parole électrise les soldats.

Mais de plus en plus effrayé de la lourde responsabilité qui lui incombe, le lieutenant Marin fait signe aux Arabes qu'il est prêt à entendre les propositions de l'émir, et fait ouvrir les rangs pour sortir du carré.

Sur la face opposée, le docteur anime ses soldats et leur donne rapidement ses instructions pour la bataille ; puis, s'apercevant que le commandant de la petite colonne est en pourparlers, il sort également du carré le fusil à la main, s'avance à cinquante pas de ses hommes,

exige et obtient d'un chef arabe l'éloignement de ses cavaliers.

Mais cette démarche avait demandé du temps ; Marin,
croyant aux belles paroles de l'émir, était retourné vers ses
hommes et leur avait ordonné d'enlever les baïonnettes.
En même temps, il détachait son ruban rouge et le re-
mettait au sergent Roch, priant ce sous-officier, qu'il connaissait, de le faire passer à sa sœur.

Le malheureux perdait la tête et allait offrir sa liberté
et sa vie pour sauver son détachement.

Les soldats, indignés, le forcèrent de garder son
ruban rouge, mais ne purent l'empêcher de sortir des
rangs.

C'est tout ce que demandait l'émir. Il accueillit gracieusement le sacrifice de l'officier ; mais quand il eut
la tête de la colonne, il voulut avoir le reste.

Sa parole n'avait été qu'une ruse.

Les soldats avaient enlevé la baïonnette du fusil ; leurs
rangs s'ouvrirent, et les Arabes, pénétrant dans le carré,
s'emparèrent des hommes et des munitions.

Tous les soldats protestèrent énergiquement contre
cette capitulation soudaine ; tous demandaient à combattre jusqu'à la mort, mais il fallut bien céder.

Leurs armes toutes chargées passèrent en un moment
dans les mains des vainqueurs.

Pour ces hommes, c'était la captivité, c'était la mort ;
mais la plus triste part revenait au chef, puisque le lieutenant Marin devait un jour, en face du pays irrité, perdre cet honneur militaire qui avait été sa religion.

« Brisé, accablé par tant d'émotions, a écrit depuis

11.

le docteur Cabasse, je crus un instant rêver, poursuivi
par des idées fixes de suicide. Celles-ci ne firent place à
une entière résignation que lorsque j'appris que je pouvais être utile, qu'un grand nombre de prisonniers français étaient au pouvoir des Arabes. »

Encore une fois, je le répète, je n'ai nullement envie
de me faire le champion du lieutenant ; j'avoue même
que sur cent officiers quatre-vingt-dix-neuf, cent peut-
être, eussent fait ce qu'il ne fit pas ; mais j'ai vu le lieutenant prisonnier pendant quatorze mois, et je n'ai jamais remarqué qu'il eût peur des farouches soldats de
l'émir.

Ce fut avec le plus stoïque courage qu'il supporta les
douleurs et les terribles épreuves de la captivité.

Sa capitulation a été une faute, mais non point un
crime ; un mauvais calcul, mais pas une lâcheté.

Le détachement vaincu prit à son tour le chemin de
l'exil, sous la garde de cavaliers fanatiques, et ces hommes, auxquels Abd-el-Kader n'avait pas à reprocher la
mort d'un des siens, ne furent pas mieux traités que
nous.

Il faut pourtant excepter le docteur.

Un médecin français, un vrai thébib, était une conquête trop précieuse pour ne pas être soigneusement mé-
nagée. Au lendemain d'une grande bataille, l'armée de
l'émir comptait un grand nombre de blessés ; en tombant, la légion sainte du colonel de Montagnac avait
foudroyé ses vainqueurs.

Abd-el-Kader était blessé lui-même ; une balle lui avait
déchiqueté le bas de l'oreille ; mais comme il tenait

avant tout à se faire passer pour invulnérable, il avait étanché le sang en secret et avait de son mieux dissimulé cette minime égratignure.

Mais quelques-uns de ses lieutenants étaient gravement blessés, et c'est à cause d'eux surtout qu'il accueillit parfaitement le docteur Cabasse.

— Aie confiance en l'avenir, lui dit-il; il ne sera fait de mal à aucun de vous. Dieu a voulu que tu tombasses en mon pouvoir, il voudra que tu sois rendu à la liberté.

A ces bonnes paroles, qui n'étaient pas précisément la traduction de sa pensée, l'émir ajouta gracieusement une politesse à laquelle le docteur dut être bien sensible : la restitution de son cheval et de son fusil.

Les soldats d'Abd-el-Kader furent moins polis que leur maître : quand on campa le soir au pied d'une goubba peu distante de la mer, les chemises et la provision de linge du thébib avaient disparu.

Comme les deux cents prisonniers d'Aïn-Temouchen vont devenir, le 5 octobre, nos frères de captivité dans le Maroc, et qu'on voudra peut-être suivre leur trace douloureuse pendant les sept journées qui les séparent de nous, je n'ai rien de mieux à faire que de céder la parole au docteur Cabasse.

« Le lendemain 29, dit-il dans une savante et curieuse relation médicale de sa captivité, nous partîmes au soleil levant, nous avançant dans la direction des Traras, pour aller camper à huit heures du soir au pied du Djebel-Tadjra. On fit à nos soldats une distribution de galettes et de quelques moutons ; on m'avait autorisé à faire monter, pendant la journée, les hommes les plus fatigués sur quelques mulets déjà chargés qui nous accompagnaient.

» Le 30, départ à la même heure. Nous trouvâmes dans un marabout dont les Arabes avaient fait une redoute quatorze hommes, seuls débris de la compagnie du capitaine de Géraux; deux étaient grièvement blessés. Moreau, du 15e léger, ordonnance du colonel de Montagnac, avait reçu un coup de feu au pied gauche; la balle avait pénétré au-dessous de la malléole externe, fracturé le calcanéum, et s'était enclavée dans l'astragale. Le second, Carrère, était blessé d'un coup de feu à l'oreille; la balle avait pénétré par la fosse naviculaire droite et s'était enclavée dans le temporal.

» Un certain nombre d'Arabes vinrent réclamer mes soins pour des blessures récentes ou anciennes, ce qui nous procura une halte de plusieurs heures.

» Rien d'extraordinaire jusqu'au 3 octobre. Nous campâmes ce soir-là dans une oasis de figuiers et de vignes, non loin du petit village marocain de Cherraa.

» Peu après notre arrivée au camp, je fus appelé chez Adj-Habib, chef auquel Abd-el-Kader nous avait confiés. Cet Arabe avait été consul à Tanger, lorsque M. le colonel Dumas était à Mascara. Il m'engagea, de la part de l'émir, à soigner de mon mieux le kalifa Sidi-Kadour, qui venait de nous rejoindre et chez lequel il me conduisit. Il avait été blessé, onze jours auparavant, à l'affaire du colonel Montagnac.

» Frère du fameux Sidi-Embarack, Kadour était un homme de vingt-quatre à vingt-cinq ans; il me témoigna de suite une grande bienveillance. Déjà on lui avait parlé de moi d'une manière favorable; on lui avait raconté, comme chose extraordinaire, que je devinais, en le voyant, l'âge que pouvait avoir un homme. Il voulut tenter l'épreuve pour lui, et je fus assez heureux pour ne pas me tromper, ce qui m'attira immédiatement sa confiance.

» Je lui demandai à visiter sa blessure; il me pria d'attendre. Tous ses gens paraissaient très-affairés; le couscous se préparait; un nègre, faisant l'office de tourne-broche, faisait rôtir, sur une braise ardente, un mouton presque entier. Bientôt on plaça entre le kalifa, l'interprète, les autres personnages qui se trouvaient là, et moi, une natte; nous fûmes invités à prendre part au repas d'amitié des Arabes lorsqu'ils donnent l'hospitalité.

» Les grands, comme j'ai pu en juger par la suite, ont l'habitude d'agir ainsi avec les thébibs et avec toutes les personnes auxquelles ils veulent témoigner de l'attachement. Nous fîmes grand honneur au festin; il se composait d'un énorme plat de couscous, de mouton rôti, de fruits, et se termina par une tasse de café à la mode arabe.

» Les Arabes, appelés par le moudjadi, allèrent faire leur prière, et quand la prière fut terminée, le kalifa me pria de le panser.

» Les plus grandes précautions furent prises pour empêcher la pénétration de l'air; la tente fut hermétiquement fermée lorsqu'on déshabilla le blessé et lorsque je découvris sa blessure. La balle avait été reçue au moment où ce chef ajustait et s'apprêtait à faire feu, la tête étant fortement inclinée à gauche; le projectile, dont le trajet est difficile à comprendre, avait frappé oblique-

ment, vers son milieu, l'épine de l'omoplate, avait traversé le cou dans toute sa longueur, pour pénétrer dans
la bouche au-dessous de la langue, du côté gauche, et
sortir en plusieurs fragments par la joue du même côté;
elle avait brisé les alvéoles de la canine et des deux premières molaires inférieures. Le trajet du cou était profond; on ne remarquait aucun sillon superficiel qui pût
indiquer la route suivie par le projectile.

» Voici comment cette plaie avait été pansée deux jours
auparavant par un thébib très-renommé chez les Beni-
Nassen :

» Le pourtour de l'ouverture d'entrée avait été sca-
rifié, à la manière arabe, avec une lame de couteau
rougie au feu, en frappant à petits coups la partie lésée;
du miel avait été introduit dans la plaie, qui avait été
recouverte par du poil de chameau maintenu en place
par un mouchoir plié en triangle.

» Le lendemain, même pansement; seulement on
avait appliqué autour de la blessure une couche de goudron très-épaisse. C'est dans cet état que le malade me
fut présenté; une grande quantité de sang desséché souil-
lait toutes les parties voisines. La première chose que je
crus devoir faire fut de nettoyer la plaie. Je m'étais fait
d'avance préparer de l'eau tiède; mais lorsque je voulus
m'en servir, le plus grand étonnement se manifesta sur
tous les visages, et le kalifa s'y opposa formellement. Il
me fit dire par l'interprète que, étant très-influent, il
pouvait me faire beaucoup de bien ou beaucoup de mal;
que ma vie était entre ses mains, et il ajouta que les
livres saints, les tolba et les marabouts, proscrivaient

chez eux l'emploi de l'eau dans le traitement des plaies ;
que j'avais sans doute, en m'en servant, l'intention de
le faire mourir.

» Je crus devoir d'autant plus persister que le refus
était formel, et je lui fis répondre que je ne m'inquié-
tais nullement du bien ou du mal qu'il pouvait me faire ;
qu'il était libre de prendre ma tête tout de suite ou quand
il le voudrait ; qu'un médecin français n'établissait pas
de distinction entre un blessé ami ou ennemi. J'ajoutai
que s'il voulait se fier à moi, je ferais tous mes efforts
pour le guérir, ou du moins pour alléger ses souffrances ;
que, lorsqu'un blessé était entre mes mains, je regardais
comme un devoir sacré de le traiter de mon mieux ; qu'il
pouvait, du reste, voir que je n'agissais pas autrement
avec lui qu'avec nos soldats blessés.

» D'un autre côté, connaissant le caractère supersti-
tieux des Arabes, je fis ajouter, chose qui ne contribua
pas peu à le convaincre, ainsi que les Arabes présents,
que, si j'agissais autrement, j'aurais en Dieu un juge.

» Il me laissa dès lors libre d'agir à ma volonté. Après
avoir nettoyé la plaie et les parties environnantes, je fis
l'extraction de plusieurs esquilles ; j'appliquai ensuite un
plumasseau de charpie enduit de beurre frais, que je
maintins au moyen d'une bande ; je lui fis aussi l'extraction de deux dents. Sur les quatre petites plaies de
sortie de la joue, je plaçai de petits morceaux de taffetas
d'Angleterre que j'avais par hasard dans ma trousse.

» Nous partîmes le lendemain (5 octobre) comme les
jours précédents, et à onze heures nous étions arrivés
au camp arabe, où se trouvaient les malheureux qui,

presque tous blessés, nous avaient précédés dans la captivité. »

Ainsi donc arrivaient, pour partager nos misères,
non-seulement les prisonniers d'Aïn-Temouchen, mais
encore les glorieux débris de la compagnie Géraux, de
cette héroïque poignée d'hommes qui avait tenu dans
le marabout de Sidi-Brahim pendant quatre jours.

L'arrivée de ces nouveaux compagnons pouvait être
une garantie sérieuse pour notre sûreté dans le camp
ennemi. Jusque-là, nous n'avions pas le droit de compter
sur la bienveillance des Arabes à notre égard.

Outre que beaucoup d'entre eux n'étaient pas revenus
du champ de bataille, un très-grand nombre portaient
d'affreuses blessures peu faites pour les disposer à nous
traiter en amis.

Du reste, nous n'étions qu'environ quatre-vingts, et
sur ce nombre soixante-cinq étaient blessés.

Ah! les blessés comptent peu dans ces tristes circonstances; la mort les moissonnait assez vite, et les Arabes
pouvaient s'épargner la peine de les achever.

Nous n'étions donc qu'une quinzaine de valides, et
nous pouvions être massacrés sans que cela fit grand
bruit dans ces mornes solitudes!

Mais trois cents! c'était un nombre respectable qui ne
pouvait se défendre sans doute, mais qui excluait toute
idée de massacre clandestin pour cause d'utilité générale.

Il fallait nous échanger bientôt, ou nous renvoyer sans
conditions.

Il est vrai qu'à cette joie de revoir des compatriotes
se mêlait l'idée que nous retrouvions de la sécurité aux

dépens de leur liberté à tous; mais qui ne pardonnerait un sentiment égoïste à de pauvres prisonniers dans notre situation ?

Une autre joie, bien pure celle-là, fut d'apprendre qu'un docteur était parmi les prisonniers d'Aïn-Te-mouchen; les malades allaient donc pouvoir être soulagés; la plainte incessante qui planait au-dessus du camp comme un glas funèbre devint un grand cri de joie....

Beaucoup de blessés connaissaient le docteur Cabasse pour avoir déjà passé par ses mains.

La Providence faisait donc grandement les choses; elle envoyait non-seulement des frères valides pour veiller les malades, mais encore un médecin pour les guérir.

CHAPITRE IX.

MON MULATRE MOHAMMED.

Le contingent d'Aïn-Temouchen porta notre effectif à trois cents hommes.

Avec nous se trouvait, outre Turgis dont j'ai déjà parlé, et qui avait été pris dès le 13 avril précédent, un Turc nommé Tibi, originaire de Tlemcen, qui alla résolûment demander à l'émir l'honneur d'être regardé comme prisonnier français.

Les nouveaux venus s'abritèrent sous des gourbis construits sur le modèle des nôtres, et, grâce au nombre, le camp prit une animation inconnue jusque-là.

Nos gardiens n'étaient guère plus nombreux que nous.

Il est impossible de se figurer le prodigieux effet produit sur le moral des malades par l'apparition du docteur.

J'ai dit que beaucoup déjà le connaissaient. M. Cabasse avait en effet tout récemment été détaché comme aide-major au 8ᵉ bataillon de chasseurs à pied. Il n'avait été remplacé dans ce poste que six semaines auparavant par le titulaire Rosaguti, glorieusement mort au milieu des braves du capitaine de Géraux au sortir du marabout de Sidi-Brahim.

Un grand nombre de ceux qui étaient là, mutilés et mourants, avaient été pansés par lui le 11 juin dans une bataille engagée contre les Beni-Xouss.

Avec l'homme sympathique, avec l'opérateur habile, on retrouvait donc une ancienne connaissance.

Les valides eux-mêmes, jusque-là si inquiets des douleurs de leurs frères blessés, partagèrent la joie des malades.

Sur les quatre-vingts prisonniers de Sidi-Brahim, soixante-cinq étaient troués par les balles.

On s'était battu de si près que les projectiles avaient traversé les membres de part en part. Parmi les hussards, les plus grièvement atteints étaient M. de Cognord, le maréchal des logis Barbier, qui avait le front fendu d'un coup de yatagan et l'œil droit crevé par une balle, et les hussards Pierson, Bois, Sutty et Marchal.

Dans les chasseurs, c'étaient le fourrier Beylier, le sergent Andrieux, les caporaux Parès, Fayt et Alexan-

drie, les chasseurs Vey, Vontron, Desprat, Delrieux,
Bourdin, Paumé, Bouquet, Perrin, Chevraux, Moulin,
Durand, Rousland, Blanchart, Ismaël, Garnier, Hérail,
Bournel, Bidet-Garet et Dauniac.

A coup sûr, tous ces braves mutilés ne s'étaient rendus que parce qu'ils ne pouvaient plus se servir de leurs
armes.

Dès le lendemain de l'arrivée du docteur Cabasse, au
centre du petit village régulier que formaient nos gourbis alignés, nous élevâmes, sur ses plans, une halle
immense qui reçut les blessés et les malades. Cette ambulance fermait pendant la nuit.

Puis une escouade d'infirmiers volontaires prêta au
docteur son généreux et dévoué concours, de sorte
que nous pûmes espérer revoir bientôt au milieu de
nous ceux mêmes qui nous avaient inspiré le plus d'inquiétude.

En présence de blessures aussi graves, le docteur,
privé de tous médicaments, craignit de faillir à sa
tâche; il pria Sidi-Kadour d'envoyer deux cavaliers au
général Cavaignac, afin d'obtenir les choses les plus
essentielles.

Au grand étonnement du kalifa, le docteur reçut
sans délai toute une pharmacie avec une somme de
1,600 francs pour parer aux premiers besoins.

Au reste, si nos camarades étaient mutilés, beaucoup
d'Arabes étaient dans le même cas.

Le docteur mit sa science et son dévouement de médecin à leur service. Je dois dire même que ses bons
soins, de ce côté, furent couronnés d'un succès général.

L'Arabe a la vie dure et ne meurt qu'à toute extrémité. J'ai vu de leurs blessés, taillés en morceaux, troués comme des cibles, revenir promptement à la santé et remonter à cheval pour courir au-devant de nouvelles blessures.

Si la balle ou la baïonnette n'atteint pas l'Arabe au siége même de la vie, vous pouvez compter qu'il ne tardera pas à reparaître sur le champ de bataille.

Il aura seulement une ou deux coutures de plus sur sa figure bronzée, mais voilà tout.

Le fameux chef Bou-Maza, qui depuis fut fait prisonnier et amené en France, avait été blessé au bras quelque temps avant l'affaire de Sidi-Brahim.

Il vint, comme les autres, trouver le thébib français.

— Comment! lui dit en riant le docteur, tu es vraiment blessé? Je croyais qu'un aussi grand marabout devait être à l'abri des balles.

— Oh! fit Bou-Maza d'un ton inspiré, ce n'est pas une main française qui m'a touché.

— Alors c'est différent. D'où vient donc cette plaie?

— C'est un traître, possédé du démon, qui me l'a faite.

Comme Sidi-Kadour, Bou-Maza guérit assez vite.

Tant que durèrent nos travaux d'installation, les journées passaient assez vite, mais quand nous n'eûmes plus rien à faire, le temps fut horriblement long.

Afin de chasser l'ennui qui monte au cœur des plus résolus, les soldats se créèrent des occupations, chacun suivant ses goûts. Les uns sculptaient du bois, d'autres

fabriquaient avec de la glaise des plats, des cruches,
des ustensiles de cuisine, jusqu'à des pipes.

Toute idée exécutable était bonne, tout travail était
un adoucissement à la peine. A tout prix il fallait
tromper ces longues heures qui semblaient être des
siècles.

Attaché plus spécialement à M. de Cognord, j'avais
certaines distractions qui manquaient à mes camarades;
j'allais et je venais dans le camp sans trop de gêne; je
descendais à la rivière pour laver le linge, ou bien je
me promenais dans les environs pour trouver des
mauves.

Mais ces pauvres camarades qui n'avaient pour toute
promenade que quelques pieds carrés, comme ils se
morfondaient! comme ils avaient le temps de songer à
la patrie absente!

C'était pitié de les voir si sombres et si mornes.

A propos de ces longues heures, je me souviens d'un
certain cadran solaire qu'un officier, je ne sais lequel,
avait établi sur une plaque de terre glaise en haut d'un
gourbi.

Pauvre idée, à coup sûr, que celle qui consistait à
nous mesurer ainsi le temps et à constater l'éternité de
ces jours sur la terre de captivité!

Cependant si ce cadran en terre glaise pouvait être
excusable, c'est surtout parce qu'il ne disait l'heure
qu'à ceux qui avaient la patience de la chercher.

Cette horloge solaire nous impatienta d'abord, mais
on cessa bientôt d'y faire attention.

Vers cette époque, si je ne me trompe, nous fûmes

12.

conduits à la deira d'Abd-el-Kader pour assister à une fête dont j'ai oublié les détails.

Ce que j'ai bien retenu, c'est qu'une énorme dinette avait été préparée sur une grande place, et que personnellement je me dédommageai de mes longues privations.

L'estomac, dans cette circonstance, a été plus fidèle que la tête : il a gardé seul le souvenir de cette fête.

Une chose singulière, que plus d'un prisonnier remarqua dans ce voyage, c'est que, tant à l'aller qu'au retour, nos gardiens évitèrent de nous faire suivre la ligne droite qui conduisait du camp des prisonniers à la deira.

Pourtant, aucun obstacle matériel ne barrait le chemin, au contraire. Pour arriver aux tentes qui formaient une espèce de village autour de celles de l'émir, nous aurions pu traverser directement une petite plaine aride, dépouillée de toute espèce de végétation, qu'on nous dit être l'emplacement du marché.

Si cela était, pourquoi nous fit-on décrire un assez long détour au lieu de nous faire traverser tout simplement ce champ de foire arabe?

Était-ce un champ sacré sur lequel ne devait poser aucun pied profane?

Était-ce autre chose?

Personne de nous n'eût pu le dire.

Le docteur Cabasse ne tarda pas à le savoir.

Un jour qu'il se rendait à la deira, monté sur son cheval et accompagné d'un Arabe, il traversa ce terrain nu sur lequel il remarqua des ossements épars.

Ces ossements étaient des débris humains.

L'Arabe lui raconta qu'à la suite d'un marché, les Kabyles marocains, convoqués de vingt-cinq lieues à la ronde comme pour une fête de l'émir, avaient fait une fantasia funèbre autour des têtes françaises, ces têtes de nos frères que nous avions rapportées de Sidi-Brahim, et avaient, dans cette fête de cannibales, broyé, pulvérisé à coups de fusil ce sombre et lamentable trophée d'une victoire de l'émir.

Un pareil fait n'a pas besoin de commentaires. A lui seul, il justifierait une guerre sans merci.

Mais cette guerre, nous ne l'avons jamais faite.

Décidément, nous faisions bon ménage avec nos gardiens; nos officiers se voyaient au café du camp avec les officiers arabes, et nous autres, nous faisions la causette ou la partie fine avec les simples soldats.

Trotté, qui était devenu mon inséparable, faisait le service d'ordonnance auprès du docteur Cabasse, comme moi-même auprès de M. de Cognord.

Nous jouissions d'une liberté presque illimitée; nous nous promenions le soir dans le camp, jusqu'à la dernière heure, nous inquiétant peu de ce que pouvaient dire les sentinelles.

Notre position nous protégeait.

C'est pendant une de ces promenades tardives au clair de lune que je m'entendis appeler du fond d'un gourbi-café.

— Hé! Testard!

— On t'a nommé bien sûr, me dit Trotté.

— C'est un Arabe, laisse crier!

— Testard! répéta la voix.

— Qui donc m'appelle?

— Viens par ici !

C'était le kalifa, commandant du camp, qui me faisait signe d'aller à lui.

Trotté m'accompagna.

— Viens, viens prendre le café avec ton commandant, mon brave, dit en riant le chef arabe.

Le garçon de café, qui avait l'air d'un honnête échappé de potence, fit une singulière grimace en nous voyant; mais le chef n'admettait pas la réplique, et le bandit fut bien obligé de nous servir.

Nous bûmes à la santé du commandant qui nous faisait cette gracieuseté, peu fréquente, hélas !

Le 21 octobre, quelques-uns de nos compagnons, occupés à faire leur maigre cuisine dans un gourbi, mirent le feu par mégarde à l'herbe sèche qui leur servait de matelas.

Le soleil avait si bien grillé depuis un mois l'extérieur de ces pauvres abris, que les flammes s'élevèrent en un moment et gagnèrent rapidement les gourbis voisins.

Je n'ai de ma vie assisté à pareille bagarre.

Nous eûmes à nous défendre et du feu qui se propageait et de nos gardiens qui voulaient nous tuer.

Chacun de nous tenait naturellement à sauver, avec la vie, son petit mobilier, ses ustensiles grossiers, qui nous étaient d'autant plus chers qu'ils avaient coûté plus de peine et de frais d'imagination pour devenir notre propriété.

Tout en évitant le bâton des Arabes, nous fîmes des

NOUS FÎMES DES EFFORTS SURHUMAINS POUR ARRÊTER L'INCENDIE.

(Page 161.)

efforts surhumains pour arrêter l'incendie. Nos farouches gardiens gênaient nos manœuvres, car ils s'imaginaient que cet accident était de notre part une ruse de guerre, un moyen d'échapper en masse à la captivité.

Cependant j'ai tout lieu de croire que cette pensée n'était venue qu'aux plus simples d'entre eux.

Les plus civilisés, les moins primitifs, les plus clair-voyants, s'aperçurent bien que cet incendie était tout accidentel, et que nous le combattions avec une énergie, avec un élan libre de toute autre préoccupation.

Comme ceux-là ne croyaient pas beaucoup à la né-cessité d'une surveillance extraordinaire, ils se faufi-lèrent dans nos gourbis déserts et s'approprièrent tout ce qui leur tomba sous la main.

Nos plus rusés filous en Europe ne sont que des no-vices auprès de ces pies voleuses de la bonne terre d'Afrique.

Le soir on s'aperçut que les incendiés avaient beau-coup moins perdu d'effets ou d'ustensiles que ceux qui leur avaient porté secours.

Nous étions tous plus ou moins volés.

Mais on eût dit que l'âme de la France, planant au-dessus de nous, prenait pitié de ses pauvres enfants, abandonnés à la violence et à la rapacité des Arabes.

Le feu et les voleurs avaient enlevé nos effets : M. de Cognord reçut, juste à point nommé, un envoi d'argent de nos généraux d'Afrique, 1,800 francs, je crois.

Avec cet argent qui tombait si bien, le comman-dant put secourir les plus nécessiteux et vêtir les plus nus.

Le général Cavaignac surtout veillait de loin sur nous avec une touchante sollicitude.

Le 1er novembre, il nous faisait parvenir des médicaments, du linge, des lettres et divers autres objets.

Tout en soulageant nos misères les plus pressantes, il songeait à surprendre le camp des prisonniers par un audacieux coup de main, et tâchait de savoir si le maréchal Bugeaud consentirait à traiter de notre rachat.

Mais les Arabes suivaient par leurs espions les moindres mouvements du général, et ne nous laissaient jamais bien longtemps dans le même lieu.

Le 4 novembre nous remontâmes le cours de la Malouïa de cinq ou six kilomètres environ, et nous nous établîmes dans un endroit parfaitement sain.

Là, il fallut recommencer de nouvelles installations, ce qui nous prit du temps, car tout faisait pressentir un hiver extraordinaire et très-prochain. Nous devions surtout garantir nos chers malades contre les rigueurs du froid, et nous abriter nous-mêmes pour les mauvais jours.

Mais nous comptions sans la peur des Arabes et les marches continuelles qui en seraient la conséquence douloureuse.

Un nouvel envoi d'argent nous arriva dans nos quartiers d'hiver le 8 novembre.

Avec une somme de 1,000 francs à distribuer entre les prisonniers, et 100 francs que le docteur et le lieutenant Larrazet devaient se partager, le général Cavaignac faisait parvenir la lettre suivante :

« Mon cher docteur,

» Je joins aux 1,000 francs que j'envoie à M. le com-
» mandant de Cognord 100 francs que vous partagerez
» entre vous et le lieutenant Larrazet. Vous recevrez en
» même temps une boîte à amputation et des médica-
» ments pour soigner nos malheureux malades. Tout
» ceci vous parviendra, je l'espère, puisque ce qui vous
» a été envoyé précédemment vous est arrivé. Je sais
» que vous mettez bien du zèle dans les soins que vous
» donnez aux malades et aux blessés qui sont avec vous ;
» je n'ai donc qu'à vous louer et à vous engager à con-
» server l'espérance et votre courage.

» Recevez, mon cher docteur, l'assurance de mes
» sentiments affectueux.

» Le maréchal de camp commandant la subdivision
    de Tlemcen,

» CAVAIGNAC. »

« P. S. Il me tarde d'arriver au jour où je pourrai
» vous remercier de vive voix. »

Cette boîte à amputation, M. Cabasse l'attendait avec
une grande impatience et la reçut avec joie. Pierson,
que j'ai nommé dans la liste des blessés, était mort dès
le 27 octobre. Faute d'instruments, le docteur n'avait
pu l'amputer et la gangrène l'avait promptement envahi.

Delrieux succomba le matin du jour où la boîte de
salut arriva.

Bourdin, que cette mort affectait particulièrement, alla
trouver le docteur et le pria de pratiquer l'amputation.
Il avait le bras gauche fracassé.

Ce soldat était, malgré sa faible apparence, un homme de résolution et d'énergie. Aidé de MM. Marin, Larrazet et Dupont, le docteur Cabasse procéda heureusement à l'opération demandée.

Huit jours plus tard l'amputé se croyait parfaitement guéri; la cicatrisation était presque complète, et personne ne s'inquiétait plus de sa position désormais rassurante.

Sur ces entrefaites, il vint un soir chez M. de Cognord.

— Que veux-tu, mon brave? lui demandai-je.

— Le commandant.

— Il est chez lui.

— Tant mieux! j'ai besoin d'un peu d'argent, mes souliers s'en vont et j'ai froid.

Pauvre camarade! il n'osait pas dire qu'un besoin plus pressant que celui de changer de chaussures l'amenait chez le commandant.

Depuis l'amputation qu'il avait opérée avec tant de succès, le docteur avait soumis son malade à une diète sévère pour prévenir certains accidents qui menaçaient de compliquer la convalescence.

Bourdin trouvait que le régime se prolongeait outre mesure et s'était mis du côté de son estomac affamé contre les prescriptions du médecin.

M. de Cognord se laissa prendre aux raisons du malade et lui donna quelques pièces blanches.

— Enfin, je vais pourtant manger! me dit l'heureux convalescent en me serrant la main. J'ai les dents longues d'un pied!

Il les avait si longues, en effet, que le soir même il

acheta deux énormes galettes et du raisin sec qu'il mangea sans désemparer.

Mais, à quatre heures du matin, il fallut aller réveiller le docteur. Bourdin avait une indigestion formidable dont un valide eût à peine guéri.

Lui, le pauvre affamé, n'en guérit point : quatre jours plus tard nous lui creusâmes sa fosse à quelques pas de l'enceinte du camp.

Bouquet et Beylier furent plus heureux ; ils ne tardèrent pas à quitter le gourbi des malades et à prendre place au milieu de nous.

Le 12 novembre, Sidi-Kadour, parfaitement guéri de sa blessure, remit à Hadj-Salem le commandement du camp.

El-Hadj-Salem était un grand beau nègre, militaire d'une belle tenue, cœur noble, qui traita dignement les vaincus de Sidi-Brahim et les autres prisonniers.

Il avait bien les cheveux crépus, la tête ronde, les lèvres épaisses, mais on eût dit qu'il avait servi dans un de nos régiments, tant il était de belle tournure et de manières nobles.

Seulement, avec sa figure noire comme la nuit, il produisait un singulier effet sous l'uniforme arabe.

Le matin de ce même jour, je rencontrai dans le camp l'ordonnance de M. Cabasse, Trotté, mon intime, qui paraissait soucieux.

Or, quand Trotté, dont je connaissais l'humeur joviale, était soucieux, c'est que nos affaires allaient mal.

— Qu'as-tu? lui demandai-je.

— Moi?

13

— Oui, toi; ta figure est au noir.

— Ah! si tu savais!

— Dis vite!

— J'ai peur d'être kalifa.

— Pas plus?

— Tu crois que je plaisante?

— J'en ai un soupçon vague.

— Je parle sérieusement. Tu sais que Sidi-Kadour nous quitte?

— Malheureusement! On sait qui part, on ne sait qui vient.

— La question n'est pas là.

— Ah! il y a autre chose?

— Je crois bien! Sidi-Kadour est en train de convertir le docteur.

— Eh bien?

— Il veut l'emmener.

— En quelle qualité?

— En qualité de thébib-kébir, comme qui dirait médecin en chef de l'armée d'Abd-el-Kader.

— Sidi-Kadour ne réussira pas.

— Heu, mon cher, heu!

— Comment! tu doutes du docteur?

— Pas du tout, mais le docteur est jeune, aventureux.....

— Et Français!

— Je le sais bien; mais figure-toi qu'on lui offre tout : des chevaux, des tentes, des nègres, quatre des plus jolies femmes de la deira.... Moi, je suis l'ombre de M. Cabasse; où il ira j'irai; s'il monte en grade je monterai.... Tu vois bien que je suis en passe de devenir kalifa.

En me quittant, Trotté partit d'un immense éclat de rire.

— C'est une charge, n'est-ce pas? lui criai-je de loin.

— Ah! mon cher, répondit-il, si l'on était Russe, Allemand ou n'importe quoi, on aurait accepté déjà; mais on est d'un pays où il y a des colonnes t l'on est fier d'être Français!

Ce que venait de me dire l'ami Trotté était parfaitement vrai. Sidi-Kadour, en partant, renouvela auprès du docteur Cabasse les brillantes propositions qu'il lui avait faites vingt fois depuis un mois.

Cette dernière fois encore le docteur répondit par un sourire. Le brave jeune homme ne trouvait pas que la proposition du kalifa valût autre chose.

Sidi-Kadour, paraît-il, appuya beaucoup sur le don de quatre jolies femmes.

— Que voulez-vous que j'en fasse? dit M. Cabasse en riant aux éclats.

— Vous les placerez sous vos tentes.

— Oh! jamais par exemple! En France, c'est déjà beaucoup d'en avoir une seule pour les gens qui aiment la paix.

— Nous, répondit l'Arabe d'un ton convaincu, nous avons le bâton pour les mettre d'accord.

Sidi-Kadour partit sans emmener son thébib, et Trotté ne fut jamais kalifa.

La surveillance, qui s'était un peu relâchée autour de

nous depuis quelques semaines, devint de jour en jour plus rigoureuse à partir de cette époque.

L'humeur de nos gardiens était plus variable que le temps. Ils avaient pris prétexte de l'incendie pour nous malmener comme aux premiers jours.

Pendant que Sidi-Kadour était resté chef du camp, on n'avait pas osé trop nous brutaliser, car on savait que Sidi-Kadour, profondément reconnaissant au docteur Cabasse de sa guérison miraculeuse, reportait jusque sur nous autres sa bienveillance protectrice; mais une fois ce kalifa parti, les réguliers devinrent hargneux comme des dogues.

Dans l'intérieur du camp ils n'osaient rien dire, car ils avaient peur du nouveau chef, Hadj-Salem, mais ils se dédommageaient pendant les corvées, à la rivière ou sur les montagnes.

Il pleuvait sur nos épaules des coups de crosse de fusil et des caresses de gourdin.

Je dois dire, pour être juste, que maintes fois ces brutalités coûtaient cher aux Arabes. Aucun de nous ne perdait l'occasion de rendre au centuple les coups qu'il avait reçus.

C'étaient des rixes quotidiennes.

Cet état d'irritation en vint au point que nous nous battions aux portes du camp, devant nos chefs, et que nous soulevions nous-mêmes des difficultés pour avoir un prétexte de tomber à poings fermés sur les burnous.

L'Arabe boxe mal.

A l'entrée du camp se trouvaient deux gourbis face à face. Le plus rapproché de la sortie était une sorte de poste où se tenaient les hommes de garde préposés à la surveillance intérieure.

L'autre était un gourbi de prisonniers.

Entre ces deux habitations, il y avait guerre permanente.

On avait commencé par se regarder de haut et s'observer; puis on s'était moqué les uns des autres, on avait échangé des paroles peu parlementaires, des menaces, et enfin des horions.

Un jour que les chefs tenaient conseil ou dormaient sous la tente, un des prisonniers, assis devant le gourbi français, bombardait le corps de garde avec de gros grains de sable sournoisement lancés du pouce et de l'index.

Les premiers projectiles n'eurent d'autre résultat que de faire sortir la garde. Ces messieurs venaient voir sans doute s'il pleuvait des graviers.

Le prisonnier visa les figures et toucha les nez.

Les Arabes eurent recours à leurs bâtons, et se dirigèrent vers l'artilleur pour le corriger d'importance; mais le gourbi français prit fait et cause pour le compatriote, et il s'ensuivit une mêlée générale.

Sans vanité, je ne me crois pas plus méchant qu'un autre, mais je ne perdais jamais l'occasion de rendre aux Arabes et sur leurs épaules le mal qu'ils nous avaient fait. Le commandant venait de m'envoyer je ne sais où; j'aperçus la mêlée en sortant, et j'y courus.

L'affaire menaçait de devenir grave.

D'autres Arabes se rendaient en même temps que moi sur le champ de bataille pour prendre part à la lutte.

13.

Et ils avaient des bâtons.

Au moment où j'arrivais, Castor, le chien de chasse du docteur, entrait dans le camp, regardant tout ahuri ce désordre ; puis M. Cabasse apparut, tenant à la main sa ligne à pêcher.

Le docteur avait dans le camp, même auprès des Arabes, une très-grande autorité. Il éleva la voix pour faire cesser le combat.

Mais des deux côtés la fureur était à son comble, et personne n'entendit.

Alors le docteur essaya de se jeter dans la mêlée pour séparer les plus acharnés ; mais il reçut quelques horions égarés en route, et se retira de quelques pas en arrière pour aviser.

Voyant que toute parole serait vaine, il prit le manche de sa ligne par le petit bout, et frappa, les yeux fermés, sur cette multitude furieuse.

Castor, comme d'habitude, se mit de la partie.

Mais Castor, instruit tour à tour par tous les prisonniers, en voulait particulièrement aux burnous, et dans la circonstance, ne se trompa pas du moindre coup de dent.

Le jeu du manche de ligne et les crocs du chien séparèrent les combattants.

Une heure après, Hadj-Salem, prévenu par le docteur, mettait les deux gourbis à la salle de police.

J'eus la chance d'échapper à la punition.

Pourtant j'avais, paraît-il, frappé d'une façon remarquable, car un grand chenapan d'Arabe qui m'était tombé sous la main m'avait fait signe qu'un jour ou l'autre il aurait son tour.

En attendant cette revanche promise, il ne manquait aucune occasion de m'être désagréable.

Il est vrai que, de mon côté, je lui rappelais chaque jour en riant la correction que je lui avais administrée près de la porte du camp.

Nous étions donc mutuellement bien décidés à nous retrouver le plus prochainement possible pour vider cette querelle entre nous et loin des chefs.

En me rencontrant, il me montrait son bâton; moi, je lui disais d'un ton moqueur :

— Camarade, prends patience! je te trouverai dans un coin de la montagne, et j'aurai le plaisir de battre une charge à coups de poing sur ta mauvaise figure. Tu ne perdras rien pour attendre.

Un jour que j'allais chercher de l'eau, pour le commandant, à la Malouïa, il dit quelques mots à l'Arabe chargé de me conduire, et lui prit son bâton des mains.

Le chenapan se chargeait de m'accompagner au gué.

J'étais presque content de cette circonstance, et lui en paraissait être tout à fait heureux.

Pas un mot ne fut dit en route.

Arrivé sur le bord du fleuve, je descends sur le sable pour aller puiser de l'eau, et je vois que, contre l'habitude, mon Arabe me suit de près.

— Que me veux-tu? lui dis-je.

— Te battre!

— C'est bien! Essaye, si tu l'oses.

Il osa parfaitement. Son bâton fit un demi-cercle et me tomba sur l'épaule, mais, cette fois, nous étions seuls, j'étais insulté, battu, et surtout bien désireux de rendre les coups au centuple.

Je confesse humblement qu'il m'est arrivé en ma vie de vider une querelle en argumentant du poignet; mais jamais je ne m'étais senti si bien en veine.

S'il ne fut pas content de la ration, il dut être bien difficile.

Je savais bien qu'on pouvait me fusiller après une pareille correction, mais que m'importait?

J'avais vengé Sidi-Brahim sur la peau du bandit, mais vengé jusqu'à lassitude.

Attendez donc des choses ordinaires de la part d'un Arabe!—Au lieu de me dénoncer, comme vous pourriez le croire, le mien me supplia de taire au camp le dialogue de coups de poings qui venait d'avoir lieu entre nous.

— Tu as donc peur? lui dis-je.

— Oui, le kalifa me punirait. Je vois que tu es un brave, et je ne demande pas mieux que de bien vivre avec toi.

— Comment t'appelles-tu?

— Mohammed.

— Je te reconnaîtrai.

— Tu peux compter sur moi, dit-il en passant la main sur sa barbe.

Il tint parole, et derrière l'apparence d'un chenapan se trouvait, par hasard, un grand cœur.

A dater de cette rencontre, Mohammed fut pour moi d'une complaisance toute fraternelle, et devint, comme un caniche, esclave de la tendresse qu'il avait conçue pour le prisonnier.

L. DEGNOUY.

(Page 152.)

S'IL NE FUT PAS CONTENT DE LA RATION, IL DUT ÊTRE BIEN DIFFICILE.

Il m'accompagnait partout, me prévenait de tout, soit en bien, soit en mal; me procurait de petites douceurs de temps en temps, et me consolait de son mieux des ennuis de l'exil.

Bon et brave cœur, tu ne liras sans doute jamais ces pages où j'acquitte envers toi ma dette de reconnaissance, mais, peu importe! on saura que, sous l'écorce un peu rude qui te recouvrait, tu cachais une excellente nature, une âme généreuse et capable des plus beaux dévouements.

Il pleurait, mon pauvre mulâtre, quand il songeait à notre future séparation!

Mais le mal est toujours à côté du bien.

Au nombre de nos gardiens se trouvait un gendarme maure, un grand saute-aux-prunes qui avait naguère gagné la confiance du général Cavaignac, et qui avait repris rang parmi les Arabes, sous prétexte d'espionner au profit du général.

Le chenapan avait le poing dur et l'humeur atroce; il nous maltraitait en toute occasion, et nous faisait la vie aussi dure que possible.

Quand les prisonniers apercevaient de loin son cheval rouge, ils frémissaient et de crainte et de colère surtout.

Sa vue seule donnait la chair de poule.

Ma colère se ressouvient presque autant de ce misérable, que mon cœur du bon mulâtre.

CHAPITRE X.

LES RUBANS ROUGES. — LE MAL DU PAYS.

J'ai oublié de rappeler dans les précédents chapitres que les indigènes avaient établi, à proximité du camp, un marché très-fréquenté qui se tenait un jour de la semaine. On nous y vendait des fruits et des provisions.

Pour ceux d'entre nous qui n'avaient rien à y dépenser, ces réunions étaient encore une distraction précieuse.

Ce marché nous suivit dans notre nouveau campement, et devint plus fréquenté de semaine en semaine.

A dix lieues à la ronde, on avait entendu dire qu'un thébib français se trouvait parmi les prisonniers, et l'on racontait toutes sortes de guérisons miraculeuses opérées par ce savant jeune homme.

Alors le marché devint le rendez-vous non-seulement de ceux qui avaient des denrées à vendre, mais de tous les malades du pays.

Tous les blessés présents à la deira accouraient également consulter le thébib étranger.

On faisait queue à la porte de son gourbi pour entrer.

Si le docteur n'est pas devenu le plus habile dentiste qu'il y ait au monde, ce n'est pas faute d'avoir opéré des mâchoires. Tous ces bons Kabyles se faisaient extraire des dents, et, quand les dents gâtées avaient quitté l'alvéole sous l'outil de l'opérateur, ils voulaient encore, par précaution, faire tomber les bonnes.

Trotté me racontait que le docteur avait beau leur
dire que les dents enlevées ne repoussaient pas, qu'il
était inutile de s'attaquer aux dents intactes, rien n'y
faisait. Ces grosses têtes ouvraient la bouche en montrant du doigt les dents condamnées à tomber.

Cette fureur d'extraction alla si loin que le docteur
Cabasse ne se donna même plus la peine de faire la
moindre observation; il aimait mieux donner un coup
de clef que de se faire des ennemis.

— Aucun de ces imbéciles du moins, disait Trotté,
ne nous gardera une mauvaise dent.

Pourtant ces opérations pouvaient mener le docteur
bien loin. Du moment qu'il n'y eut plus qu'à se présenter pour être soigné, opéré ou traité, la foule des
malades vrais ou imaginaires n'avait plus de raisons
pour diminuer.

Le docteur n'avait plus une minute à lui.

Dans cette position embarrassante, il eut recours à
un moyen sur l'efficacité duquel il dut compter.

De gratuites qu'elles avaient toujours été, les consultations devinrent payantes.

Le docteur, sans coter précisément ses services, fit
entendre aux malades que dorénavant il se conforme-
rait aux habitudes des thébibs arabes, qui reçoivent ce
qu'on veut bien leur donner.

Trotté, comme tous les subordonnés qui font du zèle,
outra la consigne, et visita les mains des visiteurs avant
de les admettre à la consultation.

Bientôt les poules, les œufs, le miel, les fruits, jusqu'à des moutons abondèrent dans le gourbi du médecin.

Tout cela passait à la cuisine des prisonniers; mais, entendons-nous bien, pour l'ordinaire des officiers seulement.

Par-ci, par-là, quelque pauvre affamé détournait bien une cuisse ou une aile, mais c'était en fraude. Trotté lui-même ne participait point à ces aubaines de nos chefs.

Peu à peu les malades oublièrent d'apporter leur cadeau d'usage et l'ordinaire des officiers s'en ressentit.

Trotté avisa un moyen.

Il se tenait en dedans du gourbi, derrière le rideau qui servait de porte. Pendant que le docteur donnait ses consultations, il instruisait Castor avec la dernière perfection.

Sitôt que la foule devenait trop grande au dehors et que le nombre des consultants menaçait de faire durer la faction du docteur jusqu'à la nuit fermée, Trotté levait lentement le rideau, regardait Castor dans les yeux et lui disait tout bas un seul mot.

Alors l'excellent chien de chasse se jetait d'un bond sur les visiteurs et les dispersait en quelques minutes.

Après ces expéditions, Castor rentrait heureux et venait caresser Trotté en jappant.

Le brave chien haïssait tant ces burnous!

Le 19 décembre nous reçûmes la visite du kalifa Bou-Hamedi, le lieutenant le plus en renom de l'émir, le cœur le plus généreux, la plus noble nature que nous ayons rencontrée au désert.

Quand ce nom m'arrive à la mémoire, je le bénis toujours pieusement comme celui d'un homme à qui l'on doit tout.

Au reste, je suis bien convaincu que pour tous mes compagnons de captivité, sans exception, le brave kalifa est le plus doux souvenir qu'ils aient rapporté du désert.

Bou-Hamedi venait de la deira pour inspecter le camp des prisonniers et s'informer sans doute si Hadj-Salem, le nouveau commandant, remplissait bien la mission de confiance et d'humanité qu'il avait reçue de l'émir.

Il réunit nos chefs sous sa tente, leur témoigna la plus extrême bienveillance, et les exhorta à ne point manquer de confiance en Dieu. Puis, il leur offrit le café. Le soir, à son départ, il fit donner à M. de Cognord 30 francs, 25 à M. Marin, 20 au docteur, et 15 à MM. Hillerain, Larrazet, Thomas et Barbut.

Trois jours après, il reparut au camp porteur d'une excellente nouvelle qu'il fut heureux de communiquer à nos officiers.

L'émir avait fait au maréchal Bugeaud des propositions d'échange, et nous étions à la veille de recouvrer notre liberté.

Trotté et moi nous faisions à l'avance nos châteaux en Espagne, nous nous jurions de ne pas nous oublier; nous parlions de la France comme si nous eussions dû la revoir avant un mois.

Le 25, jour de Noël, j'allai voir mon camarade dans son gourbi.

— Eh bien, Trotté, lui dis-je, faisons-nous nos malles pour partir?

— Chut! répondit-il en se mettant l'index en croix sur la bouche pour m'imposer silence.

14

— Le docteur est occupé?

— Il a un malade, Sidi-Saïd, le frère d'Abd-el-Kader, qui consulte et qui pourrait entendre ce que nous dirions.

Cinq minutes après, le jeune chef sortit en appuyant son poing sur sa bouche.

Il venait de se faire extraire une dent, lui aussi.

Arrivé à la porte du gourbi, il s'arrêta quelques secondes.

— Attends! dis-je à Trotté, celui-là va payer sa consultation comme un grand seigneur.

— Ça ne me fait pas cet effet-là.

— Tu vois, il se retourne vers le docteur.

Sidi-Saïd s'était en effet retourné, mais pour dire effrontément et en mauvais français au docteur Cabasse:

— Si tu étais resté en France au lieu de venir en Afrique, tu ne serais pas prisonnier!

Le mauvais client ne se donnait même pas la peine d'avoir un peu d'esprit pour payer son médecin.

Le surlendemain, un courrier apporta des lettres du général Cavaignac, du linge et des médicaments.

Avec ces lettres et ces objets il était arrivé autre chose, mais Bou-Hamedi s'était réservé le plaisir de nous remettre lui-même ce supplément.

Il arriva le 29 au soir.

Il paraît que la France entière s'était émue au récit de notre glorieuse défaite; le gouvernement avait voulu connaître les débris de la colonne de Djemmâa, et, dans les derniers jours de novembre, M. de Cognord avait adressé la liste nominative des survivants de Sidi-Brahim.

La France étendait le bras jusqu'à nous pour honorer notre défaite, et montrer aux Arabes que la bonne volonté trahie par la fortune était à ses yeux aussi glorieuse que la victoire.

Le roi Louis-Philippe nommait le chef de bataillon de Cognord lieutenant-colonel et officier de la Légion d'honneur.

Le maréchal des logis chef Barbut, le maréchal des logis Barbier, le hussard Testard, étaient nommés chevaliers de la Légion d'honneur.

Nous prenions rang, M. de Cognord, comme officier, nous, comme chevaliers, à partir du 31 octobre.

Bou-Hamedi paraissait aussi heureux que nous.

Avec l'avis de notre nomination, il nous remit un petit paquet contenant :

Une rosette d'officier pour le nouveau lieutenant-colonel;

Un ruban pour Barbut;

Un autre ruban pour Barbier;

Un troisième ruban pour moi.

Tel était le supplément que le kalifa s'était réservé de nous remettre lui-même.

J'étais donc chevalier!

Chère belle croix d'honneur, tu m'es chère à double titre, d'abord parce que tu témoignes que j'ai fait mon devoir sur le champ de bataille, puis parce que tu es la fille de ma captivité!

Les Arabes, comme de grands enfants, nous entourèrent, et paraissaient ne pouvoir s'expliquer tant d'honneurs après la défaite.

Les chefs nous félicitèrent sincèrement.

Nos pauvres frères d'Aïn-Temouchen, de la colonne Marin, firent un retour sur eux-mêmes et s'attristèrent de n'avoir pas été mis à même de gagner la même distinction, mais leurs félicitations n'en furent ni moins empressées ni moins cordiales.

Barbut avait son dolman de sous-officier des hussards; il attacha son ruban rouge à son dolman;

Barbier s'était fait un caban; il y plaça le même ruban rouge;

Quant à moi, qui m'étais fait un burnous, j'y attachai ma décoration.

Ces vêtements étaient confectionnés par ceux d'entre nous qui avaient été autrefois tailleurs ou qui se sentaient assez habiles pour risquer la coupe.

J'ai dit que le commandant avait songé à vêtir les plus nus du détachement.

Avec l'argent du général Cavaignac il avait acheté des haïcks ou pièces de drap de laine blanche larges d'un mètre et longues d'environ trois mètres.

Nos tailleurs coupaient en pleine étoffe des vêtements de toutes sortes qui étaient ensuite distribués.

Le commandant, qui souffrait toujours, et qui ne devait retrouver la santé que dans l'air libre du pays, garda un de ces haïcks pour son coucher.

J'étendais le soir ce haïck sur son lit d'alpha; puis, quand il était couché, je rabattais sur lui le surplus de la longueur de l'étoffe.

Bou-Hamedi resta cinq jours au camp. Il nous passa en revue, s'informa de nos besoins et s'assura que les distributions de vivres étaient régulièrement faites.

Le voyant dans d'aussi bonnes dispositions à notre égard, le docteur lui demanda et obtint sans peine pour ses malades une ration de viande quotidienne et du blé au lieu d'orge.

Il partit le 3 janvier avec une centaine de cavaliers pour une excursion sur nos frontières.

C'est vers cette époque qu'on nous donna des nouvelles de M. Lacoste, chef du bureau arabe de Tiaret, tombé dans un guet-apens le 2 octobre précédent avec douze chasseurs du 9e. Ces braves s'étaient défendus comme des lions, plutôt que de se rendre; onze s'étaient fait tuer sur place; le douzième était parvenu à se sauver. Quant à M. Lacoste, il avait subi mille avanies dans les tribus qu'il avait dû traverser, et n'avait gagné le camp d'Abd-el-Kader que le 14 novembre.

J'ai su depuis que ce malheureux officier, lieutenant du train, fut tué avec l'interprète Lévy dans le camp de l'émir, lors d'une attaque du général Jousouf.

Le jour de l'an fut un jour bien triste pour nous. Malgré les promesses de Bou-Hamedi, nous avions peur que la captivité ne fût pas à son terme de longtemps encore; le maréchal ne donnait pas signe de vie, et nous ne tardâmes pas à savoir qu'il refusait absolument de traiter directement avec l'émir.

Il est vrai qu'il avait, dit-on, chargé notre consul à Tanger de traiter de notre délivrance avec l'empereur du Maroc, mais c'était prendre le chemin le plus long, c'était peut-être nous condamner à errer perpétuellement sous la garde des soldats arabes.

14.

Nous échangeâmes des vœux auxquels personne de nous n'osait avoir confiance.

Cependant, du côté de l'Espagne, on s'intéressait vivement au sort des prisonniers français. Le colonel Démétrio, gouverneur de Mélilla, un nom bien cher qu'aucun des survivants n'oubliera jamais, envoya le 8 janvier un espion au docteur Cabasse avec une lettre pressante. Le messager, disait la lettre, était un homme sûr auquel il pouvait se confier et avec lequel il devait fuir.

Déjà même, paraît-il, une proposition semblable avait été faite au docteur par un chef des environs de Tlemcen qui le connaissait, et qui, devenu très-suspect au général Cavaignac, eût pu faire valoir ce service pour rentrer en grâce.

Mais le docteur refusa de quitter la terre de captivité, où il eût laissé des blessés et des malades.

Il garda noblement son poste de douleur.

Le 9 et le 10 janvier, il se fit dans le camp des Arabes un mouvement extraordinaire; nos gardiens étaient dans la joie; une fantasia fut organisée, des réjouissances tournèrent toutes ces têtes bronzées, si peu animées d'habitude.

Nous pressentîmes un nouveau malheur.

Qu'était-il arrivé?

J'allai, comme à l'ordinaire, interroger Mohammed.

— Encore une victoire de l'émir, me dit-il. Abd-el-Kader a battu le maréchal, fait prisonnier trente-trois chasseurs d'Afrique et surpris un grand convoi.

Je n'ai jamais bien su ce qu'il y avait de vrai dans

les affirmations du bon mulâtre; ce que je sais bien, c'est que pendant quelques jours on nous distribua des farines françaises.

Un incident assez triste calma pendant quelques heures l'effervescence joyeuse des Arabes. Deux des leurs s'étaient approchés d'un prisonnier, et lui avaient remis furtivement deux lettres qu'ils rapportaient de Tlemcen ou d'un autre point de nos possessions.

Ces lettres de nos compatriotes, peu importe à qui de nous on les adressait, étaient un souvenir de la patrie absente, et nous apportaient des joies à tous.

Le soldat qui venait de les recevoir, dans un mouvement de satisfaction imprudente, les agite au-dessus de sa tête en criant :

— Des lettres ! des lettres du pays !

Un chef arabe entendit ce cri de joie, et saisit les missives.

Jusque-là, les prisonniers avaient toujours pu écrire en France ou dans nos possessions d'Afrique; les lettres qui nous étaient journellement adressées nous parvenaient religieusement; le kalifa Bou-Hamedi, Sidi-Kadour, Hadj-Salem ensuite, n'avaient jamais arrêté ces correspondances, soit au départ, soit à l'arrivée, mais ces lettres, cela se comprend, devaient avant tout passer sous les yeux des chefs arabes.

Dans notre position, nous pouvions donner des renseignements nuisibles aux intérêts de l'émir, et cette raison justifiait suffisamment les précautions prises contre les missives clandestines.

Or, les lettres saisies n'étaient pas autre chose.

Hadj-Salem voulut savoir par quel moyen secret elles étaient tombées dans les mains du prisonnier.

Une enquête rondement menée fit découvrir les deux coupables, qui se vendirent eux-mêmes.

Ils reçurent préalablement la bastonnade comme avant-goût de la punition qui leur étaient destinée, puis ils furent envoyés à la deira de l'émir, pour être mis entre les mains de Bou-Hamedi.

Que fit-on de ces deux hommes?

Je n'en sais rien, mais nul de nous ne les revit jamais plus au camp.

Bou-Hamedi fut assez généreux pour ne point nous rendre responsables de cette correspondance clandestine. Il revint nous revoir le 31 janvier, avec Sidi-Mahomed, gouverneur de Tasa, et sa suite, composée d'une trentaine de chefs marocains.

Il fit à ces hommes l'honneur de notre camp, et leur donna le spectacle d'une revue des prisonniers passée par le colonel.

A la suite de cette revue, les chefs, qui avaient à plusieurs reprises témoigné la plus vive satisfaction, se joignirent au kalifa pour nous faire espérer une liberté prochaine retardée par certaines difficultés de détail.

Le lendemain, nos chefs furent gracieusement invités à une diffa, au douar de Bou-Hamedi, pour fêter les chefs marocains, qui s'éloignèrent dans la soirée.

Le 2 février Bou-Hamedi nous quitta lui-même. Il partait pour une nouvelle expédition sur les frontières du Maroc. Le brave kalifa était si sincèrement désireux de nous voir rendus à la liberté qu'il pria M. de Cognord, de lui remettre des lettres pour le général Cavaignac.

Ces lettres contenaient des propositions d'échange, homme pour homme, avec des prisonniers arabes détenus à Sainte-Marguerite depuis la prise de la smala d'Abd-el-Kader.

Nous pûmes donc espérer un très-prochain retour parmi nos compatriotes, car nous étions bien sûrs que la proposition serait accueillie sans le moindre retard.

Qui de nous se figurait que le maréchal Bugeaud, tout résolu qu'il était de ne jamais traiter directement avec l'émir, laisserait passer l'occasion de nous sauver?

Bou-Hamedi revint le 8, mais sombre et silencieux.

Dès le soir de ce jour, des feux s'allumèrent au loin de crête en crête. Des signaux d'alarme se transmettaient de tous côtés; nos gardiens n'étaient plus abordables, et nous adressaient de sinistres menaces.

Le 9, à midi, le camp s'ébranla comme s'il eût reçu quelque violente commotion; nous eûmes à peine le temps de nous reconnaître.

On crie, on se précipite, on vocifère, on arrache les tentes, puis nous partons en masse dans une confusion indescriptible.

Il paraît que les Français cherchaient à nous reprendre, et qu'ils avaient été signalés à l'horizon

La deira de l'émir et le camp de Hadj-Salem partirent en même temps.

Je ne perdis pas la tête une minute, et, malgré la précipitation de ce départ, Trotté, Michel, Metz et moi, nous emportâmes un sac d'orge et une paire de meules pour moudre ce grain en route.

C'était bien lourd à éreinter un mulet, mais la faim!

C'était en effet lourd même pour un mulet, car celui qu'on avait mis à notre disposition pour le transport des bagages pliait sous la charge, et, pour ne pas le voir tomber en route, nous portions charitablement la plus grosse part du fardeau.

Tant il est vrai que, dans les circonstances difficiles, l'homme n'a pas de meilleur auxiliaire que son courage.

Les Arabes devaient avoir une peur effroyable des colonnes françaises, à en juger du moins par la rapidité de notre marche, par les chemins affreux qu'ils nous faisaient suivre et les précautions qu'ils prenaient de cacher jusqu'à la moindre trace de notre passage.

Ces précautions furent poussées même un peu loin.

Au moment du départ, quatre hommes étaient trop gravement malades pour suivre le mouvement général. C'étaient Belmont, du 8e bataillon de chasseurs à pied; Futet, du 41e de ligne; Jeannot, des zouaves, et Aribi, du 15e de ligne.

Le docteur Cabasse, oublieux de ce qui le touchait personnellement, réclama contre l'abandon dans lequel allaient être laissés ces pauvres malades, et demanda des chevaux pour eux.

On lui répondit que le temps manquait.

Il insista, mais tout fut inutile. Il dut abandonner, sous peine d'être battu ou tué, ces malheureux, qui lui tendaient les bras en poussant des cris de désespoir.

Le docteur revint sur ses pas pour essayer en leur faveur une dernière tentative.

— Va! va! lui fut-il répondu; des mulets vont venir les prendre et tu les retrouveras plus loin.

A tout hasard, le docteur grimpa sur un gourbi, et, de la pointe de son couteau, écrivit en gros caractères, sur le cadran solaire en glaise dont j'ai parlé, ces mots qui pouvaient être utiles à nos malades ou guider la colonne française lancée sur nos traces :

« Partis à midi 1/2. — Direction ouest. »

Puis il regagna l'arrière-garde, où il se tint pendant six jours pour soigner les malades ou faire monter sur son cheval ceux qui ne pouvaient plus suivre leurs camarades.

Malgré toutes les précautions qu'il ne cessa de prendre, deux hommes disparurent, les nommés Octein et Jein, si je ne me trompe. Ces deux pauvres diables, rompus de fatigue, échappèrent à la vigilance amie du docteur, et restèrent en arrière de la colonne.

Comme les quatre malades laissés au camp, ils furent impitoyablement massacrés.

Les Arabes craignaient que, repris par les Français, ils n'indiquassent le chemin suivi par eux.

Comme à l'ordinaire, chefs et soldats essayèrent de nous donner le change sur cette atrocité, mais mon mulâtre m'avait tout avoué dès le premier jour.

Les nuits étaient glacées; les journées étaient brûlantes.

Nos gardiens nous harcelaient; la peur les avait rendus féroces.

De plus, les gens des tribus que nous rencontrions

dans ces marches à outrance, voulaient absolument nous arracher des mains de nos gardiens pour nous assassiner. Ils suivaient la colonne dans sa fuite, et malheur au prisonnier qui abandonnait les rangs! Nous ne pouvions même plus, aux heures de campement, aller chercher de l'eau dans le voisinage sans être protégés par nos gardiens armés.

Je me souviens qu'un soir nos Arabes furent obligés de faire feu sur des Marocains embusqués pour enlever un des nôtres qui descendait à la fontaine.

Le 13, au soir, après cinq jours de courses folles dans les montagnes, les spahis d'Abd-el-Kader nous rejoignirent au bivouac, et sans doute les nouvelles qu'ils apportaient n'étaient pas mauvaises, car les Arabes cessèrent d'avoir peur et retrouvèrent leur ancienne insouciance.

Mais l'épouvante nous avait rejetés trop loin dans l'ouest, le pays n'offrait aucune ressource, l'eau pouvait manquer d'un moment à l'autre, et puis nous nous trouvions au milieu de populations fanatiques contre lesquelles nous avions besoin d'être incessamment protégés.

Après une longue marche qui dura toute la journée du 14 février, nous abandonnâmes les montagnes et nous vînmes camper dans un endroit d'où l'on apercevait la ville de Glaïa, distante d'environ cinq lieues.

Dans les lointains de l'horizon, nos yeux suivaient une ligne de vapeurs bleues qui, sans doute, montaient de la Méditerranée. Les cœurs battaient dans les poitrines; tous les regards, tournés du même côté, dévoraient ces brumes au delà desquelles était la France.

Un grand nombre d'entre nous prirent le mal du
pays, et songèrent dès lors à s'échapper. On savait bien
que, pour arriver en terre française, il y avait à traverser un pays en alerte, des montagnes pleines d'ennemis, des populations sur le qui-vive, mais la pensée
d'échapper à l'esclavage faisait oublier le péril, et, à
tout prendre, la mort valait bien la condition misérable
qu'on nous avait faite.

Le 15, nous partîmes à sept heures du matin, et,
après onze heures de marche, nous retrouvâmes la Malouïa, aux rives de laquelle nous pûmes nous installer.

C'était notre fleuve de captivité; il nous semblait que
nous ne quitterions jamais cette fatale rivière.

Deux hommes, ce soir-là, manquaient à l'appel.

La plupart d'entre nous ne prirent même pas la peine
de s'installer convenablement; la pensée d'une désertion
couvait dans bien des têtes, et, comme rien n'indiquait
la fin prochaine de notre captivité, les plus aventureux
firent secrètement leurs préparatifs de départ.

M. de Cognord, mû par un sentiment d'humanité,
essaya de détourner quelques hommes d'un semblable
projet, mais ils pleuraient la patrie absente, ils étaient
à bout de patience, ils avaient le mal du pays.

Et le colonel, gagné par leurs prières, leur donnait
un peu d'argent avec quelques vivres pour la route, et
les laissait partir.

CHAPITRE XI.

LES DÉSERTEURS. — LA CHÈVRE DE M. DE COGNORD. — LA SÉPARATION.

J'ai dit que le 15 au soir, à notre arrivée sur la Malouïa, deux hommes manquaient à l'appel.

C'étaient Bernard et Gagne.

Bernard appartenait au 8e bataillon de chasseurs à pied. Ce militaire, qui s'était bravement battu à Sidi-Brahim, n'avait pu se faire à l'idée d'être prisonnier de guerre chez les Arabes. Depuis longtemps déjà il avait formé le projet de s'enfuir.

C'était du reste un homme résolu, courageux et prudent. Avant de mettre son idée à exécution, il en parla aux officiers. Comme on marchait de ci, de là, au hasard, en désordre, il démontra clair comme le jour que rien n'était plus facile que de tromper la surveillance de nos gardiens.

Presque tous les officiers cherchèrent à le détourner de sa résolution.

Le docteur Cabasse crut voir que chez Bernard il y avait tous les caractères de la nostalgie. Comme médecin, il dut l'interroger longuement.

— Savez-vous seulement, lui dit-il, dans quelle direction vous trouverez Djemmâa?

— Par ici, répondit Bernard sans se tromper d'un degré.

— Avez-vous songé qu'il y a loin?

— Une journée de marche.

— Que les Arabes vous poursuivront?

— Je les en défie!

— Que les Marocains peuvent vous tuer?

— Eh bien, ils me tueront, et tout sera dit; l'ennui est pire que la mort.

Le docteur alla trouver les officiers et leur assura que, mourir pour mourir, autant valait, pour Bernard, que ce fût d'une balle marocaine que d'ennui.

— Comment dissimulerons-nous son absence? dit M. de Cognord. Ce malheureux sera repris une heure après nous avoir quittés.

— Je m'en charge, mon colonel.

— Quel moyen prendrez-vous?

— Il est malade; je puis faire croire qu'il est plus malade encore. Demain il rendra, je suppose, son dernier soupir entre nos mains; le soir, on peut faire semblant de l'enterrer; on le conduira jusqu'à sa fosse, on lui serrera silencieusement les mains dans l'ombre, et, tout en lui montrant la direction à prendre, on lui souhaitera bon voyage. La fosse se refermera sur un simulacre de trépassé, nous prendrons un air de circonstance, et nos gardiens n'y verront goutte. Pendant ce temps, Bernard gagnera au large.

Au moyen de ce jeu terrible, le docteur se chargeait de faire partir impunément les plus pressés d'entre nous.

Il fit part de son idée à Bernard.

Le brave chasseur, qui avait tant de fois, sur le

champ de bataille, regardé la mort en face, baissa la
tête sans répondre.

— Eh bien? fit le docteur.

— Ça demande réflexion.

— Vous avez peur?

— Dame, c'est un jeu peu gai; je vous demande jusqu'à demain pour prendre un parti.

Le lendemain, il vint trouver M. Cabasse dans son
gourbi.

— Tenez, docteur, dit-il, si cela ne vous gêne pas,
je prendrai un autre moyen plus simple; j'attendrai la
nuit et je filerai sans tambour ni trompette. Votre enter-
rement pour rire me porterait malheur.

— Enfin, comme vous voudrez; mais mon moyen
était excllent et le vôtre est dangereux. Plutôt que de
voyager de jour, restez plutôt une semaine en route;
marchez la nuit, cachez-vous dans les broussailles des
ravins pendant la journée; puis, ayez soin de ne point
vous tromper de direction. Appuyez constamment à
gauche, la mer vous guidera dans votre marche et les
montagnes protégeront votre fuite. Avez-vous des
vivres?

— Je vais de ce pas chez le colonel.

— Adieu, alors, et bonne chance!

— Merci; j'arriverai, docteur!

Quelques minutes après, il entrait chez le colonel.

— Adieu, mon brave, me dit-il.

— Tu pars?

— Aujourd'hui même, mes papiers sont en règle.

Je l'introduisis chez M. de Cognord.

Le colonel lui répéta les recommandations du docteur Cabasse, et tout en redoutant pour ce brave chasseur les suites d'une pareille témérité, n'eut pas la force de la blâmer.

Ce pauvre Bernard avait si fort le mal du pays !

— Testard, me dit le colonel, donnez-lui les provisions les moins embarrassantes et bourrez ses poches.

Je fis la commission de grand cœur, et, le soir, j'allai le trouver pour lui serrer une dernière fois la main.

Pauvre cher brave! je le crus bien passé de vie à trépas, quand je vis des Arabes rapporter le lendemain ses habits trouvés aux bords de la Malouïa.

Bien mieux, je l'ai cru mort quelque temps.

En 1848, mes fonctions actuelles me retinrent quelques mois à Fontainebleau, et je ne me doutais pas que mon noyé de la Malouaïa, mon brave Bernard, passait tous les jours devant moi, sous le costume de garde et le fusil sur l'épaule.

Il était et je crois qu'il est encore garde dans la forêt.

J'appris depuis que sa fuite s'était opérée sans incidents fâcheux; il avait, suivant l'avis de M. Cabasse, gagné les côtes, voyagé de nuit et passé ses journées dans des cavernes.

A la fin de la quatrième nuit, n'ayant pas trouvé de rocher pour s'y cacher, il se fourra comme une bête fauve dans d'épaisses broussailles et s'y coucha.

Il était à peu près dénué de vivres, il craignait de s'être égaré en route et commençait à désespérer de son

15.

salut; mais, comme il était rompu de fatigue, il ne fut pas plutôt couché dans son repaire, qu'il s'endormit profondément.

Après moins d'une heure de sommeil, il fut réveillé en sursaut par des bruits éclatants qui durent être pour lui la plus douce de toutes les musiques.

Était-ce un rêve? était-ce une réalité? Cette voix de cuivre, c'était une trompette française qui sonnait la halte!

Bernard sortit de sa cachette en rampant. Le cœur lui sonnait plus fort que la trompette et ses yeux avaient des éblouissements.

Il regarda et aperçut tout un escadron de chasseurs d'Afrique qui venait de s'arrêter pour faire du fourrage.

Il franchit la distance en quelques bonds, les bras tendus, les yeux mouillés de larmes, et tomba évanoui dans les rangs de ses compatriotes.

Il était bien sauvé!

Gagne était l'autre prisonnier qui manquait à l'appel le soir du 15. Lui, tout au rebours de Bernard, n'avait communiqué son projet à personne. C'était un garçon d'humeur taciturne, rendu presque sombre par le peu d'estime qu'on avait pour lui dans le camp.

Gagne était un soldat du train, chargé, avec quelques autres, de la conduite des mulets dans la colonne du lieutenant Marin.

Quand le détachement avait été cerné par les Arabes en vue d'Aïn-Temouchen, et que les soldats juraient de mourir plutôt que de se rendre, lui, tremblant et

pâle, s'était serré contre son mulet et avait obstinément
refusé de prendre un fusil.

Le docteur Cabasse avait même essayé vainement de
ranimer son courage, Gagne avait répondu qu'il était là
pour conduire son mulet et non pour se battre.

Ceci nous avait été raconté à tous, et ce malheureux
soldat du train, appartenant à un corps qui a rendu
tant et de si glorieux services en Afrique, était regardé
comme un lâche.

Il partit donc sans serrer la main d'aucun ami.

Malgré la pauvre réputation qu'il avait parmi nous,
je souhaite de tout mon cœur apprendre un jour qu'il
vit quelque part; mais, jusqu'à présent, il n'a donné
signe de vie à personne.

Son caban de laine fut rapporté au camp un peu plus
tard que les effets de Bernard, mais il était plein de
sang et troué au beau milieu du dos par une balle.

Si ce n'est pas là un acte mortuaire en forme, on con-
viendra que cette trace de balle en a malheureusement
bien l'air.

Vous vous imaginez sans doute que cet exemple dé-
couragea les déserteurs?

Ah! vous n'avez jamais eu le mal du pays!

Un jeune chasseur à pied du 8e bataillon, qui avait,
à Sidi-Brahim, payé une minute de frayeur par la
plus éclatante bravoure, un tambour des zouaves,
nommé Poggi, et le caporal Morin, prirent tous les
trois la clef des champs.

Les Arabes étaient furieux de ces désertions.

Nous fûmes consternés le lendemain en apprenant à

la même heure qu'ils avaient été repris et qu'on les avait, pour l'exemple, condamnés à mort.

Pendant qu'on leur faisait un semblant de procès, on leur administrait la bastonnade.

C'était toujours autant de pris.

Cette peine du bâton a quelque chose de sinistre et de barbare.

J'ai vu le pauvre Morin souffrir cette épouvantable correction.

Il était couché à plat ventre sur le sol.

Un Arabe lui tenait la tête entre ses talons; un autre Arabe lui tenait les pieds.

Puis deux chaous, deux de ces butors qui manient si bien la trique, se tenaient chacun d'un côté du patient et frappaient en mesure sur son corps, un peu par-ci, un peu par-là, comme un batteur en grange fait d'une gerbe de blé que le fléau atteint partout.

Quand on releva le caporal, il n'avait plus que le souffle et n'était qu'une plaie.

Pour le remettre, on le descendit au silo.

Le silo est encore quelque chose de bien.

C'est la prison à l'usage des peuples nomades.

Figurez-vous un puits creusé à dix ou douze pieds, assez large pour qu'on y descende le patient, assez étroit pour qu'il ne puisse s'y coucher; — au-dessus une sentinelle ayant pour consigne de casser d'un coup de fusil la tête du condamné, pour peu qu'il cherche à sortir de son trou.

Voilà le silo-prison.

Hadj-Habid, qui commandait la colonne, informe Bou-Hamedi de la capture des fugitifs.

Bou-Hamedi, à ce que je crois, était à la deïra.

Il arrive et ordonne que les déserteurs mourront.

Mais, dans sa rigueur, le brave kalifa veut bien accorder à M. de Cognord le droit de décider s'ils périront sous le bâton des chaous ou les balles des soldats.

C'était peut-être, de la part du généreux kalifa, un moyen de sauver ces malheureux.

Il ne pouvait douter que le colonel, au lieu de choisir entre les deux modes d'exécution, userait de toutes les formules de la prière pour faire annuler la sentence.

La sentence fut en effet révoquée.

Les graciés firent quelques jours de silo seulement.

Nous reprîmes notre route un peu à l'aventure et nous arrivâmes dans un lieu appelé les Puits d'Assi-Barkan.

Un vrai trou, un nid à fièvres.

Pendant les quatre semaines de notre séjour dans ce lieu, je n'ai à signaler qu'une nouvelle preuve de l'intérêt que nous portait mon mulâtre.

Nous prenions l'eau à une source qui sortait d'une caverne formée par des roches basses.

Le bassin qui recevait l'eau de la source était une sorte d'abreuvoir où les chevaux du pays étaient amenés de toutes parts.

Les femmes de la localité étaient peu aimables.

Quand nous arrivions pour faire nos provisions, elles troublaient l'eau déjà naturellement saumâtre, et, pour mieux faire monter la vase, elles descendaient dans la fontaine.

Et leurs vilaines jambes sèches, leurs vilains genoux cagneux, s'agitaient sans relâche.

Mon mulâtre perdit patience et prit le parti d'écarter à coups de bâton ces Marocaines aux vilaines jambes, afin que nous eussions l'eau plus belle.

Il eut même l'attention de nous montrer comment, en rampant, on pouvait pénétrer sous les rochers, et prendre le filet d'eau au sortir de la source.

Malgré toutes ces précautions, l'eau était écœurante et marécageuse.

Encore si l'on eût été récompensé du côté des vivres ! Mais le sel, qui assaisonne les choses les plus nauséabondes, nous manqua totalement, et chaque homme ne reçut plus, pour sa quinzaine, que deux kilogrammes d'orge et à peine une ration de viande.

Tout ce que nous mangions, tout ce que nous touchions avait ce goût de rance, de goudron, cette odeur de vieux bouc, particuliers aux Bédouins.

Et pour compléter nos misères, nos gardiens, irrités des désertions, étaient d'une implacable sévérité. Nul de nous n'avait plus le droit de faire un pas en dehors du camp ; les corvées de bois et d'eau étaient accompagnées de soldats arabes armés jusqu'aux dents, et la plus sombre tristesse enveloppait le camp des prisonniers.

Le scorbut et la dyssenterie se déclarèrent avec une certaine intensité ; le docteur ne cessait de répéter à Hadj-Salem que cet affreux trou d'Assi-Barkan serait le tombeau non-seulement des prisonniers, mais encore des Arabes.

Hadj-Salem se contentait de répondre que l'émir était le maître et qu'il en arriverait ce qu'il plairait à Dieu.

Pas plus que nous, il n'avait le droit de chercher une autre résidence.

Nous commencions à devenir très-embarrassants pour l'émir. Bien que nos rations eussent été rognées d'une manière très-sensible, encore fallait-il trouver, pour les deux cent quatre-vingts prisonniers que nous restions, de quoi les empêcher de mourir de faim. Les tribus marocaines, trop pauvres pour faire crédit à l'émir, n'avaient guère de denrées que pour leur propre subsistance et refusaient de vendre ce qui leur était nécessaire. Puis, d'ailleurs, le budget de l'émir tarissait.

Aussi, le kalifa Bou-Hamedi, inquiet du silence prolongé du maréchal Bugeaud, vint de nouveau presser M. de Cognord d'écrire au général Cavaignac et de lui rappeler les propositions d'échange depuis si longtemps proposées par Abd-el-Kader.

Les lettres du colonel partirent le 28 février, et la réponse du général n'arriva que le 17 mars.

Dans la position relativement subordonnée qu'il occupait en Afrique, le brave général n'avait pu que faire parvenir au maréchal la lettre du colonel, appuyant de tous ses vœux les propositions qu'elle contenait; mais ce qu'il pouvait faire de son chef, il l'avait fait avec une généreuse spontanéité. Il nous envoyait dix-huit cents francs avec des médicaments et toutes les lettres de France adressées aux prisonniers.

Il paraît même que le brave général, à court d'argent, avait eu l'ingénieuse idée de faire ramasser des olives par ses hommes et de les faire vendre à notre profit.

Cet illustre nom-là était pour nous alors synonyme de Providence.

Que de fois les captifs l'ont béni ! !

Malgré les médicaments et le dévouement du docteur Cabasse, le camp prenait de jour en jour l'aspect d'une ambulance ; les plus forts mêmes subissaient l'influence pernicieuse de ce lieu maudit. Encore quelques semaines de séjour aux Puits d'Assi-Barkan, et nous étions perdus jusqu'au dernier.

M. de Cognord réclama contre les ordres qui nous clouaient dans ce trou empesté.

Hadj-Salem n'osait pas prendre sur lui de changer le camp, mais la dyssenterie et le scorbut apostillèrent la réclamation du colonel en atteignant les Arabes eux-mêmes.

Le 21 mars au matin, le signal du départ fut donné.

Nous fîmes trois ou quatre lieues, et nous retombâmes encore non loin des rives de la Malouïa.

Que l'histoire marque à jamais d'un point noir ce campement funèbre.

Si jamais la civilisation avait à se défendre d'avoir envahi l'Afrique barbare, son excuse est là, à ce point noir !

Nous n'osions plus laisser nos malades en route. Le massacre de six blessés ou traînards à notre départ du camp d'hiver nous avait servi de leçon.

Les malades étaient emportés sur les épaules des valides.

Après avoir franchi quelques montagnes, nous trouvâmes un pays relativement riche où les privations d'Assi-Barkan furent oubliées.

N'eussions-nous eu qu'un air salubre à respirer, que c'était déjà une immense amélioration; mais, outre l'air pur et les eaux courantes de la Malouïa, nous rencontrâmes des chèvres en grande quantité.

Bou-Hamedi nous en envoya de la deira d'Abd-el-Kader. La deira nous suivait toujours et marchait pour ainsi dire de conserve avec le camp.

Les chèvres nous servaient à deux fins.

De la viande on faisait d'excellents ragoûts ou des pièces de rôti.

Avec la peau on confectionnait des outres.

Nous avions pour faire des outres un moyen très-simple.

Une fois la peau enlevée comme une chemise, depuis le haut du cou jusqu'à l'arrière, on nouait les deux pattes de devant.

Le cou restait orifice.

Puis on nouait les deux pattes de derrière à la base pour éviter les fuites.

Et l'outre était faite.

J'ai dit déjà que le colonel de Cognord, bien qu'il fût à peu près remis de ses blessures, était resté extrêmement faible.

Il eut l'idée de se mettre au régime du lait de chèvre.

Celles que Bou-Hamedi nous avait envoyées étant mangées, il en acheta une, moyennant un douro.

Je me chargeai de la traire et de la mener paître.

Il n'y avait pas huit jours qu'elle était sous ma direction, que déjà nous étions bons amis. La pauvre bête

16

me suivait dans le camp, sur la montagne, à la rivière, comme l'eût fait le chien le plus fidèle.

Elle me reconnaissait entre tous, et du plus loin qu'elle entendait ma voix, elle accourait au-devant de moi en sautant.

L'amitié de ce pauvre animal est un des bons souvenirs de ma captivité.

Les rives de la Malouïa en cet endroit étaient couvertes d'herbe, que le mois d'avril donnait en abondance.

Chaque matin, pendant que je lavais le linge du colonel, la chèvre, attachée à un arbre par une longue corde d'alfa, broutait pendant quelques heures l'herbe tendre qui lui montait aux mamelles.

Un jour, je l'avais emmenée comme d'habitude et je l'avais solidement attachée à un petit arbre dans une place nouvelle, puis je m'étais mis en devoir de laver ma petite charge de linge, à moins de vingt pas de ma chèvre.

La matinée était belle, l'eau était limpide et gazouillait autour de moi.

Tout en frottant et savonnant mon linge, je rêvais du pays.

Ce beau ciel, cette belle verdure des bords de la rivière m'avaient ôté l'idée que j'étais captif.

Je ne saurais dire depuis combien de temps j'étais plongé dans ces idées, quand j'entendis un frôlement dans les herbes, à quelques pas derrière moi.

J'étais juste en train de savonner ma dernière pièce, ma chemise, que je comptais faire sécher en gardant ma chèvre et remettre sur moi avant de rentrer.

Je me retourne avec vivacité.

C'est M. de Cognord qui est là, debout, à la rive de l'eau.

Pour recevoir ainsi mon colonel, j'étais dans un costume un peu bien élémentaire, mais j'étais surpris.

Comment le glorieux malade avait franchi la distance, bien longue pour sa faiblesse, de son gourbi à la Malouïa; comment il avait pu seul, sans l'appui même d'un bâton, descendre la côte et passer dans les rochers en casse-cou qui en encombrent l'accès, je n'en sais rien, mais il était là.

— Je vous demande bien pardon, mon colonel, lui dis-je, vous me trouvez nu.

M. de Cognord ne parut pas m'entendre.

— Et votre chèvre, mon ami? dit-il.

— Elle est ici, mon colonel.

Et du doigt je désignai l'arbre.

Il y avait bien autour de l'arbre un cercle d'herbe broutée et un bout de corde coupée sur cette herbe tondue; mais de chèvre, pas même l'ombre.

Je courus à l'arbre.

— Volée! m'écriai-je.

— Partie...

— Pas seule toujours, mon colonel?

— Elle a rongé sa corde et vous a quitté.

— Mais, mon colonel, la corde est très-proprement coupée et non rongée. Un voleur de Marocain a passé par ici.

M. de Cognord était visiblement contrarié; depuis notre arrivée dans le pays, nous avions dévoré toutes les chèvres à vendre, et les autres, celles des familles marocaines, avaient été emmenées dans la montagne, hors de notre portée.

Aussi le colonel n'eut pas besoin d'appuyer beaucoup sur les paroles suivantes pour me faire comprendre l'embarras où le plaçait mon manque de vigilance.

— Comment voulez-vous que je fasse, mon ami? Je ne puis prendre que du lait, et je ne trouverai plus à remplacer ma chèvre.

— Attendez!

J'étais nu, mais, ne pouvant me vêtir et ne voulant pas donner au voleur le temps de gagner au large, je grimpai la côte, je cherchai dans les fourrés, dans les ravins, derrière les rochers.

Si je n'avais pas craint de me faire couper la tête par les Marocains qui rôdaient nuit et jour autour du camp pour surprendre les imprudents, j'aurais couru sur les montagnes.

Je revins l'oreille basse.

Le colonel rentra au camp tout chagriné.

Ayant besoin de rester à la rivière pour y faire sécher mon linge, je ne pus l'accompagner.

Je rentrai deux heures plus tard.

D'aussi loin qu'il me vit, mon mulâtre accourut vers moi comme pour m'annoncer quelque chose.

A en juger par sa joie bruyante, ce quelque chose devait être une bonne nouvelle.

Mais, si fort qu'il jouât des jambes, il ne tarda pas à être devancé par... ma chèvre, qui, comme le mulâtre, m'avait aperçu.

En rentrant au camp, M. de Cognord s'était plaint au chef Hadj-Salem, qui avait envoyé une demi-douzaine de ses hommes à la recherche de l'animal volé.

Il leur avait fallu moins d'une heure pour la retrouver dans les montagnes, rosser le voleur d'importance et ramener la chèvre au camp.

Le moins malheureux de nous tous, c'était le docteur Cabasse. Grâce à sa qualité de médecin, grâce surtout à la réputation qu'il s'était si justement faite parmi les Arabes, il avait de temps en temps des aubaines qui manquaient à nos autres officiers.

Il faisait à la deira de fréquentes visites. Ses malheurs, sa jeunesse, son noble courage et des avantages physiques qu'il savait faire valoir, lui concilièrent l'amitié des femmes qu'il rencontra.

Outre Juliette, dont j'ai dit un mot et que je retrouverai à mon tour, deux femmes et la mère de l'émir le consultèrent. Il est à supposer que le mal dont elles souffraient et pour lequel elles eurent besoin de voir le thebib n'était autre que la curiosité.

Comme ici, comme partout, les femmes en Afrique sont des filles d'Ève.

Les jolies malades trouvèrent que le thebib avait grand tort de songer toujours à cette vilaine France si lointaine et si froide. La vie du désert était si douce, l'air des montagnes si pur, Abd-el-Kader si grand et la loi du Prophète si clémente aux amours !

Le docteur, bien entendu, ne pouvait se fâcher. Il écoutait et il riait.

16.

Seulement, il faisait ses réserves intérieurement pour ne point contredire ses belles clientes.

Le 4 avril, il fut rappelé à la deira pour donner ses soins à un chef, Ben-Marghina, qui avait été blessé lors d'une attaque du camp de l'émir. Ce kalifa, parmi ses femmes, avait une jolie Turque qui avait beaucoup voyagé et par conséquent appris beaucoup. Elle connaissait la plupart de nos usages et se plaignait que les femmes arabes, aussi splendidement douées que toutes les femmes du monde, fussent réduites à l'état d'esclaves et moins bien traitées sous tous rapports que les Françaises.

Elle eut l'esprit de convaincre Ben-Marghina que sa blessure était dangereuse et de lui faire entendre que, le jeune thebib étant prisonnier, on ne devait pas craindre de le faire venir chaque jour et le plus longtemps possible.

Ben-Marghina trouva que sa femme avait raison, et manifesta le désir de voir fréquemment le docteur.

Dans l'intérêt sans doute du kalifa, la jolie Turque assistait à toutes les consultations du médecin, prétextant que ce n'était pas trop de deux personnes pour comprendre ses prescriptions. Il était si important pour la chère santé du blessé de retenir les moindres conseils du thebib !

D'un autre côté, afin que tout le monde fût content, elle ne manquait jamais d'offrir au beau prisonnier des pâtisseries de sa façon qui avaient bien leur mérite, et d'autres petites friandises.

Ben-Marghina serra les lèvres d'abord et jeta sur sa femme un regard inquisiteur, mais la jolie Turque lui prouva, dans l'intimité, que les médecins, comme tout le monde, sont sensibles aux attentions délicates, et que les petits pâtés engageaient le docteur à déployer toutes ses ressources pour guérir le blessé.

Le kalifa comprit, et quand sa femme servait ses friandises, il lui envoyait un regard de complicité ; quand elle souriait au docteur, il souriait comme elle.

Tous les hommes sont bien frères !

Le 6 avril, Bou-Hamedi, de retour d'une expédition, vint nous voir au camp.

Le 21, nous revîmes Sidi-Saïd, ce frère de l'émir auquel le docteur Cabasse avait enlevé une dent un jour. Il était accompagné de quelques cavaliers et nous ramenait un nommé Vilfeu, soldat du 1er bataillon d'Afrique, fait prisonnier dans le désert.

Cet homme, interrogé par un grand nombre d'entre nous sur la manière dont il est tombé entre les mains de l'ennemi, n'a pas même l'esprit de faire à tous la même réponse. Ce qu'il dit le soir dément ce qu'il a raconté le matin, de sorte que nous supposons tous qu'il a tout simplement déserté.

Deux ou trois jours après, de nouveaux mouvements, de nouvelles inquiétudes, des allées et des venues se produisent parmi les Arabes.

Allons-nous recommencer la longue et douloureuse odyssée dont nous sommes reposés à peine ?

Notre pensée à tous se reporte en même temps sur une trentaine de malades qui ne pourront nous suivre et qui subiront le sort de ceux qu'on a massacrés au premier départ.

Je courus à mon mulâtre Mohammed, afin d'apprendre la raison de cette nouvelle alerte.

— Dieu est grand ! me répondit-il.

— Et l'émir nous veut du mal ?

— L'émir est perdu.

— Comment cela ?

— Personne ne sait ce qu'il est devenu.

— Et alors ?

— Alors c'est tout.

— Allons-nous lever le camp ?

— Il n'en est pas question.

Malgré ce que Mohammed venait de me dire, nous fûmes inquiets tout un jour. Puis nos chefs apprirent d'une manière plus positive ce qui causait tout ce remue-ménage.

L'émir avait en effet disparu du Maroc, et depuis ses dernières courses on était sans nouvelles de lui ; les uns disaient qu'à son tour il était prisonnier chez les Chrétiens ; d'autres affirmaient qu'il avait été tué dans une rencontre.

Au reste, comme à l'heure où tombe un pouvoir sans héritier reconnu, la succession de l'émir tournait déjà les têtes ; on se demandait quel chef continuerait sa mission sainte. Un moment même on désigna tout haut le successeur qui relèverait le drapeau tombé, en prenant le titre de sultan d'Algérie.

Ce château de cartes, bâti si rapidement par des ambitions pressées, tomba plus rapidement encore. On apprit le lendemain que l'émir, qui avait tenu secrète une longue et périlleuse reconnaissance sur les frontières de nos possessions, allait rentrer à la deira.

J'arrive maintenant aux circonstances les plus douloureuses de notre captivité.

Je ne récriminerai pas, je tairai mon indignation, et je raconterai tout simplement.

Les atrocités parlent d'elles-mêmes assez haut.

Afin de jeter plus de jour sur les faits, je dois dire quelle était la situation du camp.

De trois cents prisonniers que nous avions été au début, sept étaient morts des suites de leurs blessures, vingt de maladies internes, et deux nous avaient quittés.

Nous restions donc deux cent soixante et onze.

Sur ce nombre, trente au moins étaient atteints de scorbut, et leur position était si grave que le docteur Cabasse, manquant de tous moyens efficaces, désespérait de les sauver.

Je cite la relation médicale qu'il a écrite peu de temps après son retour en France :

« Tous mes efforts furent inutiles, et il eût été si facile de sauver ces hommes, s'ils avaient pu recevoir la nouvelle de leur rentrée ! La maladie une fois déclarée marchait ; je la suivais dans toutes ses phases, j'étais spectateur des terribles désordres qu'elle produisait sans pouvoir y apporter remède. La mort venait arrêter le cortége. des effrayants symptômes que je ne pouvais entraver dans leur marche par aucun moyen. »

Voilà le médecin. Écoutez maintenant le cri d'angoisse sorti du fond d'un grand et noble cœur :

« Combien de fois ne m'éveillai-je pas dans de mortelles inquiétudes, en me demandant si je faisais bien tout ce que je pouvais pour arracher à la mort mes malheureux compagnons ! J'étais effrayé de la terrible responsabilité qui pesait sur moi ! »

Il va sans dire que le docteur ne tient compte que des plus malades. Outre ceux dont il parle, nous étions plus de cent cinquante souffreteux auxquels il n'avait pas le temps de songer.

Je tremblais la fièvre et je ne faisais plus qu'en me traînant mon service auprès de M. de Cognord.

Le matin du 24 avril, le camp était dans la stupeur; les physionomies de nos gardiens s'étaient assombries et de vagues rumeurs circulaient dans nos rangs.

Mon mulâtre semblait m'éviter, et ne répondait que par monosyllabes à mes questions.

Lui d'ordinaire si expansif, si bavard même, si fier de son bon ami Testard, paraissait pris d'une terreur soudaine quand je l'approchais.

On eût dit que des ordres rigoureux lui défendaient de me parler désormais.

Je le connaissais trop, le pauvre garçon, pour douter un moment de son cœur.

Les coups de poing que je lui avais administrés jadis ne pouvaient lui inspirer une tardive rancune, car il ne m'en avait jamais reparlé que pour en rire et surtout admirer la force de mes poignets et la rapidité de la distribution.

Deux chefs étaient venus de la deira pour nous voir et avaient laissé tomber quelques paroles menaçantes.

L'un de ces chefs s'appelait Ben-Thami.

Bou-Hamedi, lui-même, Bou-Hamedi, si grand, si loyal, si humain, nous avait quittés d'un air sombre pour retourner à son poste de la deira.

Le 24 donc, Hadj-Habib vint inviter M. de Cognord à un déjeuner qu'offrait à lui et à ses officiers ce farouche Ben-Thami, dans sa deira, à trois ou quatre lieues du camp.

Le colonel supposa quelque piége infâme.

— Et mes soldats ? — Tu n'ignores pas que moi, leur chef, je ne puis les quitter.

— C'est l'ordre !

La gradation était sensible.

Tout à l'heure on invitait ; maintenant, ce n'était plus une invitation, mais bien un ordre.

— Puisqu'il s'agit d'une fête, mes soldats ne sont pas de trop.

— Tu comprends : des raisons majeures forcent à lever le camp ; pendant tes deux ou trois jours d'absence, ils iront plus loin sur la Malouïa, et en quittant Ben-Thami, tu iras les rejoindre.

Et ce fut dans le camp une tristesse poignante, des cris déchirants, de touchantes prières au colonel afin de l'empêcher de partir.

M. de Cognord était notre égide à tous. Tant que nous sentirions entre les Arabes et nous cette puissance morale que la défaite n'avait fait qu'agrandir, sa haute sollicitude, son bon grand cœur, nous n'avions rien à craindre.

M. de Cognord, c'était la main de la France étendue sur nous !

Mais une fois parti, une fois loin de nous, qui donc protégerait les exilés ?

Et les yeux le cherchaient avidement dans la foule, et

les bras s'étendaient vers lui, et les prières recommençaient.

— Colonel ! colonel ! ne nous abandonnez pas ! n'abandonnez pas vos enfants !

— Les officiers partiront ! dit Hadj-Habib.

— Ainsi c'est un ordre ?

— Précisément.

A un ordre donné de ce ton il n'y avait pas à répliquer.

— Les officiers seuls ?

— Avec quatre soldats.

— Mais, dit le colonel, nous en avons sept autour de nous ; il est juste que nous les gardions.

— Vous en prendrez quatre, c'est l'ordre !

Les sept soldats qui s'étaient spécialement attachés au service des officiers étaient :

Metz, Michel, Trotté, Maréchal, Lacan, Mial et moi. Tous avaient à peu près les mêmes titres pour suivre les officiers dans cette promenade mystérieuse et s'en aller mourir avec eux.

M. de Cognord m'appela.

J'étais couché sur un lit d'alfa, dans mon gourbi, qui touchait à celui du colonel.

Comme je n'avais pas entendu, il prit la peine de venir me trouver.

— Eh bien, mon ami, me dit-il, allez-vous mieux ?

— Je suis bien malade, mon commandant.

— Pourrez-vous me suivre ?

— Vous nous quittez, commandant ?

— Je vais chez Ben-Thami, à trois ou quatre lieues dans les montagnes.

— Mon commandant, j'ai peur d'un piége pour vous; je vous suis; je veux vivre ou mourir avec vous.

— Merci, mon ami! je ne me trouve bien que de vos soins; cependant si vous ne pouvez absolument venir...

— Non, mon commandant! Quand il s'agit de vous suivre, je ne suis plus malade.

— Alors tâchez de vous lever, nous allons partir.

Je ne me doutais guère alors que ma résolution de partager quand même le sort de M. de Cognord devait me sauver la vie.

Metz et moi, plus spécialement à son service, fûmes choisis par lui.

Mais les deux autres?

Entre Trotté, Michel, Maréchal, Lacan et Mial, qui fallait-il prendre?

Ces cinq hommes, ne pouvant s'entendre, convinrent de tirer au sort.

Un officier coupa cinq pailles, trois longues et deux courtes, et les mit dans sa main.

Les deux courtes pailles désigneraient les deux soldats qui suivraient les officiers.

Ces pailles d'alfa, ramassées sur le sol, c'était, hélas! la vie... ou la mort.

Michel et Trotté furent désignés par le sort.

Je ne sais contre quelle irrégularité réclamèrent les éliminés, les hommes aux longues pailles; mais, après un court débat, il fut convenu que la partie recommencerait.

Avec la pensée plutôt instinctive qu'arrêtée qu'il y allait de leurs têtes, les cinq hommes prirent cette fois toutes les précautions voulues, de façon à rendre les chances égales.

Michel et Trotté sont de nouveau désignés par le sort.

C'était le cas de dire comme les Arabes :

— Dieu le veut!

Au signal donné par El-Hadj-Habib, le petit détachement se met en route, ayant à sa tête Aïssa, et autour de lui une centaine d'hommes armés jusqu'aux dents.

Nous autres prisonniers, nous n'emportions pour armes ou, disons mieux, pour outils, qu'une hache et une pioche.

La hache, pour couper le bois nécessaire à la cuisson des aliments ou à l'érection des gourbis protecteurs.

La pioche, je ne sais trop... pour creuser des silos, sans doute, ou pour enterrer les morts.

Comptons-nous au départ :

1 MM. le lieutenant-colonel Courby de Cognord.
2   le sous-lieutenant Larrazet.
3   le sous-adjudant Thomas.
4   le maréchal des logis chef Barbut.
5   le docteur Cabasse.
6   le lieutenant Marin.
7   le lieutenant Hillerain.
8   Metz.
9   Michel.
10   Trotté.
11 Et moi, Testard.

Six hommes de Sidi-Brahim : MM. de Cognord, Larrazet, Thomas, Barbut, Metz et moi.

Les cinq autres d'Aïn-Temouchen.

A notre départ du camp, les adieux furent d'une tristesse déchirante. Les Arabes avaient beau nous répéter que notre séparation ne durerait que deux ou trois jours, personne de nous ne voulait y croire.

Nos pressentiments nous disaient que cet adieu était celui de l'éternité...

Aussi comme les mains se cherchent! comme les yeux se parlent! Aussi, comme après notre départ, nous nous retournons pour faire de loin des signes d'adieu! Comme ceux qui restent au camp grimpent sur les troncs d'arbres, sur les gourbis, sur les monticules voisins pour voir une dernière fois des officiers et des frères!

Ah! oui, eux et nous, tous nous savons bien que la mort va venir...

Mais pour qui?

Pour eux, qui restent, ou pour nous, qui partons?

Ou bien pour tous... — pour eux ici, pour nous là-bas?

Peut-être que dans le mouvement de la route, j'aurais pu apprendre quelque chose de mon mulâtre, mais mon mulâtre, à ce qu'il paraît, n'avait pas été invité à la fête où nous allions, et était resté au camp.

Par compensation, le gendarme maure, le bandit au cheval rouge, n'était pas là non plus.

Ces deux hommes étaient, l'un le génie du bien, l'autre le génie du mal.

On eût dit qu'ils ne pouvaient se quitter, afin de se combattre toujours.

— Où allons-nous?

A cette question que nous répétons cent fois en route, les Arabes répondent invariablement d'un air sombre :

— Là-bas !

— Où, là-bas ?

— Marchez toujours !

CHAPITRE XII.

LE MASSACRE.

Ce déjeuner de Ben-Thami était énormément loin.

Il y avait quatre ou cinq heures que nous marchions sans le moindre temps d'arrêt, et nous n'arrivions pas.

— C'est ici ! dit Aïssa en montrant des douars marocains.

— Enfin nous sommes chez Ben-Thami ?

— Non, il a dû changer son itinéraire pour des nécessités de guerre, et nous le retrouverons.

— C'est louche...

— Dieu le veut !

— Alors, c'est bien.

Nous étions chez les Hachem, et le chef de cette tribu devait nous recevoir le lendemain.

Le mieux à faire était de prendre son mal en patience.

Pour mon compte, plus je sentais la mort arriver, plus j'avais envie de vivre.

Nous nous attendions à être assassinés pendant la nuit.

J'étais décidé à vendre chèrement ma vie, et je m'endormis en serrant le manche de la hache dans mes deux mains.

Et comme notre sommeil était léger !

Dans cette nuit pleine d'inquiétudes et d'angoisses mortelles, nous fûmes plusieurs fois réveillés en sursaut par l'arrivée de cavaliers arabes qui repartaient effarés.

Le soleil reparut et nous nous remîmes en route.

Encore quatre heures, quatre longues heures de marche pour arriver au douar du chef des Hachem.

Cet illustre Marocain s'appelait Soliman, et je sens encore un reste de colère en écrivant ce nom maudit. Je n'oublierai jamais le ton rogue et la vilaine figure avec lesquels il nous reçut chez lui.

On eût dit qu'il allait nous croquer vifs.

De Ben-Thami et de son déjeuner, point de nouvelles.

Nous couchâmes ce soir-là chez l'affreux Soliman, toujours et plus que jamais avec l'idée que cette nuit serait notre dernière nuit.

Le farouche Hachem était de taille à ne point refuser les fonctions de bourreau.

Le lendemain, on ne partit de là que dans l'après-midi.

— Eh bien ? fit M. de Cognord au chef de notre détachement.

— Nous allons à El-Zaïou.

— Qu'est-ce que El-Zaïou ?

— Le nouveau camp.

17.

— Où sont mes soldats ?

— C'est cela.

— En route ! en route !

Ce fut comme une explosion de joie.

Nous allions retrouver nos frères de la Malouïa !

Le lendemain, contre-ordre. Il n'était plus question d'El-Zaïou ; nous devions aller rejoindre la deira, campée, nous dit-on, près de Glaïa.

Nous partîmes le cœur serré par une même inquiétude pour cette nouvelle destination ; mais à peine avions-nous marché pendant une heure qu'un cavalier, nous rejoignant ventre à terre, nous apporta l'ordre de rétro-grader. Nous fîmes donc volte-face, mais non sans demander ce que signifiaient ces marches désordonnées, sans suite et sans but.

On nous répondit brutalement que la deira, menacée par nos compatriotes, avait été forcée de changer de campement.

Il y avait certainement quelque chose de vrai dans cette réponse, car l'humeur de nos gardiens s'assombrit et la surveillance devint plus irritante et plus serrée que jamais. Nul, même pendant les haltes, n'avait le droit de s'écarter du cercle de soldats armés qui nous enfermait. Seul, le docteur jouissait d'une sorte de liberté d'ailleurs due sans doute aux services qu'il avait rendus et qu'il rendait encore chaque jour.

Dans cette même journée, pendant un repos de quelques heures, il prit son fusil et s'éloigna pour se mettre en chasse.

Du haut des montagnes, il aperçut Melilla, à cinq ou

six lieues de distance, et chercha des yeux une cavité
pour y passer le reste du jour, afin de gagner pendant la
nuit la ville espagnole; mais cette pensée, que l'instinct
de la liberté avait fait naître en lui, fut repoussée comme
une mauvaise tentation.

Sa fuite aggraverait la position des prisonniers, et il
redescendit courageusement pour reprendre sa place
parmi ses compagnons de captivité.

Le lendemain, 26 avril, nous partîmes à la première
heure et nous marchâmes à l'aventure. Nos gardiens,
plus farouches et plus inquiets que jamais, choisissaient
les chemins les plus affreux. Il était évident qu'ils cherchaient à dissimuler le plus possible notre passage dans
le pays.

La nuit était arrivée quand nous distinguâmes dans
le fond d'un ravin quelques soldats arabes. Il était temps
pour nous d'arriver, car nous étions rompus de fatigue.

Metz avait une fièvre chaude; Barbut, une fièvre in-
termittente qui le rongeait, et nos Arabes eux-mêmes,
la plupart malades, étaient aussi désireux que nous de
gagner l'étape.

— Et les soldats? les soldats? fîmes-nous en chœur.

— Partis pour rejoindre Abd-el-Kader.

— Massacrés! exclama M. de Cognord en laissant
retomber sa tête sur sa poitrine.

— Non, non! partis!

Comme il était fort tard, nous ne pûmes reconnaître
que le lendemain l'affreux précipice au fond duquel
nous avions passé la nuit.

El-Zaïou est un immense entonnoir creusé dans des montagnes sombres.

Seulement, d'un côté, tout en haut d'un piton, se déploie un bouquet de fraîche verdure, et au milieu de ce bouquet, une fontaine qui jette des nappes d'eau limpide donne un peu de vie à ces hauteurs.

La faim nous poursuivait de près, mais la chèvre du commandant put du moins brouter à son aise.

Pour qu'on nous cachât ainsi dans ces sauvages et gigantesques anfractuosités, il fallait que les affaires d'Abd-el-Kader prissent une vilaine tournure.

Dans ce cas-là, ne se lasserait-on pas de nous cacher?

Pour se débarrasser de nous, il était tout simple de nous massacrer à El-Zaïou.

L'œil de la France ne découvrirait jamais le sang de ses fils aux angles de ces roches inconnues.

Ce qui nous confirma dans ces sinistres pensées, ce fut la nouvelle qui nous fut donnée que nous devions rester campés dans ce gouffre jusqu'à nouvel ordre.

Malgré toutes nos souffrances et nos inquiétudes, nous interrogeâmes les Arabes, les uns après les autres, pour avoir des nouvelles de nos compagnons abandonnés sur la Malouïa. Les soldats paraissaient ignorer complète- ment leur sort. Quant aux chefs, ils répondaient de vingt façons différentes, ce qui nous rassura fort peu.

Hadj-Habib, pressé par le colonel, répéta ce qu'il avait dit à notre arrivée. La deira, n'ayant plus de quoi nourrir les prisonniers, les avait, à travers le désert, diri- gés sur le camp de l'émir. Comme ce camp se trouvait à une très-grande distance, on nous laissait momenta-

nément dans le Maroc pour nous épargner les fatigues
d'une longue route.

Mais la conduite des Arabes démentait ces renseignements; la consigne reprit la sévérité des mauvais jours;
tout prisonnier, chef ou soldat, ne pouvait faire un pas
hors du camp, sans être flanqué de deux sentinelles
armées, et le docteur lui-même, si peu gêné jusque-là,
dut se résigner aux mesures de rigueur qui nous attei-
gnaient tous.

Bien plus, Hadj-Salem, ce kalifa nègre qui nous
avait traités avec tant d'humanité dans les mois précédents, fit enlever au docteur son fusil, et son sabre au
lieutenant Marin.

Pourquoi toutes ces précautions? Évidemment nous
étions à la veille d'une catastrophe.

Deux pauvres diables d'Arabes qui avaient adouci la
consigne envers nous furent même dénoncés et punis.
On leur avait mis les fers aux pieds et on les gardait à
vue près de nous. Comme on n'avait pas même pris la
précaution de leur donner à manger, ils mouraient de
faim sans se plaindre, avec cette résignation fataliste qui,
dans ces moments-là, est une qualité bien précieuse.

Nous partageâmes avec eux notre maigre pitance, et
ils nous remercièrent d'un regard où il y avait moins de
colère contre leur chef que de bonne et fraternelle compassion pour nous.

La nuit arriva pleine de terreurs vagues et sinistres.
Nos gardiens nous avaient réunis tous les onze sous une
même tente, et avaient élevé autour du pauvre bivouac
un infranchissable rempart d'épines sèches.

Nous nous serrâmes les uns contre les autres, en nous disant que nous touchions à notre dernière heure.

Mais, chez des soldats, cette pensée qui peut jeter un voile de tristesse sur le front à la première minute, réveille promptement l'énergie et fait songer à la défense.

En pareil cas, on se sert de ce qu'on a sous la main et l'on tue jusqu'à ce qu'on soit tué soi-même. Du moins la mort nous arrive dans la fièvre de la colère, et on ne la sent pas venir.

S'il vous reste une minute pour vous reconnaître, on pense aux chers absents, on recommande son âme à Dieu, et l'on meurt content, car on tombe vengé.

La défense fut promptement organisée. J'avais ma hache, lourde comme une massue, aiguisée comme un sabre, avec laquelle j'étais sûr de fendre la tête des premiers assaillants.

Les autres se partagèrent les couteaux à amputation que les Arabes avaient laissés au docteur Cabasse.

Nous autres quatre soldats, nous veillâmes deux par deux et tour à tour à la porte de la tente, tandis que nos officiers essayaient de dormir sur la terre. Mais quoique fatigués par des marches écrasantes, aucun de nous ne ferma l'œil de la nuit.

Ces angoisses, ou, pour mieux dire, ces affres de la mort nous durèrent quatre jours et quatre nuits sans la moindre diversion. Quand l'aurore apparaissait, nous nous disions : Encore une ! sera-ce la dernière ?

Le 30 avril, le sous-adjudant Thomas était près de l'ouverture pratiquée dans notre rempart d'épines, regardant les Arabes qui prenaient leurs dispositions pour la nuit.

Il en remarqua deux qui s'étaient rapprochés de lui et qui l'examinaient avec une silencieuse curiosité, avec ce regard du chat épiant une souris.

Cet examen l'intrigua énormément. Que lui voulaient donc ces deux Arabes? Lequel de ses pauvres vêtements avait donc excité leur convoitise?

— Ah! voilà! dit-il en se couchant sous la tente. Je comprends tout maintenant. Si comme moi vous avez une bague dans les doigts, cachez-la, Messieurs!

— Pourquoi? demanda-t-on.

— Ces gueux-là, s'ils viennent nous massacrer cette nuit, sont capables de nous couper les doigts pour nous voler, avant de nous avoir donné le coup de grâce. Après, passe; mais avant, non! Je mets ma bague dans ma poche, Messieurs!

Rien ne bougea dans le camp jusqu'à deux heures après minuit. Vers cette heure-là, le ciel s'assombrit, des éclairs répandirent de longues traînées de lumière sur les côtes rapides qui nous environnaient, et bientôt le tonnerre fit entendre sa grande voix retentissante.

Tout le reste de la nuit et jusqu'au milieu de la nuit suivante, le fracas de la foudre, la pluie, la grêle nous firent croire que le ciel allait tomber dans notre enton-noir d'El-Zaïou.

L'eau montait, montait... et nous nous sauvions de rocher en rocher.

Les Arabes avaient bien envie de nous fusiller avant de périr eux-mêmes dans ce déluge.

La rafale qui hurlait en tournoyant fouetta la frêle tente de nos officiers et l'eût emportée bien loin, si nous ne l'eussions maintenue de tous nos efforts.

Nous autres, nous reçûmes pendant ces vingt-quatre heures des torrents de pluie et une mitraille de grêle sur la tête.

Nos gardiens avaient l'air de gros bonshommes en terre cuite : ils étaient accroupis dans l'eau autour de nous et faisaient leur prière, sans plus s'inquiéter du déluge qui leur tombait sur les épaules.

Cette scène était lamentable.

Ce qui rendait notre position plus terrible, c'était la physionomie sombre de nos Arabes, qui nous menaçaient à chaque instant.

L'idée d'une désertion nous vint à la fois à nous autres simples soldats ; mais pour nous sauver en Espagne, quel chemin fallait-il prendre ? Le cœur des quatre soldats se chargea de répondre à cette question. Nos officiers avaient besoin de nous, et nous restâmes.

Je sais bien qu'à nous autres pauvres affamés qui n'avions que deux livres d'orge par semaine pour toute nourriture et qui ne possédions pas un centime à nous quatre, on a reproché ce coup de tête passager, comme une espèce d'insubordination ; j'avoue même du fond du cœur qu'il eût été plus noble et plus généreux de ne marchander ni la peine ni le dévouement ; mais un peu d'exigence d'un côté, un peu d'aigreur résultant de la souffrance de l'autre, ces deux causes pouvaient changer le coup de tête en mutinerie.

Le cœur et la raison furent heureusement les plus forts.

Le 6 mai, le camp s'ébranla de nouveau, nous quittâmes en respirant l'entonnoir d'El-Zaïou, pour reprendre
le chemin des montagnes. Nous retombâmes bientôt dans
le lieu maudit d'Assi-Barkan.

Les dispositions de nos Arabes n'avaient subi aucune
amélioration ; nous étions, comme précédemment, sous
le coup de menaces quotidiennes et nous nous attendions
toujours à être massacrés.

Un soir, de notre tente, nous entendîmes nos gardiens
mettre nos têtes à prix :

» Tleta douros el ras commandar Cognord ! Achra
douros el ras Larrazet ! Zous ou achra douros el ras
Marin !

Ce qui voulait dire ceci :

— A trente douros, la tête du commandant de Cognord ! à dix douros la tête de Larrazet ! à douze douros la tête de Marin !

Était-ce un jeu cruel ? était-ce une enchère sérieuse ?
Nous n'en savions rien, mais comme on nous criait à
bas prix, cela semblait indiquer le peu de cas qu'on
faisait de nos têtes, et nous donnait naturellement à
penser.

On se rappelle que c'est à Assi-Barkan que mon mulâtre avait joué du bâton sur les Marocaines qui descendaient dans la fontaine pour troubler l'eau.

C'est à Assi-Barkan que ce bon mulâtre vint nous
rejoindre avec quelques autres réguliers.

Le gendarme Maure qui le suivait d'habitude comme
son ombre n'était pas avec lui cette fois-là.

La fontaine dont j'ai déjà parlé était à un quart de

18

lieue du camp et nous n'avions plus d'ustensiles pour aller puiser de l'eau et en rapporter à nos officiers.

D'un autre côté les vivres manquaient.

J'avais bien, à la dérobée, jeté un regard de convoitise sur la chèvre du colonel dont la chair ferait un rôti et la peau une outre, mais la pauvre bête me regardait d'un regard si bon, si confiant, que les larmes m'en venaient aux yeux.

Hélas !... la faim est terrible !

La chèvre fut jugée et condamnée...

Aucune peine, aucune douleur, aucune émotion ne devait nous manquer.

C'était écrit !

Mon mulâtre venait d'arriver et m'avait furtivement serré la main.

Puis, comme j'allais à la fontaine avec la peau de ma chèvre, il se chargea de m'accompagner le fusil à la main.

Metz étant malade, mes deux autres camarades, Michel et Trotté, s'en allaient en même temps couper du bois.

Quand j'arrivai à la fontaine, je n'avais plus que mon cher mulâtre, mais nous trouvâmes un butor de chaous, qui se mit à grogner comme un dogue en me voyant venir à lui.

Son burnous était couvert de larges gouttes de sang.

Ce sang était tout frais, car il était encore vermeil.

Un frisson me passa dans les cheveux, je songeai à mes frères de la Malouïa.

En me baissant pour puiser de l'eau à la fontaine,

j'aperçus aux pieds de mon mulâtre des souliers français.

Comme le burnous du chaous, les souliers portaient des taches de sang.

— D'où viennent ces souliers ? demandai-je.

Le mulâtre éloigna le chaous, je ne sais sous quel prétexte, et s'approcha de moi.

— Tu ne sais pas ? me dit-il.

— Où as-tu pris ces souliers ?

— Là-bas !

— Nos camarades sont morts ?

— Écoute, Testard... je vais te dire... mais auparavant jure-moi sur ta barbe de n'en rien dire à personne, pas même à ton grand chef.

Je mis la main sur la barbe quelque peu inculte de mon menton, et je fis le serment demandé, tout en faisant des restrictions mentales et me réservant d'avertir M. de Cognord, s'il était nécessaire.

— Ils sont tous morts !

— Massacrés ?

— A bout portant, à coups de fusil, à coups de crosse, à coups d'yatagan, à coups de pierres. Ah ! vois-tu, c'étaient des lions !

— Et tu en étais, monstre ?

— Moi, j'ai regardé...

— Et vous les avez tous tués ?

— Dieu l'a voulu !

Je reportai mon outre pleine d'eau au camp et je revins faire à la fontaine ma lessive de chaque jour, afin d'avoir des détails.

Mon mulâtre écorchait un peu notre langue; moi, je

comprenais un peu l'arabe; à force de questions tour-
nées en tous sens, voici ce que j'appris.

Sitôt après notre départ, les chefs s'étaient réunis et
avaient décidé que les prisonniers devaient mourir.

Seulement Bou-Hamedi avait trahi, disait-on, la cause
arabe.

Savez-vous comment?

Bou-Hamedi avait combattu à outrance, comme une
brave et généreuse nature qu'il était, ce projet de massacre en masse, et avait menacé d'abandonner la cause
de l'émir.

Devant cette menace, le conseil hésita un instant.

— On ne soutient pas les bonnes causes par de lâches
assassinats, continua Bou-Hamedi; ce que vous voulez
faire est une lâcheté; le sang que vous répandrez fera
tache sur vous.

Mustapha, l'un des chefs les plus redoutés, se leva
dans le plus profond silence :

— Quel est donc ton avis? demanda-t-il.

— Mon avis est qu'il faut respecter la vie des prisonniers.

— Mais si ce n'est le sabre, ce sera la faim qui les
tuera. Tu sais bien que nous ne pouvons plus nourrir
tant de monde.

— Alors, gardons les officiers comme otages et ren-
voyons les soldats sans conditions.

— Cela prendra huit jours, dix jours, vingt jours
peut-être, et les vivres manquent totalement.

— Je me charge de les nourrir.

— Tu as donc des ressources inconnues?

— On a toujours de quoi faire une bonne action. Je suis aussi pauvre que toi, Mustapha ; mais il ne manque pas de juifs au Maroc qui ne refuseront pas d'acheter les bijoux de mes femmes. Avec leurs douros, je nourrirai les prisonniers.

Tous les chefs baissèrent la tête.

— Êtes-vous encore pour l'assassinat ? demanda Bou-Hamedi.

— Nous ne souffrirons pas qu'un vrai croyant se dépouille et déshabille ses femmes pour donner à manger à des infidèles, répondit Mustapha. Le conseil est d'avis qu'il faut en finir, et les prisonniers mourront.

— Dans deux jours on peut les évacuer sur Lalla-Magrnia.

— Non !

— Eh bien, toi, Mustapha, qui votes pour le sang, tu porteras la peine de ton avis. Aujourd'hui, demain, un peu plus tôt, un peu plus tard, tu peux tomber entre les mains des Français, et dans leur juste vengeance, ils useront de représailles. Tu auras versé le sang, ils prendront le tien.

— Dieu est grand ! fit Mustapha.

La prédiction du généreux Bou-Hamedi se réalisa presque à la lettre. Peu de temps après, Mustapha tomba au pouvoir des nôtres et fut amené en France. La France n'assassine pas, c'est vrai, mais le prisonnier mourut misérablement dans sa captivité.

Voyant que les Français étaient condamnés sans retour, Bou-Hamedi s'était levé sans rien dire, avait regagné sa tente, et s'était juré, si la résolution du

18.

conseil était exécutée, d'abandonner la cause d'Abd-el-Kader.

Il se tint parole.

Il était resté au camp de la Malouïa deux cent soixante prisonniers.

Le soir même du jour où nous étions partis, ils furent invités à partager les gourbis des soldats arabes, sous prétexte que la nourriture manquait pour le camp des prisonniers.

Après le repas du soir, les réguliers les gardèrent à coucher sous un autre prétexte.

A minuit, un cri partit d'une tente.

Ce cri était le signal du massacre.

En moins d'une demi-heure, plus de deux cent cinquante hommes furent impitoyablement massacrés.

— C'étaient des lions ! répéta le mulâtre. Ils se sont défendus avec tout ce qui leur tombait sous la main, des faucilles, des pieux de tentes, des pierres; mais tu comprends, ils devaient succomber, c'était écrit !

— Et personne n'a échappé à ce massacre ?

— Un ou deux seulement. Le gendarme maure a laissé échapper le sien !

A ma rentrée au camp, j'en parlai à M. de Cognord, qui venait d'apprendre ce massacre de la bouche même de Hadj-Habib.

Cet officier avait donné pour excuse de cette barbare exécution en masse et le refus du maréchal Bugeaud de correspondre avec l'émir, et la division des kalifas, et le dénûment des tribus, qui, n'ayant plus de vivres pour elles-mêmes, ne pouvaient nourrir les prisonniers.

Un pareil acte, aux yeux de l'histoire, ne s'excuse pas.

Les partisans d'Abd-el-Kader ne laveront jamais cette tache de sang à la réputation du guerrier.

Dans le pontife, il y avait du sauvage ou du bandit.

Nous fûmes consternés, mais que faire ?

A toutes nos récriminations, à tous nos reproches, on nous faisait cette réponse éternelle :

— Dieu l'a voulu !

Oui, Dieu a voulu aussi que la France fût grande et généreuse en donnant à l'émir vaincu un palais pour prison, puis la liberté.

Puisque j'en suis sur ce chapitre, je vais achever.

Deux hommes, deux seuls échappèrent à la férocité des Arabes, et revinrent en France après des difficultés sans nombre.

Ce sont : le clairon Rolland et Delpech.

Je n'ai jamais revu le premier.

Quant au second, qui appartient au département de l'Aveyron, et que M. de Cognord a fait placer comme surveillant, je crois, dans une maison centrale, je l'ai rencontré depuis lors, et c'est de lui que je tiens les détails suivants.

Vers le milieu de la nuit, le cri dont j'ai parlé venait à peine d'être entendu, que Delpech sentit une corde qui se serrait autour de son cou.

Le gendarme maure que vous savez l'entraîna dans un ravin pour le fusiller.

Le détachement funèbre dont il faisait partie se composait de six ou sept prisonniers et autant d'Arabes.

Delpech était le seul qui fût attaché par le cou, les autres avaient les mains garrottées.

Le gendarme le visa à bout portant, en pleine poitrine.

Le fusil fit long feu.

Les cordes d'alfa sont toujours un peu roides et ne se nouent jamais solidement.

Pendant que le bandit amorçait son fusil pour ajuster et tirer de nouveau, le prisonnier desserra sa corde, bondit en arrière, et s'enfonça dans les ténèbres du côté de la Malouïa.

Le gendarme fit feu et le poursuivit, mais, à la faveur de la nuit, Delpech était descendu sur le bord du fleuve et s'était jeté à l'eau.

Il n'était pas fort nageur, mais il se mit sur le dos et se laissa entraîner à la grâce de Dieu.

La Malouïa ne charriait pas seulement les vivants : elle commençait à charrier les morts.

Delpech fut heurté par des cadavres !

L'amour de la vie est tellement vivace que l'échappé du camp, à qui le danger donnait une si solennelle leçon de natation, se laissa entraîner un quart de lieue et reprit pied plus bas pour quitter ses habits qui retardaient sa marche et qui le mettaient en danger.

Tout en nageant à la surface de la rivière, il apercevait son gendarme et cinq ou six autres Arabes qui jetaient au hasard des pierres dans l'eau, afin de le tuer, s'ils pouvaient l'atteindre, mais il gagna la rive droite, et ses persécuteurs, déroutés par les cadavres qui s'en allaient au gré de l'eau, qui tournoyaient, s'enfonçaient, reparaissaient, s'arrêtaient aux rochers, et repartaient dans la vague, ses persécuteurs, dis-je, se retirèrent de guerre lasse.

Une fois sur l'autre rive, Delpech regarda dans la direction du camp.

Un immense incendie tourbillonnait dans les airs et projetait de longs reflets rouges sur les montagnes voisines; des cris confus s'éteignaient ici et là, des coups de fusil pétillaient encore, mais devenaient plus rares.

Puis le silence autour de l'incendie....

La sanglante moisson était faite!

Trois jours et trois nuits, il erra tout nu dans les montagnes et dans les broussailles.

A la fin, il fut rencontré par cinq ou six Arabes.

L'un d'eux l'invita à s'approcher en le mettant en joue.

On ne pouvait refuser d'obtempérer à une invitation faite avec tant de politesse.

L'Arabe lui jeta un morceau de toile sur les épaules et l'emmena chez lui.

Delpech avait affaire justement à un cultivateur qui voulait rentrer ses orges.

Il lui aida à faire sa moisson.

Enfin, après trois mois de cette domesticité forcée, il vint à bout de s'échapper et de regagner Lalla-Magrnia.

Pauvre Delpech, que le pays lui fasse donc la vie bien douce jusqu'à sa dernière heure!

Il l'a bien gagné!

CHAPITRE XIII.

PROMENADES AVEC MOHAMMED.

Quand il fut enfin tombé au pouvoir de la France, Abd-el-Kader essaya de se disculper de l'épouvantable massacre du 26 avril, en prouvant qu'il y était resté complétement étranger. Mais il n'est pas possible qu'une mesure aussi grave que l'assassinat de trois cent soixante prisonniers de guerre ait été prise sans qu'il eût été préalablement consulté par les kalifas.

Quoi qu'il en soit, la responsabilité de cette atrocité doit peser éternellement sur sa mémoire.

J'ai laissé le camp à Assi-Barkan.

J'ai dit que mon cher mulâtre était venu nous retrouver dans ce lieu ; j'ajoute qu'il ne devait plus nous quitter et que sa main fut la dernière que je serrai sur la terre de captivité.

Il m'assura que nous n'aurions pas le sort des prisonniers de la Malouïa, et que dans peu nous serions rendus à la liberté.

— Je ne le crois pas ! lui disais-je.

— Si c'est écrit, ce sera !

— Mais si le contraire est écrit ?

— Mon Testard, s'il devait arriver malheur à vous autres, je te sauverais !

Et je lui serrai la main.

C'était au reste un garçon de joviale humeur, et saisissant au vol les bonnes occasions.

J'allais un jour à la fontaine avec ma peau de chèvre.

Il flânait dans le camp et vint avec moi pour se désennuyer.

Au bas de la fontaine était accroupie une de ces mendiantes arabes qu'on rencontre dans le voisinage de tous les douars.

— Vois-tu, vois-tu, Testard? me dit-il en me montrant de loin la mendiante accroupie dans ses haillons.

— Oui, eh bien?

Il baisa cinq ou six fois de suite le dedans de sa main et d'une manière significative.

— Bien dégoûtante, mon cher!

— Belle, belle!

— Tu n'es pas difficile.

— Toi, pressé, Testard?

— Pas trop.

— Cache-toi derrière cet arbre.

— Que veux-tu faire?

— Cache, cache!

Je me tapis derrière l'arbre, et il descendit seul à la fontaine.

Au bout de dix minutes, la mendiante remonta de mon côté et passa tout près de moi.

C'était une pauvre vieille, bien sale, bien crasseuse, aux yeux éraillés et difformes, dont les haillons se sentaient à vingt pas.

Malgré cela, mon mulâtre, dans une extrême animation, lui envoyait avec la main des baisers qu'elle ne vit pas, car elle continua son chemin sans se retourner.

Le bon diable était heureux à bon marché.

D'Assi-Barkan, où l'on était resté une quinzaine de jours, le camp fut transporté, le 1er juin, dans des montagnes dont j'ai oublié le nom, puis nous retombâmes sur la Malouïa.

Jusqu'aux derniers jours de juillet, on changea deux ou trois fois de place, mais sans abandonner le cours de ce fleuve aux sombres souvenirs, et en le remontant toujours.

Vis-à-vis le dernier bivouac se trouvait un marabout au milieu de jardins verts et des champs plantés de figuiers.

C'est là que nous entrevîmes Bou-Maza, le fameux partisan, qui venait prier le docteur Cabasse de lui retirer une balle de je ne sais plus quelle partie du corps.

C'est également dans ce même endroit que nous faillîmes perdre le docteur. En se baignant dans la Malouïa, il fut emporté par le courant et jeté dans un trou de vingt-cinq à trente pieds de profondeur. Grâce à sa vigueur et à sa présence d'esprit, il se retira du précipice et regagna heureusement la rive.

Le 6 juin, une époque que MM. Larrazet et Thomas doivent bien se rappeler, M. de Cognord reçut du général Cavaignac un envoi d'argent et six croix d'honneur.

Une pour M. Larrazet ;

Une pour M. Thomas ;

Quatre autres pour quatre chasseurs de Sidi-Brahim, assassinés au camp de la Malouïa.

Hélas! où étaient les restes de ces braves?...

M. Larrazet portait sur lui une croix d'honneur, mais d'une façon non apparente.

C'était celle du capitaine de Géraux, prise sur son cadavre, sur le champ d'honneur de Sidi-Brahim.

Un kalifa l'avait remise à M. Larrazet, qui s'était chargé de la faire passer à sa famille.

Un peu plus tard cette croix fut déposée entre les mains du commandant du 8e bataillon, le bataillon auquel avait appartenu le capitaine de Géraux.

Ce commandant du 8e bataillon de chasseurs à pied, c'était un de ces noms prédestinés, encore obscur alors, mais rayonnant aujourd'hui dans une belle page d'histoire.

C'est cet héroïque imprudent qui s'en alla de la pointe de son épée frapper la porte de Sébastopol et mourir sous la mitraille, le général de Lourmel!

Sur ces entrefaites, Abd-el-Kader vint revoir ses prisonniers et s'en alla à sa deira pour se reposer de ses fatigues.

La deira marchait toujours de conserve avec nous.

Dans les derniers jours de juillet, nous quittâmes notre campement pour nous enfoncer dans l'intérieur du Maroc.

On s'arrêta dans une forêt de palmiers et de lauriers-roses.

Puis, le dernier jour de juillet, nous quittâmes la forêt, et, avant le soir, nos tentes étaient dressées à Aïn-Zohra, en vue des grandes montagnes du Riff.

19

C'est là que nous eûmes le premier espoir un peu sérieux d'être rachetés ou échangés.

Il est vrai que la possibilité d'un échange paraissait bien invraisemblable, car Abd-el-Kader se souciait peu de voir rentrer ceux de ses soldats qui s'étaient laissé prendre et qui étaient prisonniers en France.

Ses affaires allaient trop mal pour qu'il essayât de les rétablir avec quelques centaines de soldats de plus.

Mais le mauvais état de ses affaires était justement une raison pour qu'il songeât beaucoup à nous revendre au pays à beaux deniers comptants.

Ceci n'empêchait pas les Arabes du camp, ces réguliers qui s'étaient fait battre et poursuivre tant de fois, de nous traiter en vaincus et de nous faire subir leurs caprices.

Ces réguliers étaient gens n'ayant plus rien à perdre, rien à espérer, espèces de malandrins devant lesquels se fermaient les routes du désert, et qui se vengeaient sur nous de ne pouvoir continuer leurs brigandages.

Chaque jour, dans le camp, c'étaient des scènes d'un cynisme effrayant.

On parlait à toute heure de nous fusiller, comme on avait fusillé nos frères de la Malouïa; on nous montrait d'avance les grimaces que nous ferions en recevant le coup de grâce, on se partageait tout haut nos pauvres dépouilles; on jouait avec nous ce jeu sinistre du chat avec la souris.

Nous en étions arrivés à ce point d'atonie morale que nous nous inquiétions fort peu de ces menaces.

Le bâton seul des chaous ne s'avalait pas sans pro-

testations, et le bâton, comme une médecine de vain-
queur à vaincu, s'administrait plus souvent que de
besoin.

Aussi quel bon souvenir je garderai toute ma vie à ce
bon mulâtre qui s'était fait mon défenseur contre les
brutalités de ses camarades et me protégeait dans mes
excursions !

Un jour, je ne sais plus quelle fantaisie m'emmena
loin du camp, vers les montagnes du Riff.

Mon mulâtre était avec moi.

Arrivés sur les bords d'une petite rigole, nous nous
séparons par hasard, pour cueillir des fruits ou pour tout
autre motif.

Au moment où j'y pensais le moins, je me trouvai en
face d'un grand Marocain qui sortait de dessous terre,
je crois bien, car je ne l'avais point aperçu avant de
l'avoir à deux pas de moi.

C'était un écumeur de montagnes, un bandit.

Rien que pour avoir mes babouches, hélas ! bien la-
mentables pourtant, il m'eût volontiers coupé la tête.

Le fusil qu'il caressait dans ses mains n'avait rien
de rassurant.

Je me retournai vivement pour savoir ce qu'était devenu mon mulâtre.

Mon mulâtre était à plus de deux cents pas en arrière.

Le bandit avait donc bien le temps de me faire mon
affaire avant que je pusse être secouru.

Mais il eut un scrupule.

J'avais bien des babouches et un pantalon, mais je

portais un burnous de la façon la plus irréprochable et ma barbe me donnait assez bien l'air d'un régulier de l'émir.

Le Marocain, de peur de se mettre une mauvaise affaire sur les bras, ne voulait pas s'attaquer à un régulier d'Abd-el-Kader.

Il paraît que, pour plus de sécurité, il eût mieux aimé que je fusse Français.

Il hésitait donc.

Je n'ai de ma vie subi un pareil examen. Ses yeux lançaient des éclairs.

J'étais désarmé, j'avais sans doute l'air inoffensif d'un chercheur de noisettes ; il était peu probable que je fusse un régulier.

— Français? me dit-il rapidement.

— Farceur !

— Prisonnier?

— Est-ce que tu radotes? Pour qui me prends-tu?

— Tu es Français !

— Arabe !

— Je vois que tu parles comme nous, cependant tu parles mal.

— C'est que je suis des montagnes de l'Est.

— Je ne te crois pas !

— Tu en es libre !

— Chien de chrétien !

— Va te promener.

— Si tu n'es pas un chien, tu sais prier.

— Mieux que toi !

— Prie alors !

Et le voyant amorcer son fusil, je n'avais pas à balancer.

J'en demande bien pardon au Dieu de mes pères et à mes coreligionnaires de l'armée, mais je récitai avec une assurance grave la fameuse prière :

« La Allah ill' Allah, Mohammed rossoull' Allah ! »

— Qu'est-ce que c'est? qu'est-ce que c'est? demanda mon mulâtre à quelques pas de là.

Il avait vu de loin ce qui se passait et était arrivé en courant.

— Tu le vois, ce Marocain a l'air de me demander mon passe-port.

Puis j'ajoutai en français :

— Sois prudent, il a un fusil.

— Un fusil cassé qui n'a de dangereux que la crosse !

Je n'y avais pas fait attention, moi.

Mon mulâtre avait dans les mains une excellente trique, son arme ordinaire dans nos promenades.

Il s'approcha tout à fait du Marocain et lui dit :

— Tu es un voleur, toi!

— Tu te trompes !

— A d'autres, mon camarade! Tu voulais me voler mon Français!

Le Marocain leva les yeux au ciel comme pour protester, mais le mulâtre leva sa trique et se mit à frapper comme un sourd.

Il ne le poursuivit guère qu'une cinquantaine de pas, mais il faut dire qu'à chaque pas il lui sanglait les épaules d'un coup de trique.

Et chaque coup retentissait!...

— Tu n'y vas pas de main morte, vieux! lui dis-je.

— Je ne veux pas qu'on te vole à moi!

— Merci!

— Viens sur la montagne...

— Où donc?

— Nous promener.

— Tu n'as pas peur?

— Jamais!

— Et ton Marocain?

— On ne le reverra plus. Viens!

Nous grimpâmes pendant une bonne demi-heure, et nous découvrîmes tout en haut un plateau d'une certaine étendue, quelques champs portant trace de culture et trois ou quatre tentes au loin, sous des arbres.

— Allons-y! fit le mulâtre.

Nous n'avions pas fait cent pas que nous aperçûmes derrière un buisson trois ou quatre femmes et des poules, les femmes accroupies dans de mauvais haïcks, les poules cherchant les grains d'orge que le vent du désert avait détachés des épis au moment de la moisson.

Femmes et poules se sauvèrent éperdues du côté des tentes.

Nous suivîmes du même côté, en riant de la peur que nous leur avions donnée.

Naturellement on nous avait devancés.

Quand nous arrivâmes aux tentes, les tentes étaient immobiles et silencieuses.

Un grand coq aux longues plumes, perché sur un gourbi en ruines, nous regarda d'un air effaré, comme si nous fussions venus pour lui voler ses poules, les houris de son sérail.

Le mulâtre leva la toile d'une première tente.

Cette première tente était vide.

Il alla à une seconde.

Derrière le rideau se trouvaient deux pauvres femmes assises sur des feuilles, les mains sur les genoux et la tête dans les mains.

Le mulâtre entra.

— As-tu de l'eau? demanda-t-il.

Une des femmes, ramenant un pan de son haïck sur sa poitrine et levant les yeux, lui répondit :

— Il n'y a point d'eau ici.

— Sûr ?

— Oui, bien sûr.

— C'est qu'au pays de Maroc le mensonge pousse comme l'orge. Tu mens!

— Cherche alors!

— C'est ce que je prétends faire.

La plus jeune des deux femmes, une jolie fillette, ma foi! se rapprocha de l'autre dans un mouvement d'effroi.

Je faisais sentinelle à la porte.

— Eh! Testard! cria bientôt Mohammed.

— Que veux-tu?

— Viens voir; nous allons chercher.

Il fureta dans tous les coins.

Tout à coup, je le vois sauter, et je l'entends rire, mais d'un rire fou.

Il jubilait.

— Eh! Testard! viens! viens! viens!

Et tout en criant : Viens! viens! viens! il venait lui-

même et apportait dans ses deux mains deux formidables galettes.

Connaissez-vous la galette arabe? non.

Voici ce que c'est.

De la farine, de l'eau, du sel et du beurre, juste ce
qu'est la galette dans tous les pays du monde.

Mais quel beurre !

Du beurre de deux, trois, quatre, cinq mois, et il
faut avoir habité ces pays de grandes chaleurs pour se
faire une idée du rance phénoménal, atroce, renversant,
que ce beurre exhale.

Seulement, l'appétit finit à la longue par modifier nos
répugnances européennes pour le rance, et vous mordez
de toutes vos dents, et vous dévorez ces galettes, qui sont
les friandises, les chatteries de ces latitudes.

Au cri du mulâtre, les femmes ne se retournèrent
même pas.

Il est probable que si les maîtres de ces tentes fussent
en ce moment rentrés, nous eussions été assommés.

Je fis part de cette pensée au mulâtre, qui buvait les
morceaux de sa galette, tant il y allait de grand cœur.

Entre deux bouchées, il me répondit :

— Tu ne connais pas les Marocains.

— Qu'ont-ils, les Marocains ?

— Ils ont le courage des poules que tu as vues. Les
Marocains ne sont pas des hommes. Quand ils ont bien
bu et bien mangé, ils dorment.

— C'est égal ! viens-tu ?

— J'étouffe ; il me faut à boire. Femmes, de l'eau !

— Cherche !

MON MULATRE AVAIT AVALÉ SA GALETTE QUE JE N'ÉTAIS PAS AU QUART DE LA MIENNE.

(Page 225.)

— Enfin as-tu de l'eau, la vieille ?

La vieille rabattit sur sa tête un pan de son haïck et ne répondit pas.

Mon mulâtre avait avalé son immense galette que je n'étais pas au quart de la mienne.

Il y avait un an que j'étais captif; cependant je n'avais pas encore pris goût aux galettes rances.

Mon compagnon fit de nouveau sa ronde dans la tente, et trouva une outre pleine sous des feuilles.

Nouveaux cris de joie, nouveaux rires.

Nous bûmes et nous quittâmes la tente, non sans que le galant mulâtre eût envoyé, sous forme de merci, mille baisers de la main aux deux femmes.

Derrière le toit aux poules était le maître du logis... mais ce qui l'avait empêché de protester contre notre peu de respect pour sa propriété, c'est que... c'était le Marocain si vigoureusement poursuivi par la trique du mulâtre une heure auparavant.

J'ajoute, à son honneur, qu'il fit même semblant de ne pas nous voir.

C'est la jolie fontaine d'Aïn-Zohra qui a donné son nom au pays que nous habitions alors.

Elle sort de terre au milieu d'un petit bois de lauriers-roses qui forme une oasis au pied de ces montagnes du Riff, géants pelés et gris qui ferment l'horizon au couchant.

Comme je l'ai dit, les menaces étaient fréquentes de la part des Arabes, mais nous étions trop peu nombreux pour être surveillés sans relâche.

Puis on savait bien que les officiers ne se quitteraient

pas et que les soldats attachés à leur service ne tente-
raient pas de les abandonner.

Les gardiens armés ne nous suivaient presque jamais.

J'ai dit que Bou-Maza, l'agitateur fameux, avait
reparu parmi nous. Sa visite eut des conséquences
favorables pour notre situation. Guéri une seconde fois
par M. Cabasse, il lui témoigna sa reconnaissance en
nous rendant un peu de liberté, et surtout en améliorant
notre alimentation.

Un sergent arabe, chargé de nous distribuer nos vivres, avait pris l'habitude de prélever à son profit une
part considérable, et il suivait ce système avec une telle
conscience que nous jeûnions d'une manière sensible.
Bou-Maza, auquel il fut dénoncé, lui fit administrer une
copieuse bastonnade dont nos rations se ressentirent immédiatement.

L'émir était rentré à la deira avec un grand nombre
de ses lieutenants et environ trois cents cavaliers. Parmi
eux se trouvait un messager qui avait porté nos dernières lettres et qui n'avait point osé attendre la réponse.

Ce régulier avait bien remis nos correspondances au
général Cavaignac, alors à Djemmâa, et le général l'avait
bien prié d'attendre une semaine à Lalla-Magrnia, afin
de donner au maréchal Bugeaud le temps de faire parvenir sa réponse aux propositions d'échange; mais l'A-
rabe s'était fait peur, et quand personne ne songeait à
le poursuivre ou à le maltraiter, il se sauva comme une
trombe, croyant avoir un escadron sur ses pas.

Le 10 août, nous reçûmes enfin les lettres du général

Cavaignac en réponse aux lettres de M. de Cognord, du 28 juin et du 22 juillet.

Voici ce qu'écrivait le général :

« Djemmâa, 29 juillet 1846.

» Mon cher colonel,

» On m'a transmis votre lettre du 28 juin. Le cavalier qui devait attendre la réponse de M. le maréchal est parti de Lalla-Magrnia sans que j'en fusse informé. Il ne m'est pas permis de vous répondre ni de vous donner connaissance des mesures prises par M. le maréchal. La situation dans laquelle vous vous trouvez n'explique que trop la pensée que révèle votre lettre du 22 juillet dernier. C'est un double chagrin pour nous de vous savoir là où vous êtes et de voir que vous vous y croyez oubliés. M. le maréchal m'informe qu'il a délégué M. le consul de Tanger pour traiter de votre échange; nous espérons donc que vous ne tarderez pas à rentrer tous parmi nous. Lorsque cet heureux moment viendra, il vous sera facile de reconnaître que vous n'avez été ni négligés, ni oubliés. Écartez toutes ces pensées, qui ne peuvent qu'ajouter à l'amertume de votre situation. Je fais remettre cinq cents francs à votre adresse au cavalier qui porte ma réponse.

» Recevez, mon cher colonel, etc.

» CAVAIGNAC.

» *P. S.* Nous ne tarderons pas, je l'espère, à vous revoir, mon cher colonel, vous et vos compagnons de captivité. Assurez-les de la joie que nous en éprouverons. Parmi vous nous retrouverons le docteur Cabasse, envers lequel nous avons encore une dette à acquitter. »

. Abd-el-Kader, dont la situation commençait à devenir très-précaire, suivait avec un grand intérêt ces négociations qui menaçaient de durer éternellement. Il avait admis nos chefs à le voir sous sa tente, à la condition toutefois qu'il ne serait pas dit un mot du massacre de la Malouïa, et les avait pressés de faire en sorte que notre échange contre dix-sept des siens, prisonniers en France, fût négocié dans un bref délai.

L'émir sentait faiblir son prestige; son pouvoir s'éclipsait, et il était pressé d'en finir.

Ce fut avec la plus profonde irritation qu'il apprit que le maréchal, le traitant en rebelle, persistait à faire intervenir le Maroc en notre faveur. Il déclara hautement qu'il repousserait toute proposition venant de ce côté.

Le colonel en informa le général Cavaignac, et pendant plus de deux mois, ce fut un va-et-vient de correspondances qui n'aboutirent à rien.

Le maréchal Bugeaud, au risque de nous faire couper la tête, ne voulait point traiter directement avec Abd-el-Kader, et l'émir, jaloux de conserver son autorité, refusa d'accepter cette espèce d'affront.

Une circonstance, minime en elle-même, faillit nous attirer de mauvais traitements. Des Marocains furent arrêtés aux abords du camp, porteurs de lettres pour les prisonniers. L'émir comprit qu'il allait être débordé, et nous fit garder à vue.

M. Cabasse s'en plaignit vivement à Bou-Maza, mais ce puissant chef ne put que desserrer les chaînes du docteur, sans pouvoir être utile à aucun de nous.

C'est pendant ces longues journées de juillet et d'août

que M. Cabasse alla porter les secours de son art sous les tentes marocaines dans un rayon assez étendu.

J'aurai à reparler de ces visites.

CHAPITRE XIV.

JULIETTE. — THÉRÈSE GILLES. — CARMEN.

C'est à la fontaine d'Aïn-Zobra que je fis plus spécialement connaissance avec Juliette la Marseillaise, la femme de Amet-Bachir, le bourrelier d'Abd-el-Kader.

Avec Juliette vivait une pauvre vieille femme, Thérèse Gilles, sa mère, que sa mauvaise étoile avait jetée aussi sur cette plage lointaine.

Pauvre vieille Thérèse, personne ne faisait plus attention à elle; la vieillesse et les rides ne sont pas plus là-bas qu'ici des titres à la bienveillance.

Juliette était dans la force de l'âge et dans tout l'éclat de sa beauté.

Sa jolie tête brune était coiffée d'un turban qui lui donnait une grâce charmante; un haïck de laine blanche, comme un manteau de reine, lui cachait les épaules, et les yeux cherchaient involontairement ses beaux bras nus, qui, comme des oiseaux frileux, se cachaient dans les plis moelleux du haïck.

Une simple jupe blanche, lui prenant à la hanche, descendait jusqu'aux genoux et laissait voir la jambe

20

complétement nue et quelque peu dorée par les rayons du soleil.

Dans ses jours de coquetterie, ses pieds, ordinairement nus, chaussaient des pantoufles d'une grande richesse.

Elle savait l'heure à laquelle nous descendions à la fontaine pour y laver le linge des officiers, et chaque fois que Bachir, son mari, s'absentait à cette heure-là, elle ne manquait pas de venir nous y trouver.

Elle portait un jeune enfant dans ses bras et était toujours suivie de la vieille Thérèse.

Que de fois la belle jeune femme a ri jusqu'aux larmes de notre maladresse à laver les burnous de nos officiers!

Nous voulions laver à la manière arabe, et bien souvent notre défaut d'habitude nous faisait tomber à plat ventre dans l'eau.

Pour laver leurs grosses pièces, les Arabes les ploient en trois ou quatre et les déposent au fond de l'eau ; puis appuyés sur un bâton, ils lavent avec leurs pieds, en dansant et en frottant.

Un faux pas ou une glissade fait tomber le laveur.

Maintenant veut-on savoir pourquoi cette belle compatriote se trouvait à la deira de l'émir?

Son histoire est assez curieuse.

A treize ans Juliette habitait Oran avec sa mère, qui tenait un petit café.

Dans leur maison venait souvent un contrebandier corse, du nom de Manutchi, dont la vie paraissait assez mystérieuse.

Manutchi portait à la débitante un intérêt assez vif et

vivait un peu chez elle comme chez lui. Cet homme, entreprenant et hardi, faisait de temps en temps de longues excursions dans le désert, jusque dans le Maroc, sous prétexte de commerce, mais en réalité il entretenait des relations suivies avec l'émir, auquel il vendait des armes et des munitions de guerre.

Bien qu'il s'entourât du plus profond mystère et qu'il donnât toutes sortes d'excellentes raisons pour justifier ses courses, le train qu'il menait et certaines démarches appelèrent sur lui l'attention de l'autorité militaire.

On le suivit dans l'ombre, et bientôt on acquit l'entière certitude que Manutchi était un contrebandier de la pire espèce, et que, sans souci de sa nationalité et des intérêts français, il fournissait aux Arabes des munitions et des armes.

Une fois la nature de son commerce bien déterminée, il n'y avait plus qu'à s'emparer de sa personne.

Mais le contrebandier avait sa police, et savait que l'autorité française allait sévir.

Rien ne lui était plus facile que d'échapper aux poursuites par une fuite rapide, mais il tenait à Thérèse Gilles, et cet attachement lui fit prendre une résolution terrible.

Il entra un soir au café de sa maîtresse et raconta que la campagne autour d'Oran était d'une magnificence inouïe, que rien ne pouvait être plus charmant qu'une promenade à la fraîcheur du soir, au clair des étoiles, au doux murmure du vent dans les feuilles.

Thérèse se laissa prendre à la poésie d'une telle promenade, ferma sa maison, prit sa fille par la main, et suivit le contrebandier.

Après moins d'une demi-heure de marche par des sentiers charmants, cinq cavaliers arabes débouchèrent d'une broussaille, enlevèrent la mère et la fille et les emportèrent à la smala d'Abd-el-Kader, tandis que Manutchi, au fait des chemins les plus infréquentés, échappait à la justice militaire et s'en allait retrouver sa maîtresse en lieu de sûreté.

Pendant trois ans, il continua son fructueux commerce; seulement au lieu de résider à Oran, il avait son quartier général auprès d'Abd-el-Kader.

Manutchi n'était pas meilleur Arabe qu'il n'avait été bon Français. Il était contrebandier, voilà tout. Aussi rien ne changea dans son système de commerce; il avait volé ses clients auparavant, il les vola maintenant, quoique leur hôte.

Il marcha même si effrontément et si loin dans cette voie, que l'émir lui en fit la remarque. Manutchi ne tint pas compte de l'avis, et continua de voler des deux mains.

Abd-el-Kader se fâcha tout de bon un jour, et donna ordre à quelques réguliers de lui amener Manutchi mort ou vif.

Le contrebandier avait gardé la bonne habitude d'avoir une police à lui, de sorte que deux heures avant l'ordre donné aux cavaliers il savait que l'émir, à bout de patience, allait sévir sans miséricorde.

Il bourra donc ses poches autant qu'il put, brida son meilleur cheval, et prit au galop le chemin du désert.

Mais si fort qu'il courût, il fut rattrapé par les cavaliers de la smala, qui le ramenèrent vivant devant Abd-el-Kader.

L'émir apparemment avait une opinion bien arrêtée sur le compte de Manutchi, car il se contenta de faire un signe de la main, tout en levant avec lenteur un regard noir sur le commerçant terrifié.

Le regard fut toute la sentence. Deux hommes, comprenant le signe du maître, s'emparèrent du condamné, l'entraînèrent à quelques pas plus loin, et lui tranchèrent la tête.

Thérèse et Juliette restaient donc à qui voulait les prendre.

L'émir les recueillit, les confia à ses femmes, conçut pour Juliette une affection toute paternelle, et s'en fit une interprète.

Si Thérèse vieillissait de peine et d'ennui, sa fille touchait à sa seizième année et devenait splendidement belle. Abd-el-Kader la donna pour femme à Amet-Bachir, son frère de lait, et, comme je l'ai dit, son bourrelier.

Thérèse entra dans la nouvelle famille de sa fille; mais la pauvre femme, vieille avant l'âge, humble comme ceux qui ont éprouvé toutes les misères, ravagée par la douleur, était regardée par le gros Arabe comme une simple servante.

Amet-Bachir avait une autre femme, la première en date, qui s'appelait Solida, la première aussi dans les affections du maître.

Juliette supporta d'abord sans se plaindre cette rivalité puissante, et comme elle ne raffolait pas de Bachir, elle s'occupa du ménage et mit une gracieuse coquetterie à faire des deux tentes de l'habitation conjugale les plus propres et les mieux parées de la deira.

20.

Elle prenait ainsi, comme maîtresse, les rênes du ménage.

Quand elle fut parfaitement en pied et qu'elle eut habitué son gros Bachir à ce bien-être d'intérieur créé par ses soins, elle songea sérieusement à miner la position de sa rivale.

Cette pensée devint sa préoccupation de toutes les heures.

Mais comment faire? Bachir adorait Solida; Bachir était fou de Solida; tendresses, prévenances, douces paroles, tout était pour cette favorite. Solida n'avait qu'un mot à dire pour faire dans le ménage la pluie et le beau temps.

Juliette appartenait à un pays où les femmes trouvent des ressources pour combattre l'impossible. Au lieu de s'attaquer directement à la sultane privilégiée, elle essaya d'inspirer à Bachir une de ces passions puissantes qui renversent les résistances les plus indomptables. Elle se para divinement, joua du regard, fit la moue, et mit en œuvre tous les artifices de la coquetterie.

Bachir se laissa prendre à ces manœuvres.

Il compara les deux femmes, l'une jolie, nonchalante, assoupie dans sa paresse orientale, impérieuse à ses heures et dépassant déjà les limites de la première jeunesse; l'autre pimpante, splendide, agaçante, portant dans toute sa personne comme le mystérieux parfum des cieux étrangers.

Cette comparaison, favorable à Juliette, laissait encore intacte la position de Solida.

Bachir fit insensiblement volte-face et reporta sur la

Française tout l'amour qu'il avait eu pour l'autre ; mais
Juliette pleura, mais Juliette prétendit qu'elle ne pouvait être aimée tant qu'elle n'aurait pas à elle seule le
cœur de son mari.

Une fois qu'elle fut bien maîtresse de Bachir, elle
posa ses conditions carrément, nettement, avec une résolution énergique.

Solida devait quitter la place.

Le gros Arabe la regarda de ses yeux ahuris, essaya
de protester, récrimina, demanda grâce pour la dé-
laissée, et finalement la renvoya sans tambour ni trompette.

Juliette n'en aima pas plus follement son Bachir,
mais du moins elle était désormais dame et maîtresse.

Le docteur Cabasse, qu'elle affectionnait particulièrement, était chez elle en visite un jour. On causait du
pays sous la tente, et l'on faisait des rêves d'avenir.

Bachir, assis au dehors, avait levé un pan de la toile,
et égrenait son chapelet pendant trois heures que dura
cet entretien.

Le pauvre mari avait sans doute d'affreuses distractions, car à chaque minute il levait les yeux et cherchait
à comprendre ce qui se disait entre sa femme et le
thebib.

Et la malicieuse Juliette riait tout bas en le regardant
du coin de l'œil.

Élevée depuis l'âge de treize ans au désert, cette belle
jeune femme en avait reçu toutes les poésies comme
toutes les croyances et les superstitions. Elle croyait à
la mission sainte de l'émir, et quand elle nous en par-

lait ce n'était qu'avec la plus naïve admiration, avec la plus entière reconnaissance.

Pour elle, Abd-el-Kader était plus qu'un homme.

Elle désirait bien vivement que nous nous attachassions à sa fortune, et quand nous lui disions que cette fortune dépendait d'un coup de sabre ou d'une balle égarée, Juliette laissait arriver sur ses lèvres un sourire incrédule.

Abd-el-Kader était invulnérable !

Elle l'affirmait avec une naïveté adorable, avec une conviction qui n'admettait pas de réplique. Elle avait vu cent fois l'émir, au retour d'une bataille, détacher sa large ceinture d'où tombaient un grand nombre de balles mortes qui n'avaient pas osé frapper l'envoyé du Prophète.

Il paraît qu'Abd-el-Kader, pour se donner de l'importance, ne dédaignait pas de recourir au charlatanisme le plus grossier.

J'ai dit que Juliette nous venait voir à la fontaine. Quand Bachir n'était absent que pour une heure, Juliette s'asseyait à peine sur le bord de l'eau, pour causer un moment; mais, quand le mari était absent pour tout le jour, oh! alors, elle ne nous quittait pas et nous parlait avec son cœur et avec son âme de notre beau pays de France.

Mon mulâtre la gênait bien quelquefois, mais par discrétion, il s'éloignait et se tenait à distance respectueuse pendant tout le temps que Juliette restait avec nous.

Un jour cependant elle nous témoigna tout le déplaisir qu'elle avait de rencontrer toujours le même mulâtre.

Elle craignait qu'il ne dénonçât à Bachir les fréquentes visites de sa femme à la fontaine.

Je fis signe à Mohammed.

— Hé! là-bas!

— Tu m'appelles?

— Viens voir. Connais-tu cette femme, Mohammed?

— Oui.

— Une Française, n'est-ce pas?

— Je le sais.

— Ce que tu ne sais pas, c'est que chez nous il est permis de se parler.

— Bien.

— Juliette a peur de toi.

— Peur de quoi?

— Tu pourrais dire à son mari...

Mohammed se hâta de porter la main à sa barbe et de jurer qu'il ne dirait rien.

A partir de ce moment-là, chaque fois que Juliette arrivait, Mohammed jurait sur sa barbe qu'il ne dirait rien.

Juliette, qui savait combien ces sortes de serments faits par la barbe du menton sont sacrés, n'eut plus peur.

Mohammed n'eût pas été un bon cœur et un brave ami, que j'aurais pu expliquer sa discrétion par la gourmandise.

De temps à autre, Juliette nous emmenait dans sa tente et nous offrait le café.

Bien entendu, Mohammed, mon inséparable, était de la partie.

Je croirais faire outrage à la touchante amitié de ce

bon mulâtre si je disais, si même je laissais penser que
ces tasses de café étaient pour la moindre chose dans sa
discrétion.

Nous vîmes aussi dans ces jours-là une fière Espagnole dont l'histoire avait quelque ressemblance avec
celle de Juliette.

D'incident en incident, elle était tombée entre les
bras d'un chef arabe, qui l'aimait comme ses deux yeux.

C'était une adorable créature, qui avait l'air de bien
s'ennuyer au désert et de songer toujours au beau ciel
de ses Espagnes.

On l'appelait Carmen.

Il est vrai que, sous le rapport du mariage, Carmen
avait été moins bien favorisée que Juliette.

Le Bachir de Juliette était un bon gros Arabe, vieil-
lot, rondelet, courtaud, dévot, jaloux et soupçonneux.

Mais Bachir avait, pour un Arabe, une figure passable; tandis que Carmen avait un grand gaillard qui ne
ressemblait à personne avec sa figure trouée comme
une écumoire.

Pauvres femmes! que sont-elles devenues?

Juliette était trop attachée à la fortune d'Abd-el-Kader pour essayer de regagner la France, mais Abd-el-
Kader a été vaincu...

Et Carmen?

Aura-t-elle pris sa volée un jour vers ce beau pays
d'Espagne qu'elle ne cessait de regretter?

La deïra d'Abd-el-Kader n'était pas très-éloignée du
camp à cette époque, et nous y allions de temps à autre
pour la moindre chose, sous le moindre prétexte.

Un jour nous y arrivions tous.

La deira était en émoi.

Il est vrai que c'était jour de marché; mais nous n'avions jamais vu de marché avec tant de bruit, et une pareille affluence surtout.

Aucun des kalifas n'était sur la place.

Le conseil les réunissait tous sous la tente de l'émir.

Il s'agissait de juger un jeune homme accusé par son père.

Mohammed alla aux informations et nous raconta peu après ce qu'il avait appris dans la foule.

L'accusé aimait une jeune fille avec toute la passion dont sont capables ces natures marocaines, qui n'ont que deux passions : la gourmandise et l'amour.

Or, la belle fille des montagnes, comme les femmes des cinq parties du monde, avait dans son amour un peu de coquetterie, et ne dédaignait pas les hommages venant de ci et de là.

Son fiancé fronçait bien un peu le sourcil, mais, comme toujours, plus la fiancée coquetait, plus l'amour du fiancé devenait grand.

Ce dernier avait un frère, et ce frère, en qualité de parent futur, prenait certaines libertés avec la jeune fille.

Par malheur, ce frère était un joli garçon.

A force de coqueter avec le cadet, la jeune fille oublia l'aîné.

Les choses en étaient là quand le père des deux jeunes gens, voulant se rendre au marché d'Aïn-Zohra, demanda à son aîné de l'accompagner.

Cet aîné obéit d'autant plus volontiers que son frère, sorti des douars depuis le matin, ne pourrait, en son absence, faire la cour à sa fiancée.

Le père et le fils partirent donc avec leurs provisions et leurs fusils.

Un Arabe ne va jamais sans son fusil.

Au pied des montagnes, à quelques centaines de pas du dernier mamelon, le jeune homme crut distinguer quelque chose derrière un buisson.

Ce quelque chose, c'était son frère.

Il se rapprocha sans bruit, car son cœur lui disait que le jeune coureur n'était pas seul.

Hélas! non...

Il serrait convulsivement dans ses bras la fiancée de son frère aîné!

L'Arabe s'arrête, immobile, frappé de douleur, regarde, écoute et regarde encore.

Puis au moment où les amoureux, ivres d'amour, lassés de caresses, mais souriants et heureux, dénouent leurs bras qui les emprisonnent mutuellement, l'Arabe aux aguets lève lentement son fusil, l'arme, ajuste et fait feu.

La jeune fille pousse un cri terrible, tourne sur elle-même et s'envole du côté des montagnes avec la rapidité d'une gazelle.

Le frère était tombé roide mort.

Le père s'en allait tranquillement quand il entendit la détonation.

En se retournant, il aperçut l'assassin qui revenait à grands pas en lui disant qu'il avait tué son frère et qu'il attendait la mort à son tour pour payer ce grand crime.

Au lieu de vendre ses fruits au marché, le père entra chez Abd-el-Kader, demandant que son fils aîné fût jugé sans désemparer.

Voilà pourquoi les chefs étaient sous la tente de l'émir.

Nous autres, avec nos idées françaises sur la justice, nous ne comprenions guère pourquoi ce père poursuivait ainsi la punition de son fils et pourquoi ce fils, libre de toute espèce de gardiens, était là, assis sur une pierre, attendant sa dernière heure, la corde ou une balle.

Il paraît que la discussion était vive sous la tente.

Le genre de peine à infliger ne faisait pas question : tout le monde était d'accord que l'assassin devait périr.

Mais de quel supplice?

Abd-el-Kader avait décidé qu'il serait pendu.

Le père voulait qu'on le fusillât.

Ce malheureux père avait un double intérêt à faire prévaloir son avis.

La corde est ignominieuse, la balle ne l'est pas.

Puis, la corde étant admise, le père ne pouvait mettre la main à l'exécution, et sa conscience paternelle lui faisait un devoir de se faire quelque peu le bourreau de son fils.

Nous arrivions, nous autres, du camp, à cette minute solennelle où de toutes parts on se demandait ce qu'allait décider l'émir.

Le patient était toujours assis sur sa pierre, sans plus

21

s'inquiéter de ce qui se passait autour de lui, les mains liées derrière le dos.

Le bruit court bientôt dans la foule qu'Abd-el-Kader s'est laissé fléchir et a révoqué la sentence de mort par la corde.

Puis, un coin de la toile de la tente se lève, la foule s'ouvre et laisse passer le vieux Marocain, dont les mains sont cachées sous le haïck.

Sa figure ne porte pas trace de la moindre émotion.

Il s'avance lentement du côté de son fils.

Le jeune homme, toujours assis, tourne le dos à la tente de l'émir et ne peut, par conséquent, voir venir son père.

Celui-ci arrive à un pas de son fils, s'arrête quelques secondes, se recueille en lui-même comme pour faire une prière, retire sa main droite de dessous son haïck.

Cette main est armée d'un pistolet.

En ce moment la foule retenait son haleine.

Le condamné, les yeux égarés du côté où s'était envolée la jeune Marocaine, semblait être dans une extase douloureuse.

Alors, le vieux montagnard allonge le bras, et appuie la bouche du pistolet entre les deux épaules de son fils, un peu plus du côté gauche que de l'autre.

Puis la détonation vengeresse retentit et le supplicié bondit et retombe sur la figure, presque dans les jambes de son père.

Justice était faite.

A en juger par l'indifférence de mon mulâtre Mohammed, la foule ne s'émut pas autrement de ce châtiment terrible.

Elle retourna à ses affaires.

Quant à ce bon Mohammed, il vint me dire à l'oreille :

— Passons-nous chez Juliette?

— Pourquoi cela?

— Bachir est absent.

— Eh bien?

— Nous prendrons du café.

Et toujours pour me rassurer, il passa la main sur la barbe de son menton.

Les serments ne lui coûtaient guère quand il s'agissait de Juliette et surtout du café qu'elle nous offrait.

Seulement, je tiens à répéter que ces serments, il les tint fidèlement jusqu'à la dernière heure.

Au moment où nous quittions la deira pour rentrer au camp, des pleureuses chantaient leurs suprêmes litanies sur le corps du supplicié.

CHAPITRE XV.

LE COQ DU DOCTEUR CABASSE.

Avant de passer à des souvenirs plus graves et d'un caractère plus général, j'ai à raconter des choses intimes, notre vie à nous quatre soldats, séparés de nos chefs par une distance hiérarchique que la captivité ne nous a jamais fait oublier.

Ce sera, si l'on veut, une sorte de confession générale.

O nos chers officiers! vous avez écrit ou vous écrirez sans doute les souvenirs de notre captivité commune, et vous raconterez ce que vous avez vu et ce que vous avez souffert.

A vos récits, il manquera toujours quelques pages, car vous n'avez pas vu sous vos gourbis ce que nous avons vu nous-mêmes en allant chercher votre bois et l'herbe de vos lits.

Et puis, ces pauvres captifs sans galons qui vous soignaient si bien, qui vous obéissaient sur la terre étrangère comme à la caserne française, ils ont eu quelques bonnes aubaines qu'on prenait bien soin de vous cacher.

On a parfois rogné vos portions d'officiers dans l'intérêt du simple soldat; mais c'était si peu de moins pour vous et tant pour nous, ô nos braves chefs!

Vous voyez bien que j'arrive à une confession générale.

Cette confession, je dois la faire pour tous quatre, humblement, résolûment, d'une façon complète, sans réticences.

Mon premier aveu, le plus gros péché dont je m'accuse tout de suite, c'est celui-ci :

Nous avons fait, ô nos braves chefs, danser de temps en temps l'anse du panier!!!

Combien de fois, je ne saurais le dire, mais aussi souvent que nous l'avons pu !

Notre sincérité, je l'espère, nous vaudra notre pardon.

Ces précautions prises, je raconte.

Avant le massacre du 24 avril nous étions trop nombreux pour prétendre à l'ordinaire des officiers. Nous vivions comme nous pouvions de ce qu'on nous donnait. C'eût été vraiment impossible de demander davantage. Le commandant de Cognord était trop peu riche d'argent pour s'occuper des valides quand les malades épuisaient son pauvre budget de captivité.

Ceux d'entre nous qui avaient conservé de leur long séjour en Afrique l'art de trouver à picorer où nul autre ne voyait rien à prendre avaient encore des aubaines et adoucissaient leurs misères.

Entre nous le moindre détournement n'eut jamais lieu ; la ration d'un camarade était si courte que c'eût été trop grand crime de la rogner, même pour cause de faim pressante.

Mais il y avait là ces bons et simples Arabes, auxquels plus d'un prisonnier savait soutirer un supplément de vivres. On leur vendait cher les moindres ustensiles, on les cajolait, on leur faisait des tours pendables. Souvent l'histoire finissait par des coups de bâton, mais on avait conquis un fruit ou une galette !

Après les Arabes venaient nos officiers.

Entre autres souvenirs en voici un qui tombe sous ma plume.

Quand nous étions au camp de la Malouïa et quelques jours seulement avant le massacre de nos compagnons d'armes, M. de Cognord, à force d'argent, était venu à bout de se procurer deux superbes paniers de raisins que j'avais cachés au fond de son gourbi, dans une espèce de niche.

21.

Un soir que je préparais le souper du colonel, je me baissai pour prendre du raisin.

Au lieu d'une grappe, je saisis une grosse main d'homme.

La main s'arracha de la mienne.

Je sortis du gourbi rapidement et j'en fis le tour pour savoir qui était ce voleur.

Le voleur était encore à plat ventre.

— Que fais-tu là ? lui dis-je.

Le hussard me regarda en souriant.

— Laisse-moi faire, Testard ! c'est pour un de nos camarades qui ne peut manger que du raisin.

C'était vrai.

A partir de ce jour-là, chaque soir, à la nuit fermée, le même voleur fourrait sa main dans le même trou et en retirait une poignée de raisins pour le même malade.

M. de Cognord s'aperçut bien que la provision diminuait vite, mais le trou était si bien dissimulé qu'il n'eut pas même l'idée qu'on pût le voler du dehors.

O mon bon général, vous avez peut-être cru que le mangeur de raisins, c'était moi !

S'il en a été ainsi, je pardonne vos soupçons à ces deux pauvres camarades qui ont été massacrés quelques jours plus tard.

L'un des deux, non celui qui volait les raisins par le trou du gourbi, mais celui qui les mangeait, était ce brave et valeureux sous-officier, Barbier, qui m'avait aidé à retrouver le cadavre de l'espion que j'avais tué au début de l'expédition.

Trotté n'était pas moins clément aux malades. Quand

un blessé avait besoin d'être réconforté, quand un convalescent ne pouvait digérer la galette rance ou qu'un
fiévreux était brûlé par la soif, il confisquait très-bien
au passage une volaille ou des fruits apportés par les
clients du docteur Cabasse.

Il est vrai que de très-loin en très-loin ces confisca-
tions étaient faites pour notre propre compte, à nous
valides ; mais pour faire taire les scrupules de sa conscience, Trotté se tâtait le pouls quatre jours d'avance
et se persuadait que, s'il n'était pas malade, il était
menacé de l'être.

Et nous mangions une volaille.

Après le massacre, nous ne changeâmes pas de régime,
seulement, et je m'empresse de le dire, les officiers
nous admettaient parfois à partager les bons morceaux,
ce qui devint de jour en jour plus rare à mesure que
nous nous rapprochâmes d'Aïn-Zohra.

Ils avaient trop peu à leur ordinaire pour nous faire
des largesses.

Chacun de nous fit comme il put, et dans les plus
mauvais moments, Trotté dut avoir plus d'une fois recours à des expédients pour nous tirer d'embarras.

Nous étions trois pour rassurer sa conscience, et moi-
même j'étais forcé de marauder des fruits sous la tente
du colonel pour lui prouver que ce qu'il faisait n'était
pas un si grand crime.

Metz et Michel avaient plus spécialement le département des montagnes. Ils y montaient fréquemment et
nous en rapportaient du miel et des fruits qui souvent
ne leur coûtaient pas grand'chose.

En fin de compte, il fallait vivre.

Au camp d'Aïn-Zohra, nous continuions à recevoir nos petites rations d'orge, comme nos officiers leurs rations de blé.

L'orge était humide ou avait été cueillie avant sa parfaite maturité, car elle nous faisait du pain détestable, si l'on peut appeler cela du pain.

La pâte sans cohésion cuisait mal, et, quand le pain était entamé, nous n'avions qu'à tourner en bas l'entame pour faire tomber la mie comme du son mouillé.

Nos officiers, les plus jeunes surtout, riaient souvent de notre maladresse et de notre ignorance.

Quelques-uns d'entre eux même prétendaient que nous ne savions plus du tout confectionner le pain.

Cependant, pour être vrai, je dois dire que le pain de ces messieurs était d'une qualité irréprochable grâce à la farine de froment que nous préparions avec un soin inouï.

— Il faudrait pourtant sortir de là! fit un jour Trotté.

— Et comment?

— Dame! je ne sais pas... Il me semble que si l'on cherchait bien, on finirait par trouver.

— Reconstruisons un four sur un nouveau modèle! dit Metz.

— Camarades, reprit Trotté, Metz est malade; je lui pardonne ce qu'il vient de dire.

— Tu as une idée, toi! — m'écriai-je.

— Oui, j'en ai une; mais je ne veux pas l'avoir seul. Cherchez!

J'eus beau me serrer le front, il n'en tomba aucune espèce d'idée.

Le lendemain, un officier se moqua de notre pain d'orge, plus mauvais encore ce jour-là que d'habitude.

Michel grommela dans sa barbe.

Moi qui fabriquais le pain, j'avais envie de ne plus remettre les mains à la pâte, ni pour les officiers ni pour nous.

Trotté souriait.

Quand l'officier eut quitté le four, nous nous regardâmes et nous vîmes que Trotté souriait toujours.

— Avez-vous une idée depuis hier soir ? demanda-t-il.

— Va te promener, toi ! répondis-je ; si tu étais chargé de faire le pain, tu ne rirais plus.

— Au contraire !

— Tu ferais mieux que nous ?

— Je le pense !

— Voyons, dis alors.

— Quand vous faites un mur, que prenez-vous ?

— Pourquoi cette question ?

— Répondez toujours ! Que prend-on pour faire un mur solide ?

— Des pierres et du mortier, parbleu ; cela n'est pas malin.

— C'est comme pour le pain. Si les pierres se tenaient dans un mur sans mortier, on ne mettrait que des pierres.

— Voyons, finiras-tu ?

— Votre pain d'orge, c'est comme des pierres sèches ; ça ne tient pas sans liaison.

—Nous le savons trop.

—Eh bien, prenez la liaison dans la part des officiers; la farine de blé vous liera votre farine d'orge.

Le lendemain, le même officier vint nous voir défourner.

A l'œil nu, il était impossible de remarquer que les flûtes des officiers avaient perdu quelque chose de leur volume; mais en récompense notre pain d'orge était superbe!

La mie ne se sauvait plus par l'entame.

L'officier me félicita.

—Parbleu! dit Trotté, Testard n'est point incrédule, il nous a entendus dire que le pain d'orge ne valait rien, et il l'a fait meilleur. Ce n'est pas plus difficile que ça.

—Comment a-t-il fait?

—Il a profité de vos conseils.

—Mais encore?

—On ne sait pas. Tenez, monsieur, j'ai l'air d'un mauvais plaisant, j'aime mieux vous avouer tout. Testard a trouvé un moyen pour lequel il a l'intention de prendre un brevet à notre rentrée en France.

—Bah! fit le docteur Cabasse qui examinait le pain, et qui, ayant deviné le moyen secret, dit en souriant :

—Testard est un homme de sens.

Au reste, la preuve que nous n'avions pas fait un bien gros péché en prenant sur la farine de blé de quoi donner de la cohésion à nos pains d'orge, c'est que nos officiers ne s'aperçurent jamais qu'il manquât une portion à leur ration, et que le docteur Cabasse, qui avait deviné notre manière d'opérer, ne nous en fit pas un crime.

Pendant quelques semaines, nous pûmes, au bas des montagnes du Riff, jouir d'une certaine liberté d'allures. Nous savions bien que les montagnes étaient pleines de bandits, et le colonel me répétait paternellement chaque matin qu'un jour ou l'autre nous serions assommés dans nos excursions.

Mais les montagnes du Riff produisent en quantité ce doux miel incomparable qui a donné son nom à Melilla, et qui, dans un temps, figurait sur les tables royales de l'Europe.

Et tout autant par goût que dans l'intérêt de notre santé, nous dépensions, pour avoir ce miel étincelant comme la topaze, non-seulement le peu d'argent qu'on nous donnait, mais encore tout ce que le ciel avait mis en nous d'adresse et d'esprit.

Généralement, pour quatre ou cinq sous nous en avions un pot d'une dimension raisonnable, quelque chose comme deux livres.

Un jour le miel manquait et Metz était malade. Si Metz en bonne santé était homme à braver la trique des paysans riffains pour avoir du miel de la montagne, malade, il n'avait d'autre ressource, d'autre médicament, d'autre amour que ce même miel.

A tout prix nous étions tenus de lui en trouver.

En nous fouillant tous les quatre, nous nous trouvâmes posséder deux sous.

M. de Cognord avait reçu du général Cavaignac un nouvel envoi de mille francs qu'il comptait bien employer à notre rédemption commune.

Cependant le sac avait été entamé pour les besoins de nos officiers, et par-dessus les pièces d'argent se trouvaient quelques pièces de billon.

M. de Cognord étant malade, c'est moi qui rangeais tout dans son gourbi, qui prenais dans le sac pour la dépense journalière.

Moi seul savais donc au juste ce qui se dépensait.

Si j'ai mal fait, ô mon bon général, condamnez-moi... mais mon camarade, mon pauvre Metz était malade, et, je l'ai dit, Metz malade ne pouvait manger que du miel...

Je pris quatre sous dans le sac aux écus!!!

Avec nos deux sous cela nous mit à même d'aller au miel le lendemain matin et nous en rapportâmes un pot magnifique; plus, six oranges grosses comme les deux poings.

Mais comme l'indisposition de Metz avait disparu le lendemain, nous mangeâmes fraternellement tous les quatre le miel et les oranges des paysans du Riff.

Et les écorces furent profondément enterrées pour ne pas éveiller les soupçons de nos chefs.

Puisque j'en suis aux confessions, autant tout dire.

Les officiers achetaient, ou plutôt, nous achetions pour eux des paniers de raisin qui nous tentaient fort; mais nous n'étions que de simples soldats, nous.

Cependant, à force de voir la tentation, nous y succombions quelquefois, mais seulement les jours où la soif nous pressait trop, où le pain d'orge nous déchirait le gosier.

C'était si dur à avaler ce pain d'orge!

Et encore, pour tout dire, ces petits détournements n'avaient lieu que si nos maraudes aux environs avaient été complétement infructueuses, ou si nos officiers avaient oublié de prélever sur leurs parts la petite portion des soldats, ce qui n'arrivait que trop souvent.

Maintenant, pour en finir avec les confessions, j'ai à raconter l'histoire du coq du docteur Cabasse.

Le docteur Cabasse était devenu la providence des Arabes d'Aïn-Zohra, comme il avait été la nôtre depuis le premier jour de la captivité.

Brave cœur! il élargissait chaque jour sa clientèle et s'en allait loin, bien loin, sous les tentes marocaines, pour soigner les malades.

Il y allait même avec un zèle qui nous fit croire un moment que de mystérieuses amours pleines de dangers, mais irritantes comme le péril, l'attiraient ainsi chez ces belles jeunes femmes visibles seulement pour le thebib français.

J'aime à croire que c'était une calomnie.

Toujours est-il qu'il était l'idole de ces populations des montagnes, et qu'on ne parlait de lui qu'avec la plus profonde vénération.

Peu à peu ses clients, dans nos différents séjours, avaient oublié leurs bonnes habitudes et se présentaient effrontément les mains vides pour consulter le médecin ou se faire extirper leurs mauvaises dents.

Trotté avait perdu sa rhétorique à rappeler les visiteurs à l'ordre; Castor avait beau mordre en plein vif ces mauvais payeurs, rien n'y faisait. On abusait sans scrupule du savant prisonnier, et, de guerre lasse, Trotté

22

comme Castor, avait fini par se soumettre aux exigences des vainqueurs.

Mais dans le campement d'Aïn-Zohra, la réputation du docteur se raviva par de nouvelles cures, et de tous côtés on venait le chercher au camp pour visiter des malades qui ne pouvaient se déranger.

Comme l'ordinaire des officiers était presque descendu au niveau du nôtre et que, parfois, ces messieurs n'avaient à manger que des choses détestables, le docteur résolut de faire bouillir la marmite avec sa réputation. Il se fit tirer l'oreille pour sortir, prétendit qu'il était fatigué lui-même, et qu'une juste et légitime rémunération pouvait seule le décider à visiter les malades des environs.

Trotté disait à tous ceux qui venaient implorer le secours de son maître, que la médecine gratuite n'avait aucune espèce d'efficacité, que jamais en France un malade ne revenait à la vie quand il ne payait pas son thebib, et qu'enfin toute peine méritait un salaire.

Tout cela se fit si bien que le docteur n'eut plus une sortie gratuite. Chacun de ses malades lui donnait des fruits, de la farine, un coq, ou tout au moins une poule, qu'il rapportait glorieusement sous son bras.

Nous avions pris l'habitude, nous autres, de compter ses guérisons par les volailles qu'il rapportait ainsi.

L'ordinaire des officiers subit une amélioration sensible.

— Eh bien, et nous? disait Metz chaque jour.

— Nous, répondait Trotté, nous aurons peine à *chaparder* un de ces volatiles. Les officiers, habitués à un

régime plus doux que celui du soldat, ont plus souffert que nous de la disette. Il faut leur laisser les poules.

Metz baissait la tête et jetait les plumes au vent.

Un dernier jour, Metz revint à la charge.

— N'y aurait donc pas moyen, dit-il, de se donner
une volaille quelconque?

— Nous verrons, fit Trotté, nous verrons!

— Dame, mon cher, si tu n'y veilles, nous en perdrons
le goût complétement.

— Aie patience!

— Tu sais que Michel fait maintenant des sauces superbes dont l'odeur vous donne le vertige. Michel nous
arrangerait la chose en bon camarade et y mettrait tout
son savoir.

— Bien, bien... à prochaine occasion.

Michel était, en effet, devenu très-habile cuisinier et
avait trouvé toutes sortes de moyens ingénieux pour
remplacer les ustensiles qui lui manquaient.

Un soir le docteur Cabasse nous rapporta un coq d'un
volume démesuré.

A voir cette monstrueuse volaille, on eût dit que le
docteur venait de guérir Mahomet lui-même.

Si ce n'était le prophète, c'était au moins quelque
grand personnage, ou quelque belle grande dame aimée
qui avait pu remettre de pareils honoraires.

On nous confia le coq.

Michel se léchait les doigts d'avance, en songeant
quelle belle cuisine il allait faire avec cette volaille...
pour les officiers.

Afin de mortifier et de laisser faisander la chair, il

décida que le coq serait tué le soir même et que son cadavre serait placé au haut d'un arbre, dans le camp,
pour prendre le frais de la nuit.

La sentence fut exécutée par Michel et par moi.

Le coq eut le cou à moitié scié par un mauvais couteau et porté en haut d'un arbre.

Puis nous tournâmes la meule au clair de lune pour
fabriquer la farine du lendemain.

Tout en tournant d'une main la manivelle de la meule,
Trotté, qui parfois avait d'excellentes idées, se grattait
l'oreille de l'autre main.

— Dis donc, Michel, fit-il.

— Que me veux-tu?

— Combien pèse le coq?

— Je ne sais pas, moi!

— A deux livres près?

— Au moins cinq livres.

— C'est bien beau!

Puis il se mit à tourner la meule et à réfléchir encore.

Tout à coup il s'arrête et se frappe le front :

— Combien peuvent peser la tête, les ailerons, les
pattes et les dedans?

— Une livre.

— Chacun un quarteron. Tu garderas la tête, les ailerons, les pattes et les dedans pour nous.

— Mais les officiers le verront...

— Dans une fricassée, on peut dissimuler les absen-
ces... et puis, toutes les volailles ne sont pas tenues
d'avoir des dedans.

— Trotté a raison! fit un autre.

—Et puis encore, ajouta Trotté, Michel est très-fort;
je le charge de couler une bonne raison aux officiers en
cas de malheur.

Et ce fut chose convenue.

Nous nous couchâmes sur cette conclusion, et plus
d'un dans les quatre ne rêva que tête et cuisse de
volaille toute la nuit.

Le lendemain, plus de coq.

Il y avait bien de longues traînées de sang sur l'arbre,
mais le coq avait disparu.

Il était à peine jour.

Comment faire pour annoncer cette triste nouvelle à
nos officiers quand ils se réveilleraient?

Mohammed fut appelé.

Je lui pris cordialement la main et je lui dis :

— Mohammed, si tu m'as jamais aimé, tu vas m'en
donner la preuve.

— Je veux bien.

— Quel est celui d'entre vous qui nous a pris le coq?

— Personne!

— Tu mens!

Mohammed recourut au moyen ordinaire de persua-
sion, en posant gravement sa main sur la barbe de son
menton.

— Vrai, vrai?

— Je le jure!

— Où est-il alors?

— Je ne sais pas.

— Tu vois que le camp est bien entouré; les bêtes
n'ont pu le venir prendre; les Marocains non plus.

22.

— Je le sais.

— Voyons, vas-tu parler !

La colère me montait au visage, et j'allais me fâcher tout rouge contre mon mulâtre, quand du milieu d'un buisson, à trois pas de nos gourbis, un chant enroué nous fit retourner la tête.

Mohammed ouvrit des yeux larges comme le creux de sa main en criant :

— Voilà ! voilà !

C'était en effet le coq de M. Cabasse.

Il paraît que la blessure de la veille n'avait pas été mortelle et que la pauvre bête avait pu descendre de son arbre pour se cacher dans un buisson et échapper à ses bourreaux.

Mais, par habitude, sans doute, le malheureux blessé avait voulu saluer l'aurore en chantant.

Seulement ce chant matinal ressemblait plutôt à un râle d'agonie qu'à une joyeuse chanson.

Quelques heures après, il cuisait en fricassée, et le projet que Trotté avait fourni la veille fut rigoureusement exécuté.

Je ne sais même pas si Michel ne voulut point ajouter quelques menus détails à la proposition de Trotté, pour les soucis que nous avait momentanément causés la disparition du coq.

Ce que je puis dire, c'est que les morceaux étaient bons, et qu'avec l'excellent miel des montagnes, nous fîmes un déjeuner qui marqua dans les fastes de la captivité.

CHAPITRE XVI.

LES NÉGOCIATIONS.

Le 13 août, nous avions quitté Aïn-Zohra pour aller camper à trois lieues de là, dans un endroit appelé Mtaza. Nous trouvâmes dans le voisinage des vestiges de ruines romaines. La vieille civilisation d'Europe avait un jour franchi, comme nous, la Méditerranée, et s'était établie sur ce sol africain, croyant sans doute s'y maintenir à l'abri de fortes murailles ; mais l'ardent soleil de ces latitudes l'en a peu à peu chassée, et le vent des déserts a ramené des flots de sable brûlant sur la ville romaine, comme le fossoyeur recouvre de terre un cadavre dans sa fosse.

Sera-ce la destinée de tous ceux qui mettront le pied sur cette terre inhospitalière ?

Sidi-Kadour se trouvait avec nous au camp, ou du moins y venait presque chaque jour de la deira. Il fraternisait avec nos officiers dans le café d'Hadj-Salem, et ne dédaignait pas de faire quelquefois le généreux avec nous.

Le soir, au lieu de rentrer sous nos gourbis, nous avions l'habitude de flâner autour des tentes, au clair de la lune, à proximité du café d'où nous venaient des aromes tentateurs.

Il nous arriva plusieurs fois d'aller prendre notre

part du café que les kalifas offraient gracieusement à notre état-major.

Après l'aubaine nous allions tourner la meule de nos moulins pour préparer notre farine, afin de pouvoir cuire le lendemain à la première heure.

Je n'ai vu nulle part autant de mendiantes qu'à ce campement de Mtaza. Elles formaient littéralement un cercle perpétuel autour, de nous, et plongeaient silencieusement leurs regards affamés jusque dans nos pauvres gourbis, et attendaient la fin de nos modestes repas pour en dévorer les miettes.

Entre autres je m'en rappelle une toute jeune et admirablement jolie que Bel-Arby, l'ancien prisonnier de Sainte-Marguerite dont j'ai parlé, poursuivait de ses plus ardentes convoitises.

Elle venait s'accroupir auprès de notre four quand nous faisions cuire le pain, et nous partagions souvent avec elle nos maigres rations.

Elle avait l'air d'être si malheureuse !

Puis Bel-Arby arrivait le regard flamboyant, et entraînait la pauvre mendiante vers la fontaine ou sur les roches solitaires.

Cet amour du lion et de la gazelle dura quelques semaines seulement.

Et la mendiante ne revint plus.

Bel-Arby l'avait-il tuée dans les montagnes, ou quelque Marocain jaloux l'avait-il emmenée de l'autre côté des grandes collines pour la soustraire aux caresses du régulier de l'émir?...

Nous n'en sûmes jamais rien.

Un autre souvenir qui m'est resté, c'est que dans ces derniers temps, soit par suite des souffrances que nous endurions, soit pour toute autre cause, notre ménage à quatre se brouillait fréquemment. Il est facile d'expliquer, il est vrai, que pendant de longs mois inoccupés, les quatre soldats prisonniers, toujours en présence les uns des autres, durent se quereller à propos de la première chose venue.

En France, ou en liberté seulement, on se fût battu au sabre ou à coups de poings.

Mais là, les querelles étaient vives, les emportements étaient terribles, les menaces ne se marchandaient pas entre nous.

Seulement ces colères ne duraient pas; nous n'avions qu'à nous regarder pour comprendre ce qu'il y avait d'odieux dans ces querelles de ménage sur la terre de captivité.

Et nous nous jetions dans les bras l'un de l'autre pour nous faire mutuellement pardonner nos feux de langue et nos emportements.

Cela ne nous empêchait pas de nous quereller encore le lendemain, mais on s'embrassait de nouveau et tout était dit.

Les jours, les semaines, les mois, se passaient dans la plus accablante uniformité; l'hiver menaçait de nous retrouver dans le camp, et nos espérances de retour en France, un jour très-vives, s'en allaient en fumée le lendemain.

L'ennui nous rongeait.

Le 3 septembre, une cinquantaine de cavaliers ma-

rocains traversèrent le camp pour aller retrouver l'émir
à la deira. Nous apprîmes le lendemain qu'ils étaient
chargés d'une mission relative aux prisonniers. Mais
nous sûmes en même temps que l'émir s'était prononcé
de la manière la plus absolue, et qu'il avait juré que le
Maroc ne nous reprendrait jamais vivants de ses mains.

C'était son ultimatum, son dernier mot, sa décision
irrévocable.

Abd-el-Kader était d'autant moins disposé à faire des
concessions à notre sujet, que sa cause s'amoindrissait
davantage, et qu'il ne devenait plus qu'un simple partisan traqué par les baïonnettes françaises et suspect
au Maroc. Les beaux jours de son pouvoir de pontife
avaient disparu ; le prestige était tombé, l'enthousiasme
des tribus éteint, et d'une personnalité grandie jusqu'au
surnaturel, il ne restait qu'un soldat vaincu.

Le 11 septembre, un de ses kalifas, Boussif, jugeant
la situation, avait réuni quarante cavaliers de l'émir,
leur avait démontré qu'ils faisaient un métier de dupes,
et s'enfuit avec eux pour aller faire sa soumission aux
autorités françaises.

Puis une vaste et morne solitude s'établit d'elle-
même autour de la smala ; les tribus marocaines, pillées
et maltraitées par les réguliers de l'émir, s'éloignent de
nous ; la misère la plus effroyable s'abat sur le camp ;
après la misère la maladie.

Si du moins nous eussions eu l'espoir que le maréchal consentirait à un échange ! mais rien ! Nous nous
sentions abandonnés des nôtres, à la merci des Arabes
pour lesquels nous devenions un embarras visible.

Dans cette situation, deux de nos officiers soulevèrent sous la tente la question de savoir si, l'occasion s'en présentant, nous ne ferions pas bien de recouvrer notre liberté, en nous échappant des mains des Arabes.

Le désespoir seul donnait un semblant de raison à ce projet.

Le docteur Cabasse démontra la folie d'une pareille détermination. Nous étions pour ainsi dire solidaires les uns des autres; les premiers partis feraient resserrer la chaîne des autres; peut-être même que pour se venger, les Arabes tueraient ceux qui seraient restés. Du moment que la fuite en masse était impossible, on ne devait pas songer à déserter successivement.

Le docteur gagna d'autant plus facilement les prisonniers à son avis, que lui-même avait eu journellement dans ses courses l'occasion de s'échapper, et qu'il ne l'avait jamais fait. Quand il allait au loin visiter les malades, à cheval et armé de son fusil, il lui eût été facile d'acheter le silence de l'Arabe qui l'accompagnait, ou de lui casser la tête pour tirer au large, et gagner soit Melilla, soit nos possessions; mais la crainte de rendre pire la condition de ses compagnons de captivité l'avait toujours retenu.

La question posée fut donc résolue négativement.

Au reste, à la deira on s'occupait de nous activement. Il est à croire qu'à la dernière heure, le maréchal s'était décidé à nous échanger contre des prisonniers arabes, et que l'émir avait été prévenu de sa décision.

Or, Abd-el-Kader dont les affaires n'allaient pas

bien, avait plus besoin d'argent que d'hommes, et fermait l'oreille du côté de Tlemcen, pour l'ouvrir du côté de Melilla, où nous pouvions trouver le prix de notre rédemption.

Une chose curieuse, c'est que le pontife du désert, le saint de l'Afrique, Abd-el-Kader fut, au dernier moment, pris d'un scrupule étrange.

Il ne voulait pas s'abaisser à recevoir en espèces le prix de notre liberté !

Le coup fut monté sous sa tente, entre ses kalifas et lui.

Lui, le saint pontife, ne devait pas paraître dans le tripotage qui allait s'accomplir.

Un serviteur de Sidi-Kadour, le commandant du camp, vint vers la mi-septembre demander à M. de Cognord s'il consentirait à se racheter, lui et les siens, moyennant une somme débattue.

C'était faire un grand pas.

— Combien veut Sidi-Kadour? demanda le colonel.

— Je n'en sais rien. A moi, il me faudra quelque chose.

— Je donnerai vingt mille francs en tout.

— Jure-moi sur ta barbe de ne jamais parler de ces conditions d'argent devant l'émir. Cette question regarde les kalifas qui s'engagent, une fois payés, à demander votre liberté et à l'obtenir d'Abd-el-Kader.

Le krodja revint le lendemain pour rapporter le dernier mot de Sidi-Kadour.

Ce dernier mot, sans marchander, était de soixante mille francs.

Le bon kalifa surfaisait un peu sa marchandise.

M. de Cognord offrit la moitié.

C'était déjà mettre dix mille francs à l'enchère.

Le krodja s'éloigna et ne reparut pas d'une longue semaine.

Ces Arabes sont des juifs en fait de marchés à conclure.

On voulait lasser la patience du colonel et lui arracher la somme demandée.

Cependant, comme il gardait le silence depuis huit jours, et que le prix qu'il offrait était magnifique déjà, le kalifa renvoya son homme.

— Eh bien? fit M. de Cognord.

— Nous aurons du mal à terminer.

— Tant pis. Ton maître est trop exigeant.

— Tu comprends qu'il va être obligé de se déranger, de plaider ta cause devant ses égaux, et que...

— Et qu'il lui faut des honoraires?

— Mille francs; seulement...

— Mille francs soit!

— Seulement, comme j'ai eu la peine de...

— Il te faut aussi tes honoraires?

— Peu de chose, une bagatelle, deux cents francs.

— Tu les auras. Est-ce tout?

— Pardon, il y a le chef du poste qui vous garde...

— Il lui faut?

— Une misère... cinquante francs.

— Vous aurez en tout vos trente et un mille deux cent cinquante francs; va le dire à ton maître.

— Ça ira bien! fit l'Arabe en s'éloignant tout joyeux.

Il n'avait pas fait dix mètres qu'il revint sur ses pas.

— Sidi-Kadour-ben-Allel t'avertit que Hadj-Habib te
demandera davantage. Tiens bon! dit-il mystérieusement au colonel.

Le premier ou le deux d'octobre, le camp fut changé
de place et établi dans une forêt.

Qui sait? c'était peut-être un stratagème pour aug-
menter la rançon des prisonniers.

Le krodja de Sidi-Kadour-ben-Allel resta six ou huit
jours sans reparaître.

Il revint enfin.

— Tu peux écrire au gouverneur de Melilla, dit-il
au colonel, pour avoir de lui le prix convenu.

— Les trente mille francs?

— Il y avait plus...

— Je possède les douze cent cinquante francs de
pourboire... je me contenterai de demander trente
mille francs.

— Ah!... un mot, si tu veux... Nous avons parlé de
douros.

— Oui, six mille douros, trente mille francs.

— Permets : tu sais qu'il y a deux espèces de douros..

— Oui, l'un de cinq francs, l'autre de cinq francs
huit sous.

— Tu es sage, tu es instruit!

— Eh bien?

— Tu donneras six mille douros de cinq francs huit
sous.

— Comment? comment?

— C'est l'ordre!

— Trente-trois mille francs?

— Pas un sou de moins.

— C'est bon, j'écris à Melilla.

— Pardon, colonel; une chose!...

M. de Cognord, malgré l'admirable placidité de son caractère, n'était plus maître de lui.

— Je n'accepterai plus de nouvelles exigences, dit-il.

— Tu comprends pourtant que, si l'argent est pour les kalifas, il faut quelque chose pour l'émir...

— Abd-el-Kader veut aussi son écu?

— Abd-el-Kader veut un certificat.

— De bonne vie et mœurs?

— Qui lui serve de garantie contre les accusations. Tu affirmeras que vous avez été dignement et noblement traités chez l'émir.

— Sais-tu comment cela s'appelle?

— Quoi?

— Ce certificat.

— Non.

— Eh bien, chez les gens honnêtes, cela se nomme un certificat de complaisance, un mensonge.

— Il le faut pourtant.

— Après tout, colonel, dit M. Barbut, si l'émir y tient absolument, qui nous empêche de lui laisser cette pièce?

— Qui la fera?

— Moi !

— Prenez la plume alors.

— Permets, dit le krodja s'adressant à Barbut; tu vas écrire, mais c'est moi qui dicte.

— Je t'attends.

Barbut, qui était une excellente plume, écrivit de sa

plus belle écriture, et sous la dictée du krodja, la curieuse pièce suivante, que l'émir a eu l'effronterie d'opposer à ses accusateurs :

« J'ai été bien traité pendant que j'ai été prisonnier d'Abd-el-Kader; j'ai reçu pour nourriture du blé, du sucre, du café, de la viande, du beurre et des oignons. Je n'ai été ni insulté ni frappé. Nous avons écrit une fois, de la part du kalifa Bou-Hamedi, pour l'échange des prisonniers, lorsque Abd-el-Kader était dans le désert. La réponse de M. le maréchal ne nous est point parvenue. Lorsque nos hommes ont été tués, nous en avons demandé le motif; on nous a répondu que c'était parce que les Marocains voulaient les prendre de force. Abd-el-Kader nous renvoie à Melilla, sans échange, et sans nous avoir demandé personnellement de l'argent. »

— Après? dit Barbut.

— C'est tout.

— Une fameuse pièce!

— Mets la date et signe.

— Le 6 octobre 1846; Barbut. Voilà.

— Maintenant, demandez au gouverneur de Melilla la somme convenue. Un Arabe se chargera de porter ta lettre.

Le colonel écrivit, sans désemparer, pour faire part au gouverneur du marché conclu, le priant de mettre à sa disposition les six mille douros, prix de notre rançon, pour lesquels tous les prisonniers se portaient garants.

Trente-trois mille francs! c'était difficile à trouver dans une pauvre petite ville comme Melilla !

Soit qu'il n'eût pas cette somme sous la main, soit qu'il ne trouvât pas la caution suffisamment bonne, le gouverneur, don Demetrio, — un nom que je dois bénir! — fit partir, sans délai, une balancelle pour Oran. L'officier qui la montait était chargé de demander la somme au général Lamoricière.

Par un hasard fatal, le général Lamoricière, qui ne nous avait jamais perdus de vue, se trouvait absent de la ville quand l'officier de Melilla se présenta pour le voir.

Mais à sa place il y avait le général d'Arbouville, un autre brave cœur, auquel s'adressa l'envoyé de don Demetrio.

— J'ai tout lieu de croire que l'affaire n'aboutira pas, dit le général d'Arbouville, et que les Arabes veulent tout bonnement avoir un peu d'argent gratis; mais, comme il y va de l'intérêt des prisonniers, il n'y a pas à balancer. L'argent n'est rien, la vie des hommes est tout. Attendez un quart d'heure; dans un quart d'heure vous repartirez avec la somme et un officier chargé de suivre cette affaire.

Le général courut chez le payeur et demanda quarante mille francs pour racheter les prisonniers.

— Le cas n'a pas été prévu, général, objecta le payeur.

— Je le sais bien.

— Je n'ai pas le droit de vous donner un sou pour cette affaire.

23.

— Mais ce n'est pas une affaire première venue, cela; on ne trouve pas tous les jours l'occasion de sauver la vie de onze personnes.

— Permettez-moi de vous rappeler, général, que je n'ai pas été placé à Oran précisément pour faire de la chevalerie, mais bien de la comptabilité.

— Mais, cette somme, si je l'avais je ne serais pas venu vous la demander. On vous la rendra comme on me l'eût rendue.

— Qui?

— Parbleu, le colonel.

— Est-il solvable?

— Et moi, le suis-je?

— Général, tenez, j'en suis désolé; mais les règlements s'opposent à ce que je me laisse tenter. Je ne puis donner un sou. Je suis comptable de l'État, et j'ai mon devoir qui m'oblige.

— Maintenant, c'est pour moi, c'est contre ma signature que je vous demande la somme.

— Avez-vous un mandat régulièrement ordonnancé? je payerai sur l'heure.

— Alors, s'il en est ainsi, dit le général, nous allons raisonner d'une autre manière.

Puis, tirant sa montre de son gousset, il ajouta d'une voix brève et sèche :

— Monsieur le payeur, si dans cinq minutes vous ne m'avez pas compté les quarante mille francs, je cours au premier poste, je prends quatre hommes et un caporal, je reviens chez vous et je fais forcer la caisse.

Comprenant, au ton de ces paroles, que le général

exécuterait rigoureusement sa menace, le payeur n'osa même plus protester : il ouvrit sa caisse et en retira la somme demandée.

Un lieutenant de vaisseau, M. Durande, reçut du général les quarante mille francs, avec ordre de ne point ménager l'argent pour mener l'affaire à bien, et se mit en route pour Melilla.

Vers la fin d'octobre, M. de Cognord fut avisé par don Demetrio que la somme était prête.

Trois nouvelles semaines — trois siècles! — sont employées à de nouvelles négociations.

Un jour, il était décidé que nous partirions, le lendemain surgissait un empêchement.

Des chefs disaient oui, d'autres chefs disaient non.

Malgré le profond respect qu'on doit aux grandeurs de ce monde, surtout aux grandeurs tombées, je dois dire qu'Abd-el-Kader joua dans ces circonstances la plus ignoble comédie.

Ses lieutenants nous recommandaient sans cesse de ne jamais parler devant lui des conditions pécuniaires de notre rédemption; lui, l'émir, voulait nous convertir à sa religion, nous faire prendre du service dans les rangs de son armée, et encore autre chose.

Puis il parlait du ciel.

Cependant nous étions à peu près sûrs que l'argument le plus invincible qui militait en notre faveur était les douros de don Demetrio, de Melilla.

Les Arabes se faisaient tirer l'oreille; mais, à coup sûr, ils finiraient par nous troquer contre des douros.

Pourtant il paraît que le conseil des kalifas était très-

agité; de vieilles barbes voulaient nous retenir en per-
pétuels otages, d'autres voulaient avant tout que la
France rendît les prisonniers arabes, d'autres allé-
guaient d'autres raisons.

Et les journées s'écoulaient toujours.

Craignant que nous n'eussions pas été officiellement
prévenus qu'il avait entre ses mains le prix de notre
rançon, le colonel Demetrio nous envoya, le 15 novembre, un espion chargé de nous dire que l'argent était
prêt, et de nous demander s'il devait compter encore
sur la réussite de cette affaire, au succès de laquelle il
n'osait plus croire.

L'espion, pour remettre sa lettre plus facilement,
avait demandé le thebib. Le docteur crut qu'en sa qualité de médecin, il pouvait répondre au colonel espagnol. Les autres officiers lui objectèrent vainement
qu'il allait compromettre les négociations entamées,
qui paraissaient marcher assez bien.

M. Cabasse avait une idée qu'il croyait bonne, et y
tint.

Quand la lettre eut été furtivement lue entre les officiers, sous le gourbi, le docteur retourna près du messager, qui causait avec nos gardiens.

— Tu viens me consulter pour une maladie? demanda-t-il en faisant un signe que l'espion saisit au passage.

— Oui, je suis malade.

— Tu en as grandement l'air en effet.

Après ce préambule, qui endormit les soupçons de
nos gardiens dans la plus entière confiance, M. Cabasse
interrogea son homme, lui tâta le pouls, le retourna

dans tous les sens, et déclara que la maladie, sans être mortelle, demandait à être menée vigoureusement.

— Tu viens de manger sans doute?

— Il n'y a qu'un instant.

— Diable!... Est-ce que tu repars?

— Je puis attendre un peu.

— Alors c'est bien; attends que la digestion se fasse; ce que j'ai à te donner te ferait mal en ce moment. Tu reviendras dans deux heures et ta médecine sera prête.

Le docteur rentra dans le gourbi et prépara la médecine annoncée, qui n'était autre chose que le billet suivant, adressé au colonel Demetrio :

« Votre lettre nous a causé le plus grand plaisir, seulement elle aurait dû être remise au chef du camp; prévenez-le, et conservez par devers vous la somme demandée. Nous espérons, d'ici peu, pouvoir vous remercier de tout ce que vous avez fait pour nous, et vous témoigner l'expression de notre profonde reconnaissance. »

Un peu avant le temps voulu, le docteur appela son prétendu malade, qui arriva entouré de cinq ou six Arabes.

— Tu n'es pas bien, mon garçon, dit-il; non-seulement tu vas m'avaler présentement cette médecine, mais encore tu prendras cette poudre demain dans la matinée.

Et il lui présenta un verre d'eau sucrée.

L'espion tendit la main sans laisser arriver trace d'émotion sur sa figure, et vida le verre d'un trait.

— Bon! bon! dit-il en rendant le verre.

— Et cette poudre, dans quoi vas-tu la mettre?

— Je ne sais...

— Attends, fit le docteur, j'ai justement là un chiffon de papier pour l'envelopper.

Et du billet au colonel il fit un cornet dans lequel il jeta un peu de sucre en poudre mélangé de réglisse.

— Ceci te guérira parfaitement, dit-il.

Les yeux du docteur et ceux de l'espion se rencontrèrent dans un rapide regard d'intelligence.

Ils s'étaient compris.

Le brave messager, qui avait tout bonnement couru le risque d'être fusillé sur place ou décapité, ne sourcilla point, remercia le docteur, salua nos gardiens, et se retira sans trop d'empressement.

Un même soupir s'échappa longuement, bruyamment, de nos poitrines, quand l'espion eut disparu.

Pendant les quelques minutes qu'avait duré cette scène, nous avions retenu notre souffle dans une angoisse inexprimable.

Le colonel Demetrio reçut le billet, et agit en conséquence.

M. de Cognord fut appelé sous la tente d'Abd-el-Kader, qui lui annonça que le jour de notre liberté était venu, et que nous allions être remis au gouverneur de Melilla.

Un nommé Emmanuel Martin, chasseur au 2e bataillon d'Afrique, déserteur depuis 1840, servait d'interprète.

Il ne fut pas dit un mot de la rançon; l'émir joua la comédie avec un imperturbable sang-froid.

Malgré la bonne nouvelle donnée par Abd-el-Kader,

nous passâmes encore quelques jours sans entendre parler de rien.

Enfin, le 18 ou le 19 novembre, Hadj-Habib vint annoncer au colonel que le départ tant désiré allait s'effectuer.

Depuis une heure, je savais la nouvelle par mon mulâtre Mohammed.

L'homme aux écus, le krodja de Sidi-Kadour-ben-Allel apparut après Hadj-Habib.

— Je viens, colonel, pour...

— Ah! oui, ton argent....

— Mon maître Sidi-Kadour-ben-Allel m'envoie à toi pour cela.

— Dis-lui que je vais lui remettre les mille francs convenus.

— Bien!

Et Mohammed le krodja ne sortait pas.

— Tu attends quelque chose?

— Une misère... mes deux cents francs!

— Voilà! Va prévenir Sidi-Kadour-ben-Allel.

Et Mohammed restait toujours.

— Est-ce que tu n'as pas ton compte?

— Cinquante francs pour le gardien!

— Excuse-moi donc, je n'y pensais plus. C'est bien tout?

— C'est tout!

J'étais en ce moment auprès de M. de Cognord, et j'aurais volontiers cassé la tête du krodja.

Figurez-vous que cet Arabe venait de s'asseoir dans

un coin du gourbi, et comptait avec une lenteur irritante les pièces qu'on venait de lui remettre.

Je consens à perdre ma part du paradis de Mahomet s'il ne mit pas deux grandes heures à compter sa monnaie !

Ah ! les pauvres banquiers que ces Arabes !

Une raison bien grave avait mis en deuil la petite colonie captive.

Le lieutenant Hillerain était tombé malade, et la dyssenterie dont il souffrait, d'abord sans gravité, prit bien vite un caractère alarmant.

Mon camarade Michel, attaché à son service comme je l'étais à celui du colonel, pleurait comme un enfant en nous racontant ce que souffrait son pauvre lieutenant et en affirmant qu'il aurait peine à gagner la France.

C'était un brave et noble cœur que Michel.

Quand, le 22 novembre au soir, on vint nous annoncer officiellement notre départ pour le lendemain, le pauvre malade souleva lentement sa tête sur sa couche d'herbes et la tourna douloureusement.

L'espoir s'était envolé de son cœur.

Juliette nous avait amené la vieille Thérèse Gilles, et montré une pièce d'or que lui avait donnée le docteur Cabasse, comme un bon souvenir d'amitié.

Thérèse Gilles, vieille et ridée, avait obtenu de rentrer dans sa patrie; Juliette, la femme splendide, la gracieuse Européenne, restait à la deira pour embellir cette société farouche des guerriers du désert.

Comme elle pleurait, comme elle se lamentait, la pauvre belle Marseillaise !

Deux ruisseaux de larmes sillonnaient son visage, et elle nous tendait ses petites mains, et elle nous serrait tour à tour dans ses bras nus et nous couvrait de ses baisers d'adieu.

Pauvre, pauvre Juliette, qu'est-elle devenue?

CHAPITRE XVII.

LA LIBERTÉ!

Le 23 novembre, à deux heures du matin, le tambour arabe réveilla le camp.

C'était le signal du départ!...

Avant de quitter notre forêt d'Aïn-Zohra, je m'arrête un moment pour regarder en arrière.

Depuis le 23 septembre 1845, c'est-à-dire depuis quatre cent vingt-cinq jours, nous étions prisonniers de guerre.

Pendant cette longue et douloureuse captivité, nous avions perdu un grand nombre de nos camarades par suite de leurs blessures ou de maladies contractées en chemin.

Deux cent cinquante-trois des nôtres avaient été impitoyablement massacrés.

Nous-mêmes nous avions été maltraités, bâtonnés, soumis au régime le plus dur, menacés cent fois du sort de nos frères de la Malouïa.

24

Malgré tout cela, peut-être même à cause de tout cela, nous fussions partis joyeusement, si le pauvre lieutenant Hillerain n'eût pas été si malade.

Abd-el-Kader, qui pressentait déjà les sévérités de l'histoire en songeant au massacre du 24 avril, s'était montré généreux à notre départ; il avait envoyé trois burnous au colonel avec une magnifique jument qu'il le priait d'accepter en mémoire de lui...

Ah! mon général... vous en aviez assez de ces souvenirs d'Abd-el-Kader!

La colonne chargée de nous reconduire jusqu'en vue de Melilla était forte d'une centaine de cavaliers et du double de fantassins.

C'était presque un triomphe.

Les enseignes volaient au vent, les tambours battaient, les clairons jetaient aux échos des grands bois leurs notes retentissantes, et, ce qui valait mieux encore, c'est que les Arabes de la colonne nous traitaient en frères.

Sidi-Kadour commandait la colonne.

Nos officiers étaient à cheval.

M. Hillerain, le pauvre malade, était couché sur un chameau et semblait être insensible à la joie qui nous montait à la tête en bouffées enivrantes.

Nous quatre, simples soldats, nous suivions à pied.

Quant à Thérèse Gilles, la pauvre vieille était je ne sais où, dans les pieds des chevaux, entre les rangs des fantassins, poussée par celui-ci, apostrophée par celui-là, entraînée par le mouvement de la colonne et se déchirant les pieds aux cailloux du chemin.

Castor, le fidèle compagnon de captivité, paraissait avoir conscience de notre bonheur. Il courait en avant, revenait sur ses pas comme pour activer notre marche, jappait joyeusement et faisait aux Arabes des politesses inaccoutumées. Lui qui avait horreur des mollets nus et des burnous flottants, il caressait également tout le monde, menant à lui seul plus de bruit que la colonne entière.

Au moment où du fond des solitudes silencieuses montaient les premières lueurs de l'aube, nous pûmes signaler sur notre flanc gauche une cavalcade fantastique qui passait ventre à terre, comme un rêve des nuits fiévreuses.

C'était Abd-el-Kader avec ses kalifas qui venait contempler le souvenir vivant de son dernier triomphe et dire adieu à sa fortune, car, à son tour, il ne devait pas tarder à tomber entre nos mains.

La vision disparut dans la pénombre, comme la dernière menace du pontife.

Surpris dans ses élans joyeux par cette apparition d'ombres, Castor se tint en arrêt; puis, comme s'il eût reconnu l'émir, il fit quelques pas en avant, et aboya résolûment.

C'était son adieu à notre bourreau!

Dans cette joie du retour la Providence nous envoyait une douleur poignante, celle de voir les atroces souffrances de M. Hillerain.

Sa plainte monotone, incessante, nous déchirait l'âme et sonnait à nos oreilles comme le glas d'un trépassé.

Comme il demandait à Dieu, dans cette douloureuse

agonie, de revoir sa mère, sa pauvre mère qui l'attendait, lui, l'unique débris d'une nombreuse famille!

Sa mère! il l'appelait sur tous les tons de la tendresse, avec des déchirements dans la voix, avec des égarements dans les yeux, avec des tressaillements qui nous arrachaient des larmes.

Il racontait par avance les désespoirs sombres, le deuil profond, les déchirantes tristesses de cette pauvre mère, qui redemanderait son dernier fils à la Providence, et qui devait vieillir dans la solitude de ses douleurs, sans avoir sous les yeux un seul de ses enfants qu'elle avait tant aimés.

Les autres étaient tombés à leur poste d'honneur, et le dernier se sentait mourir.

Si la douleur lui faisait trève un moment, il appelait Michel et lui prenait les mains, puis il lui disait de cette voix solennelle que donne la mort prochaine:

— Ami, ami, tu iras revoir ma mère à la Rochelle, promets-le-moi!

Michel pleurait avec son lieutenant, et serrait dans sa main ses mains glacées.

Il lui promettait de longs jours encore, du bonheur dans sa famille, un avenir magnifique.

Alors Hillerain souriait d'un sourire navrant.

— Tu iras... seul, voir ma mère, tu lui diras que je suis mort en pensant à elle... Oh! tu la reconnaîtras bien... Aucune femme dans la ville ne portera si grande douleur... Tu la reconnaîtras à son désespoir... Mon Dieu! mon Dieu! laissez-moi voir ma mère!

Le malade ressemblait à un squelette allongé sur le

palanquin d'un chameau. On ne pouvait le regarder sans
être pris d'une douloureuse compassion.

A la première halte, sur les neuf heures du matin,
Michel aperçut du sang sur le palanquin.

— Vois donc! fit le malade, il me semble que le dessous de la tête me fait bien mal...

Horreur! un morceau de bois, une sorte de cheville
du palanquin se trouvait juste sous la tête du malade et
y avait ouvert un trou à y mettre le pouce.

Michel banda la plaie et profita du peu d'eau que
nous avions sous la main pour laver les vêtements
souillés de son cher malade.

Puis on se remit en route.

Autant que cela lui fut possible, Michel ralentit la
marche du chameau, au risque de se laisser devancer
par la colonne.

Les chemins étaient affreux, les ravins rendaient la
marche saccadée du chameau très-pénible pour le malade.

Vous figurez-vous le désespoir du brave Michel resté
en arrière de la colonne de plus d'une lieue et demie,
seul avec le moribond dans ces montagnes où le pied de
l'homme n'a pas laissé sa trace?

Ils n'arrivèrent qu'une grande heure après nous à la
halte du soir.

Je prêtai mon concours à Michel pour soigner le lieutenant, que les officiers visitèrent avant de s'endormir, et
à qui M. de Cognord essaya, mais vainement, de rendre
un peu d'espoir.

Le lieutenant s'étendit sur un lit d'herbes que j'avais

24.

fait à la hâte, et Michel, brisé de fatigue, se coucha à côté de lui.

Le malade avait froid, Michel lui mit la main dans les siennes pour les réchauffer et s'endormit en entendant le moribond appeler sa mère, comme il avait fait tout le jour.

Le camp reposait complétement, sauf quelques chevaux qui broutaient l'herbe.

Après quelques heures de repos, Michel réveillé par une sensation de froid glacial, se retourna sur sa couche d'herbes et vit le malade dans la plus complète immobilité...

Puis il essaya de retirer sa main des deux mains qui la retenaient.

Sa main était enfermée comme dans un étau de glace.

Il fit un effort... les mains résistèrent.

Il appela le malade par tous les doux noms que l'amitié met aux lèvres dans ces heures suprêmes.

Le lieutenant ne répondit pas...

Alors, dans son désespoir, le brave soldat se lève à demi, embrasse la figure de son malade...

Le malade était froid et rigide...

Il était mort depuis plus de deux heures!

Un grand cri de Michel réveilla le camp.

M. de Cognord et nous tous, nous entourâmes le lit du mort.

Michel était là debout, la tête basse, l'air égaré... son doigt nous montrait le cadavre du cher regretté.

Des larmes coulaient de tous les yeux.

— Mon Dieu! s'écria M. de Cognord, à la veille de

retrouver la santé dans la liberté!.... pauvre jeune homme!

— Mon colonel, dit Michel dans son égarement, il ne restera pas ici! Les Arabes me permettront de l'emporter en Espagne.

— Je vais le demander, mon ami!

Sidi-Kadour-ben-Allel fut sourd à toutes les prières du colonel, et ne voulut point enlever à la terre du Prophète la dépouille qu'elle attendait.

Terre bien sacrée et bien bénie, ma foi! que celle qui se laisse déchirer par les ongles des hyènes et des chacals, et qui ne sait pas conserver les chères dépouilles qu'on lui confie!

En présence d'un pareil refus, il n'y avait plus qu'une chose à faire : creuser la fosse la plus profonde possible et y coucher le corps du pauvre officier.

Ne l'avais-je pas bien dit? Cette pioche qui ne m'avait jamais quitté ne devait-elle pas servir à donner la sépulture à ceux de nous qui tomberaient en route?...

Je descendis au fond du ravin, éclairé par une échappée de lune, et là, avec Michel, je me pris à ouvrir la fosse.

Grâce à ce rayon de lune, nous pouvions à peu près voir ce que nous faisions...

La terre était dure; la pioche faisait jaillir des milliers d'étincelles, et le froid était saisissant.

Il n'y avait pas une minute à perdre : la colonne ne tarderait pas à se remettre en route, et nous voulions donner à l'officier une sépulture qui pût le mettre à l'abri des bêtes féroces.

Malgré le froid, nous étions couverts de sueur, et la pioche passait de l'un à l'autre sans un moment de relâche.

Ce pauvre Michel travaillait de rage; ses pleurs mouillaient la terre qu'il enlevait avec ses mains derrière moi.

Enfin la fosse atteignit à peu près la profondeur de quatre pieds, et nous allâmes chercher le cadavre pour l'y déposer.

Avant de jeter de l'herbe sur cette chère dépouille, nous nous agenouillâmes au bord de la fosse, et Dieu entendit la prière qui sortit de notre cœur.

Une fois la fosse refermée, nous cherchâmes dans le voisinage de grosses pierres pour la recouvrir.

Je me souviens encore qu'il nous fallut arracher un petit arbre pour soulever quelques blocs que nous roulâmes sur la terre fraîchement remuée de la fosse.

Les bêtes fauves ont-elles respecté ce rustique mausolée du dévouement?...

Nous rejoignîmes la colonne qui partait.

Après M. Hillerain, j'avais bien peur d'être obligé d'enterrer Michel. Le pauvre militaire, comme détendu par sa solitude, et n'ayant plus à se contenir, pleurait et se laissait aller au désespoir.

Il ne voulait pas survivre à son lieutenant.

Les Arabes eux-mêmes, le voyant si faible et prenant pitié de sa douleur, le firent monter à cheval.

On marcha tout ce jour du 24 novembre et l'on campa le soir sur le bord d'un cours d'eau dont j'ai oublié le nom.

Ce fut de là que M. de Cognord fit savoir au gouverneur de Melilla, par un courrier pris dans la colonne, que les prisonniers approchaient, et que, dès qu'ils seraient en vue, ils signaleraient leur présence par un grand feu.

A ce signal, il devrait nous envoyer un bateau pour nous prendre et les sacs d'argent pour nous racheter.

En dévorant un mouton que le généreux Sidi-Kadour-ben-Allel nous donna pour souper, nous fûmes entourés d'une foule de pauvres diables d'Arabes qui, accourus de tous côtés sur nos traces comme des chiens affamés, ramassaient les os de nos parts et ce que nous dédaignions de manger.

Le lendemain, la route au moins nous montra quelques traces de civilisation.

Elle était bordée de jardins en carrés et verdoyants.

Des pastèques, des citrouilles, des carottes, des oignons et quelques autres légumes faisaient les frais de cette culture primitive, mais bien agréable à nos yeux fatigués des longues solitudes et des terrains nus.

Puis nous fûmes barrés par un lac d'eau salée.

Des bancs de sel comme d'immenses bourrelets, couraient le long de ce lac dont les eaux ont une densité telle qu'on eût dit une nappe de graisse passant à l'état solide.

Le sous-adjudant Thomas, qui marchait en ce moment à pied avec Metz, Michel, Trotté et moi, fut obligé de faire comme nous, en s'engageant résolûment dans les eaux du lac.

Un bon Arabe avait pris Thérèse en croupe.

Ces eaux sont des infiltrations de la mer ou des vagues que les hautes marées ont jetées par-dessus les digues, comme cela se voit sur toutes les côtes méditerranéennes ; la profondeur de ces lacs salés n'est point uniforme, et en certains endroits le sable reparaît à fleur d'eau.

Par prudence nous suivîmes une de ces langues de sable à peine submergées et nous touchâmes un plateau vers le milieu duquel est un puits d'eau douce si profond qu'on y descend par neuf degrés de pierre.

Ce fut pour nous un bienfait que cette rencontre.

Pendant ce temps-là, M. Thomas qui, en sa qualité de sous-officier, ne pouvait décemment suivre le chemin de simples troubades, avait coupé au plus court et s'était enfoncé dans la vase jusqu'aux aisselles.

Il peut remercier Dieu de n'avoir pas fait naufrage en vue du port, car, en vérité, il a fallu un miracle pour le retirer de là.

— Melilla ! Melilla !

Tel fut le cri des captifs en apercevant le rocher sur le haut duquel se dentelaient les murailles de la petite ville espagnole.

Après cette traversée quelque peu dangereuse, nous prenons pied sur la presqu'île et nous dominons la mer.

Je renonce à décrire la joie des prisonniers en signalant au loin la chaloupe qui leur apporte le salut et la liberté !...

Ces sensations se traduisent mal.

En de pareils moments, la raison ne tient plus qu'à un fil.

Nous sommes en face de Melilla ; la barque se balance en attendant sa charge d'hommes, un officier espagnol est descendu à terre pour nous embrasser avant tous les autres.

On s'est nécessairement débandé. Les plus impatients et les plus valides d'entre nous essayent de prendre les devants, et Hadj-Habib ne nous retient qu'à peine dans les rangs menaçants de la colonne.

Ce qu'il lui faut à lui, c'est le sac aux douros.

Tout à coup un autre Espagnol saute de la chaloupe en pleine mer et arrive de notre côté en nageant vigoureusement.

Cet Espagnol... c'est un compatriote déguisé, c'est l'envoyé du général d'Arbouville qui apporte le prix de notre rédemption.

C'est M. Durande.

Pour ne point entraver les négociations, on avait été obligé de recourir à ce déguisement et de laisser croire aux Arabes que nos généraux n'étaient pour rien dans notre rédemption ; autrement les choses n'eussent point abouti, et jusqu'à la dernière heure on nous eût surfaits à nos compatriotes.

L'Espagne n'est pas riche, elle, mais la France est si généreuse dans les questions d'humanité surtout !...

Pendant ce temps-là, M. Marin et un Arabe montent sur la barque qui a amené l'Espagnol don Louis de Capa, et se rendent à bord de la chaloupe pour se faire remettre les trente-trois mille francs.

Ce damné Arabe n'en finit pas.

Comme le krodja de Sidi-Kadour-ben-Allel, il met au moins deux heures à compter son trésor.

Et, cependant, un grand mouvement a lieu sur le rivage; M. de Cognord s'est entretenu avec M. Durande; Hadj-Habib, méfiant comme un Arabe, craint un piége de la part du bateau, qui montre des gueules de canon.

Il a peur que les Espagnols ne payent notre rançon avec de la mitraille.

Alors, il fait faire demi-tour et ordonne un mouvement de recul.

Trois fois malheur!... est-ce que nous reprenons le chemin de la captivité?...

— Ne crains rien! vint me dire le mulâtre Mohammed en me serrant furtivement la main.

Le pauvre garçon ne me quittait pas plus que mon ombre. Un profond chagrin se lisait sur sa bonne figure.

Enfin la barque revient, les douros passent aux mains des Arabes, et le cri : En route! en route! retentit.

Dans ma folle joie, pardon, mon cher mulâtre, cela seul pouvait m'empêcher de penser à toi, dans ma folle joie, je vais oublier Mohammed, qui me suit comme un chien fidèle jusqu'à la barque et m'arrête au moment où je vais m'y jeter.

— Testard! fit sa voix qui pleurait, adieu!

Et ses bras m'étreignent avec violence, ses lèvres brûlantes se posent vingt fois sur ma figure; ses larmes m'inondent.

— Va! répète-t-il, va, mon Testard... sois heureux... et songe à moi... adieu!

Je me précipite avec mes camarades sur la barque, en saluant une dernière fois du regard ce bon et fidèle ami que j'ai laissé au désert.

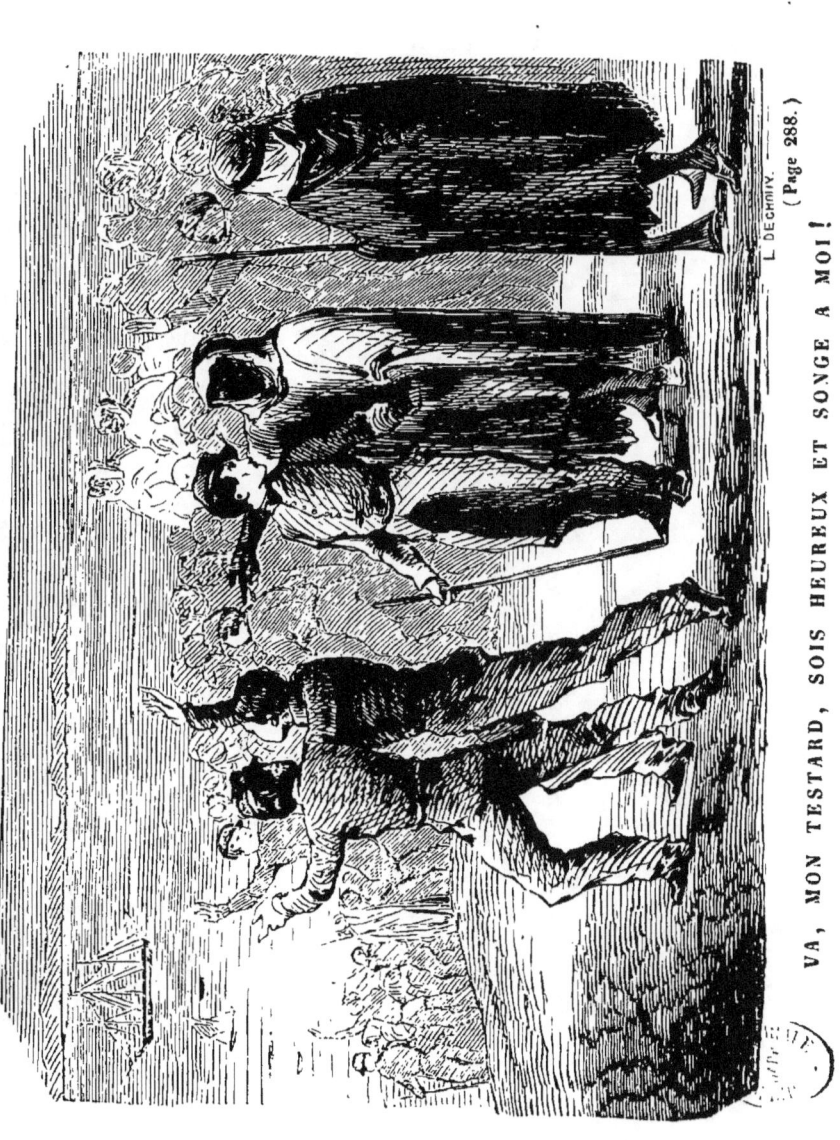

L. DECHAIX.

(Page 288.)

VA, MON TESTARD, SOIS HEUREUX ET SONGE A MOI!

Lui aussi, qu'est-il devenu?...

Hélas! dans la vie, c'est la question douloureuse que le cœur se fait à chaque pas!

Nous abordons la chaloupe qui fait feu de ses deux caronades, et les Arabes répondent à ce salut par une décharge joyeuse de tous leurs fusils.

Nous reprenions possession de nous-mêmes.

Jamais navire ne vit scène pareille.

On saute, on crie, on s'embrasse, on chante sur tous les tons, on pleure de joie, on se mange de caresses folles.

Pour ma part, j'aurais embrassé, sans désemparer, les quatorze millions d'habitants de l'Espagne et encore les cinq millions du Portugal, s'il l'eût fallu.

C'est par un miracle de mémoire que je me souviens des moindres détails de cette journée, car la joie m'avait rendu fou.

Après trois heures de traversée, nous abordâmes les quais de Melilla, au milieu d'une population en fête qui saluait notre retour par de chaleureuses acclamations.

Là, on recommença les embrassades.

Mais, comme la grande folle joie commençait à perdre de sa force, je me rappelle bien que c'est surtout aux femmes que je tentais de rendre ces politesses.

Il me semblait, en les pressant sur mon cœur, sentir battre le cœur de ma mère!

Nous descendions au nombre de onze, comme toujours; la mort nous avait pris M. Hillerain, mais la misère nous avait rendu Thérèse Gilles.

La pauvre vieille essayait de se faire petite pour n'em-

25

barrasser personne et nous suivait comme un caniche.

En notre honneur, la garnison avait pris les armes et formait haie depuis le port jusqu'au gouvernement.

Le gouverneur, don Demetrio Maria di Benito, avait amené sa femme et ses deux filles pour nous recevoir au port.

Au moment où le colonel espagnol ouvrit les bras pour serrer sur sa poitrine le colonel français, la garnison présenta les armes, les tambours battirent aux champs, l'artillerie des forts détonna, et les joyeuses voix des cloches planèrent sur cette fête du retour. La lune éclairait, douce et calme, cette scène émouvante.

Le colonel espagnol essaye de nous féliciter, mais sa voix est étouffée par ses larmes, et de ses bras nous passons dans les bras de la foule.

Hommes, femmes, enfants, tout le monde se jette sur nous en poussant des cris d'allégresse et en nous inondant de larmes de joie.

Une pareille heure dans la vie fait époque.

CHAPITRE XVIII.

MELILLA.

Notre marche vers le palais du gouverneur fut un véritable triomphe; nous étions dans la salle du festin que les acclamations de la foule retentissaient encore.

Ah! ce festin, après plus de quatorze mois de captivité, comme c'était beau!

Quelle belle, quelle gracieuse hospitalité!

Nous ne pouvions manger, nous croyions rêver. Ces lumières, ces tables somptueuses, ces mets de toutes sortes... c'était une hallucination...

Tant de choses après le dénûment!

Comme pour ne pas laisser perdre une bouffée de ce bonheur inespéré, les portes de la salle sont rigoureusement fermées aux domestiques de la maison.

C'est madame Demetrio et ses deux filles qui nous servent comme les majestés du malheur...

Moi qui, pendant la captivité, aurais mangé l'herbe des champs, et qui avais constamment souffert de la faim, je ne me sentais plus d'appétit; je ne songeais point à manger; aucun des mets servis ne me tentait. J'étais en proie à une sorte de délire qui m'ôtait la réflexion; mes yeux pleuraient d'eux-mêmes, et mes bras s'ouvraient pour embrasser toujours et passer ma joie, qui débordait, sur quelqu'un ou sur quelque chose.

Quel beau coup d'œil devait avoir cette salle de festin!

Nous étions bien les majestés du malheur et de la misère, car nos habits étaient des haillons; nos têtes, avec leur chevelure désordonnée, avaient quelque chose de fantastique; nos barbes arrivaient de la captivité dans leur abondance vierge, et le soleil de l'Afrique avait jeté sur le tout cette teinte grise de pierre à chaux qui donne aux montagnes une physionomie si morne.

Au dessert, ce fut la plus jeune des deux filles du gouverneur qui servit les simples soldats.

Il y a une vieille mode bien touchante dans ce beau pays d'Espagne.

La belle jeune enfant nous servit des dragées au dessert. Mais cela ne se fait pas comme en France, en mettant banalement le plat de friandises sous le nez du convive, ou le faisant passer à la ronde autour de la table. Elle prenait dans ses petits doigts une dragée qu'elle cassait en deux sous sa dent, et elle présentait aux convives ces fragments tièdes de son attouchement et humides de son haleine.

Ah! je vous le jure sur mon âme! quand on ne revient pas de captivité, qu'on se porte bien, qu'on est jeune, amoureux, et qu'une femme aimée vous offre ainsi le dessert, on devrait pouvoir manger des dragées ou des amandes jusqu'à parfaite indigestion.

Étonnez-vous donc, après cela, que les Espagnols soient si amoureux!

Les toasts défilèrent l'un après l'autre, et, si je m'en souviens bien, on but à la santé de tout le monde, depuis le roi Louis-Philippe et la reine d'Espagne jusqu'au dernier des mousses de la chaloupe qui nous avait amenés.

Minuit sépara les convives.

M. de Cognord resta au palais du gouverneur pour y passer la nuit.

Quant à nous, les hauts fonctionnaires nous emmenèrent deux par deux, ici et là-bas.

On se disputait les rachetés.

Michel et moi, nous fûmes emportés de haute lutte par le commandant de place, qui nous fit faire un lit moelleux dans une chambre de son hôtel.

En présence de ce coucher confortable, dont nous avions perdu l'habitude, nous nous figurâmes que nous allions dormir à poings fermés. Ce fut dans cette conviction que nous nous y étendîmes côte à côte.

Mais le sommeil ne vint pas aussi parfait que nous l'avions espéré.

Le moelleux des matelas et des oreillers, la douce chaleur des couvertures nous étaient insupportables; et puis, Michel ne s'endormait que pour se réveiller en sursaut et appeler le lieutenant Hillerain, ce malheureux officier que nous avions enterré tous les deux dans un ravin de la terre marocaine.

Douce et bienveillante attention! La femme du commandant de place venait de demi-heure en demi-heure pour nous demander si nous avions besoin de quelque chose.

Les soubresauts de Michel s'entendaient, à ce qu'il paraît, dans tout l'hôtel.

Moi, j'étais torturé par des crampes, suite de mes grandes fatigues, et il me semblait que la terre, avec une botte d'alfa, eût été plus douce à mes membres que cette laine moelleuse qui se prêtait à mes moindres mouvements.

Et puis, si je m'endormais, mes rêves n'avaient pas le caractère de ceux de Michel, je bataillais toujours, et, sous prétexte de sabrer les Arabes, je renfonçais à coups de poing le nez de mon pauvre compagnon.

Je n'ai de ma vie passé une nuit aussi pleine d'angoisses, et cela tint sans doute à une sorte de réaction qui se produisait dans mes organes après les joies sans nom de la journée.

25.

A trois heures du matin, notre hôte, qui n'avait pu dormir que quelques heures, supposé même que nos cris n'eussent pas troublé son sommeil, nous apporta le café.

Dans la disposition d'esprit où nous nous trouvions, le café nous enleva notre dernière chance de sommeil; mais mieux valait un repos éveillé, une bonne et cordiale causerie sur les matelas du commandant, que ces rêves pénibles qui nous reportaient à toutes les scènes douloureuses de notre captivité.

Dès qu'un rayon de jour filtra par nos fenêtres, nous nous levâmes.

Cette fois, nous pouvions changer de linge : on avait eu la délicate attention de nous envoyer des chemises du palais du gouverneur.

Cependant, avec notre burnous et notre accoutrement, nous eussions pu passer, dans toute autre circonstance, pour des bandits.

Le soldat français est éminemment curieux. Michel et moi, nous voulions voir la ville avant de la quitter.

Par où commencer?

Une même pensée, un même instinct plutôt, nous poussa vers l'église.

Pour donner une description de ce premier temple catholique que nous apercevions depuis si longtemps, il eût fallu s'y rendre en amateurs.

Nous y allions, nous, en chrétiens, pour prier.

En montant les degrés, nous échangeâmes un coup d'œil avec Michel, et je lui dis :

— Camarade, nous avons, j'en suis sûr, la même pensée.

— Oui, répondit Michel, qui avait deviné.

— Nous remercierons Dieu ensemble pour la liberté qu'il nous a rendue, et nous le prierons pour...

— Oui, oui... pour ceux qui sont tombés en route!... Testard, nous l'avons enterré tous les deux .. nous allons dire une prière pour lui!

Pauvre Michel! la pensée du lieutenant Hillerain ne l'avait point quitté, malgré les distractions du retour.

Nous nous approchâmes de l'église, mais à pareille heure les portes en étaient encore fermées.

Des femmes s'empressèrent d'éveiller le sacristain, qui vint obligeamment nous ouvrir l'église.

La prière que je fis, agenouillé sur les dalles, est bien la plus fervente que j'aie jamais faite.

C'est à peine si nous fîmes le tour de l'église. Je me souviens cependant que c'est un vaisseau remarquable, doré à l'intérieur depuis le marbre du sol jusqu'à la voûte.

Au sortir de l'église, nous fûmes accostés par un officier espagnol qui parlait mieux le français que nous, et qui s'offrit pour nous accompagner dans notre excursion matinale.

Quand nous arrivâmes sur les remparts, tout y était en rumeur.

Je ne sais pas si j'ai dit qu'avec nous était arrivé à Melilla un aga d'Abd-el-Kader, un brillant chef arabe appelé Kara-ben-Achmin.

Il avait pour toute suite son krodja et un domestique.

Mais le domestique avait dû rester sur le rivage, au lieu de notre embarcation de la veille, pour garder la belle jument que l'émir offrait à M. de Cognord, laquelle n'avait pu être embarquée sur la chaloupe.

Or, pendant la nuit, ce serviteur avait eu frayeur ou avait craint que son maître ne partît sans songer à lui.

Au milieu de la nuit, il s'était jeté à la nage et avait gagné le port de Melilla.

La sentinelle espagnole avait entendu le bruit dans l'eau et avait aperçu une ombre.

— Qui vive? avait-elle crié.

L'Arabe n'avait pas compris et avait avancé.

Mais la sentinelle, ayant répété vainement trois fois le cri sacramentel, avait fait feu.

La balle avait cassé la tête du pauvre diable.

Quand M. de Cognord annonça, quelques heures plus tard, à Kara-ben-Achmin le malheur qui était arrivé, l'aga répondit sans s'émouvoir :

— Dieu l'a voulu!

Puis, il pressa vivement M. de Cognord d'envoyer prendre le cheval.

Par un sentiment de délicatesse que tout le monde comprendra facilement, M. de Cognord refusa énergiquement de recevoir aucun cadeau de l'émir.

Il renvoya même les trois burnous qu'il avait reçus d'Abd-el-Kader, à l'heure du départ d'Aïn-Zohra.

Sidi-Kadour-ben-Allel qui n'avait pas quitté les bords du lac salé, repartit avec les burnous et le cheval.

Je reviens à notre promenade.

La rumeur du rempart venait du coup de feu que j'ai raconté et de la mort qui s'en était suivie.

L'officier nous montra en détail l'arsenal et les piles de boulets destinés, disait-il, aux Marocains.

Mais nous avions l'esprit à autre chose.

Nous regardions devant nous et en arrière.

Devant nous, le Maroc, la terre de captivité, l'esclavage, la mort, le massacre, la faim, la soif, le bâton du chaous...

Nos yeux s'arrêtaient devant nous sur ces plages inhospitalières, et nous avions le vertige.

En arrière, la France, les amis, la famille !

Nous tenions surtout, comme de petits enfants perdus, à savoir au juste la direction qu'il faudrait prendre pour arriver en France.

Et l'officier espagnol était d'une bienveillance inépuisable, il se prêtait à toutes ces explications avec un fraternel empressement.

Nous rentrâmes au palais du gouverneur pour le déjeuner, qui fut une seconde édition des somptuosités de la veille, puis nous allâmes en corps à l'église pour entendre une messe d'actions de grâces.

L'église était pleine ; je crois que toute la ville était là.

A trois heures de l'après-midi, M. Durand, l'envoyé du général d'Arbouville, donna le signal du départ.

Les embrassades de la veille recommencèrent sur toute la ligne.

Puis nous partîmes.

Le navire poursuivit sa route toute la nuit, et je me reproche aujourd'hui d'avoir ri, jusqu'aux larmes, des contorsions et des grimaces que nos deux Arabes ne cessèrent de faire sur le pont, du soir jusqu'au matin.

Kara-ben-Achmin et son krodja avaient le mal de mer!

En arrivant en vue de Djemmâa-Ghazouat, il n'y eut plus moyen de nous retenir...

C'était à qui toucherait le plus vite cette terre française!!

Pour mon compte, je me jetai à l'eau jusqu'au menton.

Il faisait encore nuit serrée quand nous frappâmes à la porte de l'enceinte fortifiée de Djemmâa.

Je constate ici que le portier-consigne eut une peur horrible.

Il se croyait tout le Maroc sur les bras.

M. de Cognord crut bien faire, et hâter l'ouverture des portes, en déclinant son nom et ses qualités.

Ce fut bien autre chose...

Le portier fit un bond effroyable : au lieu du Maroc, c'étaient les âmes de Sidi-Brahim et de la Malouïa qui revenaient.

Cependant, à force de parlementer, on finit par faire ouvrir les portes.

Mais le portier était pâle!

CHAPITRE XIX.

DJEMMAA. — ORAN.

De l'enceinte, on passa au camp où nos braves officiers nous attendaient, peut-être pas à une heure aussi matinale, mais enfin on nous attendait.

M. Durande, après nous avoir déposés à terre, avait

continué sa route vers Oran, pour annoncer au général d'Arbouville le résultat heureux de sa mission.

Ce fut le colonel Mac-Mahon qui nous reçut.

Nous ne tardâmes pas à apprendre que, depuis quelques jours, un bâtiment français courait sur nos traces sans avoir pu nous rejoindre.

C'était le *Véloce.*

Le *Véloce* avait été mis à la disposition d'Alexandre Dumas pour une promenade en Afrique. Or, le grand romancier, qui cherchait des souvenirs et des émotions, apprenant la délivrance des prisonniers de Sidi-Brahim, ne pouvait rester indifférent à nos joies. Il avait changé d'itinéraire, et s'était porté vers Melilla, pour nous être utile en cas de besoin.

Arrivé trop tard, il avait rebroussé chemin, et venait nous retrouver à Djemmâa.

Nous passâmes à tour de rôle dans ses bras.

Ce fut lui qui proposa, en attendant le banquet du colonel Mac-Mahon, qui devait avoir lieu dans la soirée, un pèlerinage au tombeau du brave capitaine de Géraux.

Le colonel Tremblay nous fit donner des chevaux à tous, et nous partîmes.

Le chemin que nous suivions, resserré entre des montagnes dont il suit les méandres, est ombragé par d'énormes figuiers qui forment voûte. Des postes, dispersés çà et là, présentaient les armes au passage, tandis que les pasteurs arabes, ces hommes dangereux, qui épiaient tous les mouvements de la garnison, levaient à peine les yeux sur nous.

Au détour d'un monticule, nous débouchâmes sur

une grande place au milieu de laquelle s'élevait une espèce de tumulus recouvert de figuiers qui tombaient en éventail.

C'était le tombeau du brave capitaine, élevé juste à l'endroit où il avait reçu la mort.

Cette colonne funèbre de Djemmâa-Ghazouat nous rappelait de bien douloureuses choses.

Tous les neuf, officiers et soldats, dans une même pensée, nous descendîmes de cheval pour nous agenouiller devant ce monument d'un grand désastre et prier pour ceux qui n'étaient plus.

Un bon souvenir en passant.

Un hussard de mon régiment, qui ne m'avait point encore aperçu depuis mon arrivée, vint, sur notre passage, pour m'embrasser et me serrer la main.

Un sous-officier l'écarta rudement.

Le pauvre hussard ne put que me faire fête du regard : il avait des larmes plein les yeux.

Je ne l'ai jamais revu.

Kara-ben-Achmin avait manifesté le désir de nous accompagner. Il obtint facilement la permission de se joindre à nous. La piété des survivants lui fit voir comment on honore chez nous ceux qui ont fait leur devoir — vainqueurs ou vaincus.

A notre retour à Djemmâa, une surprise bien agréable, une joie semblable à celle que nous avions éprouvée pendant la captivité, attendait le docteur Cabasse. M. de Lourmel, commandant du 8e bataillon de chasseurs à pied, lui mit son propre ruban à la boutonnière, en lui annonçant qu'il était chevalier de la Légion d'honneur.

C'était justice, et si nomination fut jamais méritée, ce fut bien celle-là.

Moi-même je reçus mon brevet de chevalier, dont je portais le ruban depuis le 29 décembre précédent.

Pendant notre excursion au tombeau du brave capitaine de Géreaux, une grange s'était transformée en salle de banquet, ornée de trophées militaires et pavoisée de drapeaux tricolores.

Le colonel Mac-Mahon avait à sa droite le lieutenant-colonel de Cognord, et à sa gauche Alexandre Dumas. Puis nous venions à la file, dispersés entre des officiers. Au bout de ces tables, où près de trois cents personnes étaient assises, se trouvaient les envoyés d'Abd-el-Kader, Kara-ben-Achmin et son krodja, dont les burnous blancs tranchaient parmi les uniformes français.

Une musique militaire, dissimulée par des draperies, jouait par intervalles des airs guerriers.

Cette fête de famille se prolongea bien avant dans la nuit. Quand le champagne eut coulé à flots, quand le dernier récit eut été fait et la dernière chanson éteinte, la salle du banquet devint salle de bal, et nous dansâmes, homme avec homme, pendant quelques heures

Durant cette tempête de joie, nos deux Arabes sortirent à peine de leur rêverie. Ils nous regardaient entre leurs paupières demi-fermées, et ne pouvaient sans doute s'expliquer l'espèce de vertige qui animait ce bal nocturne.

Mais au fond de cette joie, nous avions tous un sentiment pénible, qui remontait à la surface de temps en temps. M. Marin, dont nous avions appris à connaître

26

le grand cœur et le dévouement, manquait à la fête.

Comme je l'ai dit, il n'avait pas pris terre.

Par suite d'ordres transmis au lieutenant de vaisseau Durande, notre pauvre compagnon avait dû garder sa cabine sur le navire, et une sentinelle veillait à sa porte.

Pendant que les autres rachetés recueillaient tant de marques de sympathie et d'amitié, lui seul, rêveur, accablé, se disait que sa captivité n'était pas à terme, et que bientôt le conseil de guerre d'Oran serait appelé à décider s'il devait vivre... ou mourir !

Les conseils de guerre français sont bien sévères quand il s'agit de juger un chef de détachement qui, ayant des hommes et des munitions, s'est rendu sans brûler une amorce.

Ainsi avait fait le lieutenant Marin à Aïn-Temouchen.

Pour ne pas couper mon récit, j'en finis avec ce malheureux officier.

Nous savions tous qu'il était passible de la peine de mort, et que le conseil de guerre le condamnerait, sans aucun doute, à être fusillé.

Le cas était grave, le fait patent, la loi militaire absolue.

Mourir sous les balles françaises, après avoir été dégradé, tomber pour crime de lâcheté, c'était la dernière ignominie. On nous raconta dans le temps que parmi nos officiers ses co-captifs, il s'en était trouvé deux qui, pris de compassion pour une aussi grande infortune, avaient voulu épargner au pauvre détenu la honte d'un supplice infamant, et lui avaient fait passer des pistolets, l'engageant à se brûler la cervelle avant de comparaître devant ses juges.

Je ne saurais dire si le fait est vrai; mais, dans ce cas, M. Marin refusa de recourir à ce sanglant moyen, et préféra se présenter devant la justice militaire, confiant dans sa cause.

Le conseil de guerre lui fut sévère.

Marin fut condamné à mort; mais la clémence royale, tombant du trône sur le condamné, le releva de sa peine, et ne lui marchanda point la miséricorde. Après quelques mois de répit, quand le bruit de cette affaire se fut éteint, Marin rentra dans l'armée avec son grade.

Mais la fatale affaire d'Aïn-Temouchen pesait sur sa réputation; ses camarades le traitaient froidement ou l'évitaient. Peu à peu, le vide se fit autour du gracié.

A partir de ce jour sa carrière était finie.

Il rentra dans la vie civile, où il a retrouvé les plus honorables sympathies.

On m'a dit qu'il a rédigé un mémoire pour justifier sa conduite à Aïn-Temouchen; ce mémoire, je ne l'ai jamais vu, mais je dois dire que j'ai gardé bon souvenir au malheureux lieutenant.

Thérèse Gilles ne nous avait pas encore quittés. La pauvre femme promenait lentement ses haillons et sa décrépitude dans les rues du camp.

On fit une quête en sa faveur; mais le soldat est bien pauvre, et le total ne fut pas brillant; cependant cette aumône la mit en état de vivre quelque temps à Oran, où elle nous suivit.

Djemmàa nous garda trois jours, — trois jours de fête.

Vers le milieu du jour, le 1er décembre, nous reprîmes la mer, et le lendemain matin, nous arrivions à Mers-el-Kébir.

Mers-el-Kébir est le port d'Oran.

La garde nationale, la garnison, la population tout entière était là, sur le rivage, frémissante d'enthousiasme.

Le général d'Arbouville nous tendit la main, puis, de ses bras, nous passâmes dans des milliers de bras, aux acclamations de la foule, au bruit des fanfares.

La musique nous conduisit à la table du général Thierry.

Le déjeuner finissait, quand on annonça l'arrivée du maréchal Bugeand.

Ce bon *père* Bugeaud nous accueillit comme de braves enfants et se dérida presque.

Mais son visage se rembrunit quand il aperçut Kara-ben-Achmin.

Les barbes arabes avaient le don de le mettre, sans transition appréciable, dans des accès de mauvaise humeur.

— Que veux-tu, toi? lui dit-il avec cette brusquerie devenue proverbiale.

Kara-ben-Achmin eut beau lui expliquer qu'il apportait une lettre d'Abd-el-Kader pour le sultan Louis-Philippe, et qu'il allait se rendre en France; qu'il avait à voir le maréchal Soult et à demander la liberté de je ne sais plus quels prisonniers, le maréchal Bugeaud n'entendit rien.

Il le pria de reprendre la route du désert, et cela sans tambour ni trompette.

Nous corrigeâmes par toutes sortes d'amitiés ce que cette réception avait de dur, et le reconduisîmes en lui serrant cordialement la main, pour la part qu'il avait prise à notre délivrance.

Cette poignée de main, il s'en est souvenu dans la suite...

De Mers-el-Kébir à Oran, il y a pour une demi-heure de chemin. Nous franchîmes à pied cette petite distance, musique en tête.

Le général Lamoricière vint nous féliciter à son tour. Sa joie de nous revoir n'était pas sans préoccupations; il eût voulu, pour tout au monde, que la France pût ouvrir ses bras aux prisonniers, sans en repousser un seul.

Et il y avait M. Marin!

Le brave général était absolu dans l'idée qu'il s'était faite de l'honneur militaire; aucun accommodement pour lui n'était possible à cet égard; mais il s'enquérait des moindres témoignages en faveur du pauvre accusé, cherchant à se convaincre lui-même que le lieutenant n'avait point forfait à l'honneur.

Le docteur Cabasse fit d'inutiles efforts pour sauver son compagnon d'armes, soit avant, soit pendant le procès.

À Oran, je reçus pour ma part un habillement complet de hussard, et le maréchal Bugeaud s'empressa de nous offrir un congé de convalescence de trois mois.

M. de Cognord était souffrant; un commencement de dyssenterie l'affaiblissait de jour en jour.

26.

Il m'appela un soir.

— Vous avez un congé, Testard?

— Oui, mon colonel.

— Où le passerez-vous?

— Oh! je ne suis pas dans l'embarras. Vous êtes malade, vous avez besoin d'être soigné; mon colonel, je reste avec vous.

— Merci, mon ami. Je n'abuserai pas longtemps de votre bonne volonté. Quand vous m'aurez reconduit jusqu'à Tarbes, ce qui ne demandera que quelques jours, vous pourrez vous rendre dans votre famille.

Il alla se loger à l'hôtel de France, et je m'installai dans une chambre à côté de la sienne.

Je profitai de quelques heures dont je pus disposer pour aller revoir une excellente femme qui, avant mon départ d'Oran, tenait un café à la Mosquée (ancienne résidence d'Abd-el-Kader avant l'occupation française), et qui maintenant tenait café et salle de bal dans la ville.

Elle s'était mariée pendant mon absence à un sous-officier toulousain, nommé Commune, qui fêta mon retour en organisant un bal en l'honneur du vieil ami de la maison.

J'ai laissé à Catherine et à Commune le burnous en ruines qui m'avait couvert pendant ma captivité.

Autre chose.

Vous rappelez-vous Delpech, cet échappé du massacre de la Malouïa?

Delpech n'est plus à Oran; mais son nom est présent à toutes les mémoires au moment de notre arrivée, et voici ce que j'apprends sur son compte.

Nous avons vu par quels incidents ce miraculeux échappé a regagné les possessions françaises.

De Djemmâa il est revenu à Oran, puis d'Oran il alla à Tlemcen. Arrivé à Tlemcen, il raconte ses aventures, et, dans son récit, il parle souvent d'un certain gendarme maure qui l'a visé en pleine poitrine et dont le fusil a raté.

— Un gendarme maure? demande un officier; mais n'est-ce pas ce bandit qui avait un cheval rouge, et dont le général s'est servi comme espion?...

— Précisément!

— Vous devez faire erreur.

— Merci, mon officier. Quand on l'a vu de si près!...

— A propos, dit un autre, on s'est mal expliqué une très-longue absence qu'il a faite.

— Parbleu! répond Delpech; comptez bien. Vous ne l'avez pas vu depuis Sidi-Brahim, c'est-à-dire depuis le 23 septembre jusqu'au 25 avril.

— Où était-il?

— Avec nous, là-bas, occupé à nous assommer à coups de crosse de fusil. Il en a pris à cœur joie, le bandit!

— Ce serait drôle si c'était lui!

— Mes épaules le connaissent bien, allez! C'est lui qui m'a fait ce collier d'alfa pour me conduire à la rivière au bord de laquelle il devait me fusiller, afin de n'avoir pas grand chemin à faire ensuite pour me jeter à l'eau.

— Rappelez-vous bien!

— Pourquoi me dites-vous cela?

— Parce que l'histoire devient grave.

— Je dois lui rendre la justice de dire qu'il a fait tout ce qu'il était humainement possible de faire pour empêcher ma fuite. Quand je faisais la planche dans la Malouïa, j'ai entendu ses balles qui frappaient les cadavres dans mes eaux. L'intention y était; seulement il était difficile, de si loin et dans la nuit, de distinguer le vivant d'avec les morts.

Pendant quelques jours on ne reparla plus de l'histoire de Delpech.

Cependant, au bout de ces quelques jours, Delpech fut mandé auprès du commandant de la place; je ne sais si c'était le général Cavaignac ou un de ses subordonnés.

— Êtes-vous bien Delpech?

— Oui, mon commandant!

— Je veux dire le Delpech de la Malouïa?

— Moi-même.

— Racontez-moi, s'il vous plaît, ce que vous savez d'un certain gendarme maure.

Delpech conta de nouveau l'histoire que vous savez.

Il se trouvait alors dans le cabinet du commandant un peu en arrière du bureau et à demi dissimulé par un épais rideau de fenêtre.

— Alors, vous reconnaîtriez le gendarme?

— Oui, mon commandant.

Le planton fut appelé, et le commandant lui parla à voix basse.

— Faut-il me retirer, mon commandant? demanda Delpech, qui crut que l'officier ne tenait qu'à savoir l'histoire.

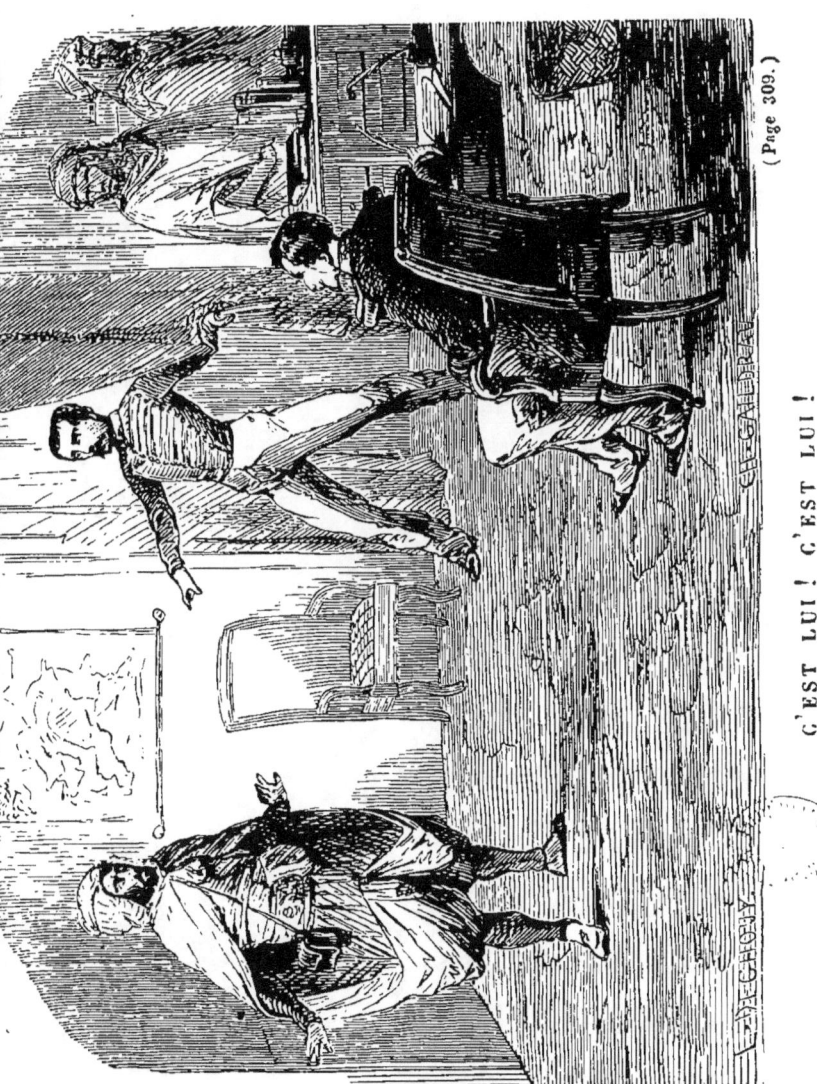

C'EST LUI! C'EST LUI!

(Page 309.)

— Au contraire ; effacez-vous encore et regardez bien toutes les figures qui vont passer ici.

Delpech ne savait où le commandant voulait en venir, mais il avait la chair de poule.

Il avait peur de deviner.

Un homme entra.

— Connaissez-vous ce militaire? demanda l'officier.

— Connais pas!

Un autre soldat vint à son tour.

— Et celui-ci, le connaissez-vous?

— Pas plus que l'autre!

Un troisième parut.

Delpech ne donna pas le temps à l'officier de poser la question.

Il se leva, comme s'il eût été atteint d'une commotion électrique ; ses yeux s'ouvrirent démesurément ; il regardait déjà par où il serait possible de s'enfuir...

— Ah! fit-il d'une voix étranglée, c'est lui! c'est lui!

C'était en effet le gendarme maure, ce bandit dont j'ai eu à parler plusieurs fois dans le cours de ce récit.

Le chenapan s'était figuré, après notre défaite à Sidi-Brahim, qu'Abd-el-Kader allait devenir le sultan de l'Afrique entière, et il avait suivi l'émir dans l'espoir d'avoir une place, sans doute, dans le gouvernement d'Abd-el-Kader.

Puis quand il avait vu que, malgré sa victoire, Abd-el-Kader reculait toujours et n'avait bientôt plus de quoi donner à manger à ses réguliers, il était revenu faire le chien couchant auprès des autorités françaises.

A part les coups de fusil à bout portant et les coups de crosse sur les épaules de ses semblables, il y a dans ce monde beaucoup de gendarmes maures.

J'ajoute même que beaucoup d'entre eux ont plus de chance que le gendarme en question.

A la vue de Delpech, le bandit se souvient; il se trouble et va fuir; mais le commandant a déjà fait signe à la sentinelle et à quelques autres soldats.

Delpech eut le bonheur de saisir au collet son assassin, qui fut conduit en prison.

L'affaire traîna peu.

Le bandit fut pendu à une branche d'arbre, aux portes de Tlemcen.

A partir d'Oran, les prisonniers se séparèrent.

Comme je n'aurai plus à parler que de M. de Cognord et de mon retour dans ma famille, je dois dire, avant de les quitter, ce que sont devenus les principaux acteurs du drame que je viens de raconter.

Hélas! il me semble que nos malheurs communs datent d'hier, et cependant que de morts déjà!

Le maréchal Bugeaud mort!

Le général Cavaignac mort!

Le général de Lourmel tué devant Sébastopol!

Nous verrons tout à l'heure ceux qui, des onze prisonniers, manqueraient à l'appel aujourd'hui.

A tout seigneur, tout honneur; je commence par les gros bonnets.

J'ai dit que le commandant de Lourmel avait détaché son ruban, et l'avait posé sur l'habit du docteur

Cabasse, en lui annonçant la bonne nouvelle qu'il était nommé chevalier.

Mais le nouveau chevalier devait être reconnu suivant l'usage.

Or, cette reconnaissance, qui pour les militaires ne se fait jamais sans une certaine solennité, menaçait de se faire sans aucun cérémonial. Le docteur Cabasse, comme tout le personnel médical de l'armée, dépendait de l'intendance, et le ministre de la guerre avait chargé M. l'intendant Guiroy de reconnaître le nouvel élu, et de lui remettre sa croix.

Appelé par l'intendant à cet effet, le docteur Cabasse croyait rencontrer un certain nombre de ses collègues appelés pour la circonstance.

Il ne trouva que l'intendant en robe de chambre.

Désagréablement surpris de cette solitude, le docteur témoigna son mécontentement, et protesta contre le sans-façon avec lequel on allait le reconnaître.

L'intendant, qui sans doute avait autre chose à faire, quitta sa robe de chambre et passa son uniforme; puis, prenant la croix destinée au récipiendaire, il s'avança pour lui donner l'accolade.

— J'accepte la croix, parce que j'ai conscience de l'avoir méritée, dit le docteur avec fermeté; mais je refuse l'accolade.

— Pourquoi cela?

— Parce que je n'ai rien fait pour que vous m'infligiez le huis clos. C'est au grand jour, c'est au milieu de ses camarades qu'un chevalier doit être reconnu.

L'intendant daigna répondre qu'un officier de santé,

officier sans troupe, n'avait pas droit au cérémonial accoutumé.

Puis il le congédia poliment.

Un cri d'indignation partit de tous côtés quand le docteur raconta comment on reconnaissait les docteurs promus chevaliers.

En quelques minutes, une protestation sous forme de banquet fut organisée par quarante médecins militaires présents à Oran, sous la présidence de leur vénérable chef le docteur Valette, chirurgien en chef de l'hôpital militaire.

Non-seulement le digne président embrassa le nouveau chevalier, pour le reconnaître à son tour, mais il lui offrit encore une série de croix, au nom des sous-aides ses collègues.

—Ce banquet où les toasts furent nombreux, où l'on récita des vers pour ainsi dire improvisés en l'honneur du brave Cabasse, eut un énorme retentissement.

On peut encore s'en faire une idée en lisant l'*Écho* d'Oran du 12 décembre 1846.

Après cette fête de famille, le docteur Cabasse, qui comme nous tous avait reçu du maréchal Bugeaud un congé temporaire, s'embarqua pour la France avec son fidèle Castor, et se dirigea sur la petite ville de Mirecourt, son pays natal.

Notre rédemption avait eu lieu trop silencieusement, notre retour avait été trop prompt, pour que le bruit de notre rentrée fît du bruit en France.

Le docteur arrivait donc sans avoir été annoncé.

Il trouva sa sœur en grand deuil, en deuil de lui!

Après les larmes et les joies de la première heure, il apprit que la nouvelle de sa mort avait été répandue par les journaux; on avait dit qu'après le massacre de la Malouïa, un Arabe avait retrouvé le corps du malheureux thebib coupé par morceaux et enfermé dans un sac.

Mirecourt fêta dans le bruit et dans la joie l'heureux revenant des solitudes marocaines.

Depuis lors, le docteur Cabasse a été aide-major dans un régiment de lanciers, puis attaché à l'école militaire de Saint-Cyr.

Au moment où s'écrivent ces lignes, il est médecin major au 39e de ligne, en garnison à Lille.

Si ces pages lui tombent jamais sous les yeux, qu'il accepte de nouveau le témoignage de mon éternelle gratitude.

M. Larrazet est capitaine aux voltigeurs de la garde.

M. Thomas, capitaine au 4e des voltigeurs de la garde, est mort à Nancy au printemps de 1857.

M. Barbut a été nommé lieutenant au 5e hussards et y est probablement aujourd'hui capitaine.

Michel... lui, c'est autre chose.

Michel, après avoir soigné et enterré le fils, est allé consoler la mère. Le lieutenant Hillerain lui avait dit d'aller à la Rochelle. Michel y a couru porter le dernier adieu d'une victime à sa mère.

Puis, ce devoir pieux accompli, il a repris du service dans la garde républicaine. Il a attendu la croix, la croix n'est pas venue.

Alors, il a quitté les rangs de l'armée et a cherché

27

un emploi. A force de démarches, de protections, de diplomatie, il a fini par conquérir une place... dans les omnibus !

La place de garçon d'écurie ! !...

Mais, comme on dit, les bonnes habitudes ne se perdent jamais complétement.

Il a repris du service comme remplaçant et est entré dans un régiment de zouaves.

Et à coup sûr, parmi ses camarades, ce ne sera ni le moins bon ni le moins brave.

Nommé, peu de temps après notre retour, maréchal des logis dans notre brave 2ᵉ hussards, Metz a quitté le service, et est, je crois, aujourd'hui, employé dans un chemin de fer du Midi.

Qué la vapeur lui soit légère et l'avenir meilleur que son passé !

Trotté, lui, avait d'autres idées.

Pendant tout le temps que nous étions restés prisonniers, il n'avait cessé de jurer quand le souvenir d'Aïn-Temouchen lui revenait à l'esprit.

Mon ruban rouge lui donnait des éblouissements.

Il commença d'abord par se venger en détail d'Aïn-Temouchen en lançant Castor sur les mollets nus des Arabes, puis en imaginant des tours pendables dont nos gardiens, dans la mesure du possible, devenaient victimes un jour ou l'autre.

Tout ceci n'était qu'une suite d'à-compte.

Or Trotté était un garçon à chercher les grandes consolations après les grandes douleurs.

C'est pour cela qu'il passa au 19ᵉ bataillon de chasseurs à pied. Mais dans un bataillon de chasseurs, comme dans un régiment, se trouvent des places d'élite, celles qui tiennent la tête, qui vous mettent un homme en face de l'ennemi.

Trotté entra comme sapeur et fit en cette qualité la gigantesque campagne d'Orient.

Il devint d'abord caporal-sapeur, mais ce n'était pas encore le ruban rouge.

Trotté fi toutes sortes de témérités pendant le siége; à la première attaque de Malakoff, il fut gravement blessé.

— Allons, dit-il, la terre d'Orient n'est pas plus propice aux croix que le sol de l'Afrique. Si le bon Dieu ne me donne pas le ruban rouge là-haut, je ne l'aurai jamais!

— Qu'en sais-tu? lui dit un camarade.

— Mais, farceur, j'ai mon affaire!

— Tu guériras!

— Non!

— Trotté, vint lui dire un officier, j'apporte une bonne nouvelle.

— Malaprendre est pris?

-- Non.

— Eh bien alors?

— Votre conduite a été remarquée à l'attaque.

— Ah! les gredins, ces Russes! ils m'ont écharpé.

— Seriez-vous bien aise d'apprendre qu'une récompense...

— La croix? fit le blessé en se soulevant sur le coude.

— Vous êtes chevalier, mon ami !

— Ah ! merci ! merci ! fit le pauvre Trotté en laissant arriver deux larmes sur sa mâle figure. Maintenant ça m'est égal de descendre la garde..., je mourrai content !

Le brave sapeur mourut en effet une demi-heure après avoir reçu la nouvelle de sa décoration.

Je ne sais ce que Thérèse Gilles est devenue.

Aix, sa ville natale, où elle a dû revenir, lui a-t-elle donné place à son hôpital ?

Et Castor ?

Castor, notre fidèle ami, notre gai compagnon de captivité, suivit son maître, le docteur Cabasse, dans ses différentes garnisons jusqu'en décembre 1848. Lui qui avait mordu tant d'Arabes, qui avait battu tous les chiens du Maroc, qui avait chassé dans les montagnes du Riff, et qui méritait de finir autrement, fut volé à cette époque dans Verdun, sans que jamais le docteur ait pu retrouver sa trace.

Est-il devenu chien de berger, conducteur d'aveugle, compagnon de mendiant, chien de cour ?

Nul n'en sait rien. Le docteur fit les plus actives recherches sans aucun résultat.

Ce brave Castor, il a peut-être, comme Romulus, été enlevé par un ouragan.

Il le méritait bien.

J'ai dit que Kara-ben-Achmin devait un jour se souvenir de la poignée de main que nous lui avions donnée à son départ d'Oran.

Ce jour est venu depuis longtemps.

Son nom figure avec honneur dans les cadres de

l'armée française. Il est à la tête d'un goum de spahis.

Hadj-Salem, le grand nègre qui commandait le camp à une certaine époque, et qui m'avait invité un soir à prendre le café avec lui, est venu en France avec Abd-el-Kader et s'est involontairement asphyxié avec un réchaud de charbon.

Quant aux autres Arabes de ma connaissance, le Dieu de Mahomet les a sans doute pris en sa sainte et digne garde, mais je n'en ai jamais entendu parler depuis.

C'est seulement pour écrire une date historique que j'ajoute ceci :

Un an après notre délivrance, le 23 décembre 1847, Abd-el-Kader, traqué, poursuivi, pris au piège, s'est constitué prisonnier entre les mains du général Lamoricière.

La France a été assez généreuse pour oublier ses longues haines et le massacre de la Malouïa.

CHAPITRE XX.

CHEZ MADAME DE COGNORD.

Maintenant que j'en ai fini avec ceux qui ont été mes compagnons d'infortune ou qui ont figuré dans cette histoire, je reviens à M. de Cognord.

Le temps était affreux pour prendre la mer, mais depuis quatre jours que le lieutenant-colonel était à

27.

Oran, sa dyssenterie s'aggravait d'une manière peu rassurante, et le colonel se rappelant la fin malheureuse
du pauvre lieutenant Hillerain, avait hâte de rentrer
dans sa famille.

Je fis les préparatifs du départ, et nous nous rembar-
quâmes le 6 décembre.

J'étais dans une inquiétude mortelle ; mon cher malade, complétement abandonné à mes soins, tombait
dans un affaissement de mauvais augure.

La mer était mauvaise et aggravait sa position.

Il vint un moment où l'équipage fut obligé de céder à
la fureur des vents et de se laisser conduire à la grâce
de Dieu.

Et le navire ballotté nous ramena en vue des côtes
d'Espagne comme pour nous faire saluer encore une
fois cette terre de salut.

Cela faisait peu l'affaire du malade.

On rebroussa chemin, et, après une traversée des plus
pénibles, on aborda à Port-Vendres, c'est-à-dire où l'on
put.

Nous y arrivions à la nuit close.

Comme on ne devait repartir que le lendemain dans
la matinée, M. de Cognord, qui n'avait pu reposer à
bord, put aller passer la nuit dans une chambre d'hôtel.

Je m'installai dans la chambre la plus voisine.

Je venais de coucher le colonel, quand des officiers
de la marine se présentèrent pour féliciter le prisonnier
de son heureux retour en France et l'inviter à dîner.

Le malade ne put que leur serrer la main et les remercier.

Au jour, le lendemain, j'allai prendre ses ordres, et je le trouvai plus malade que la veille.

Cependant il tenait à partir.

Je reportai donc les bagages au navire, et nous nous remîmes en mer pour Marseille.

Bon gré, mal gré, il fallut se reposer dans cette dernière ville.

Nous descendîmes à l'hôtel des Princes, où nous restâmes quatre ou cinq jours.

Il était bien convenu que, quoi qu'il arrivât, je reconduirais le colonel dans sa famille, à Tarbes.

Au reste, je dois dire qu'il n'en fut pas question le moins du monde en ce moment; mais c'était sous-entendu.

Au lendemain de la bataille, alors que personne de nous n'eût pu dire ce qui nous était réservé, j'avais promis à mon illustre malade de le ramener à sa famille, et moins que jamais il m'eût été possible d'oublier cette promesse de la captivité.

Ma famille cependant devait être dans une mortelle inquiétude, mais quatorze mois de souffrances supportées en commun m'avaient attaché à mon colonel comme à un père.

Le général d'Hautpoul, alors à Marseille, vint voir M. de Cognord à l'hôtel des Princes, et l'inviter à déjeuner avec les officiers de la garnison.

Comme à Port-Vendres le colonel remercia.

Il était alité et si faible qu'il ne pouvait rien prendre; je lui faisais sucer des viandes blanches afin de le soutenir et de lui donner des forces pour arriver au but.

Comme son état m'inspirait de grandes inquiétudes et que j'étais continuellement dérangé par les visites qui arrivaient à chaque instant, je pris une garde-malade.

Si le colonel ne pouvait rien prendre, je mangeais bien, moi, pour deux ; mon estomac, débilité par les privations de la captivité, n'avait pas tardé de fonctionner dans toute la plénitude de sa puissance, et je faisais honneur à la table d'hôte, où je descendais deux fois par jour.

Cependant il m'arrivait bien rarement de faire un repas sans être dérangé ; la garde-malade venait frapper à la porte et je montais auprès de mon malade.

Comme tous les malades, il avait son idée fixe ; celle de M. de Cognord était que mes soins étaient les seuls bons ; moi seul, je faisais bien son lit ; moi seul, je l'y plaçais sans le faire souffrir.

Son bain n'était bon et au degré voulu que si je le préparais.

J'ajoute que je me dérangeais de table d'autant plus volontiers qu'au lieu d'un repas, j'en faisais quatre ou cinq, et qu'un dîner en deux ou trois volumes valait mieux qu'un repas sans solution de continuité.

Voyant que sa position ne s'améliorait pas, le colonel décida qu'il fallait partir.

J'allai retenir pour nous deux le coupé de la malle-poste de Toulouse.

On comprend qu'avec son effroyable dyssenterie, il n'était pas possible d'admettre dans le même compartiment de la voiture un compagnon de route quelconque.

A Lunel, on avait eu vent que l'illustre malade devait passer un jour ou l'autre.

Quand la voiture s'arrêta sur la place pour relayer, je mis le nez à la portière et j'aperçus une multitude qui avait les yeux fixés sur nous.

Trois ou quatre personnages se tenaient au bas de la voiture, avec un plateau, des verres et des bouteilles.

L'un d'eux, une bouteille à la main et porteur d'une de ces bonnes physionomies rubicondes dues au vin de l'endroit sans doute, leva la tête vers le conducteur :

— Eh bien? fit-il.

— Je l'amène! répondit le conducteur.

— Enfin!!

Et comme si ce dernier mot eût été un signal, toute cette multitude, se découvrant avec respect, poussa avec ensemble le formidable cri :

— Vive le colonel de Cognord! vivent les braves!

Le pauvre colonel... il souffrait bien, il était bien abattu; mais cette sympathie d'une foule inattendue lui fit relever la tête, et une larme lui vint aux yeux.

La portière s'ouvrit, et il remercia ses amis inconnus qui venaient, au passage, saluer le glorieux vaincu.

Il agita son mouchoir.

Les cris, les vivat, les acclamations retentirent de nouveau.

Puis les quelques personnes dont j'ai parlé s'approchèrent de la portière.

— Colonel! dit le premier, qui sans doute était le délégué de cette population enthousiaste, nous avons appris votre passage, et nous venons vous offrir le vin de Lunel... comme nous faisons aux rois. Vous avez la majesté de la gloire et du malheur; mais, colonel, toutes les majestés sont ici les bienvenues!...

M. de Cognord serra la main de l'orateur et prit un verre, mais en disant que la maladie lui défendait même d'y tremper les lèvres.

Je n'étais pas précisément dans le même cas.

Comme j'avais un peu de cette majesté du malheur dont on venait de parler, je pris le verre qu'on m'offrait, bien décidé à le boire jusqu'à la dernière goutte.

Pour ne pas s'en aller boiteux, Henri IV d'ordinaire buvait un second coup.

Moi, j'en bus quatre.

Il est vrai que sur ces quatre verres, il y en avait deux pour le compte de mon colonel.

Je ne recommencerais pas une nouvelle captivité chez les Arabes pour avoir occasion de boire à nouveau du vin de Lunel, mais je dois constater ici que c'est un fier vin.

C'est une des bonnes connaissances que je ne serais pas fâché de revoir de temps en temps.

La malle-poste fendit la foule et repartit au galop.

Il était nuit quand on arriva à Béziers.

Là, les officiers de la garnison avaient été prévenus que le lieutenant-colonel devait passer, et des plantons vinrent l'inviter à descendre, de la part du gros-major.

Comme la malle-poste s'était déjà mise en retard d'un quart d'heure à Lunel et qu'elle n'arrêtait à Béziers que juste le temps de changer de chevaux; comme d'ailleurs M. de Cognord était trop malade, même pour mettre pied à terre, le major se hâta d'accourir pour lui serrer la main et lui souhaiter la bienvenue.

On arriva enfin à Toulouse.

M. de Cognord désira s'y reposer tout un jour et n'en repartir que le lendemain matin.

Ce fut à l'hôtel Cassette qu'il descendit.

La garnison tout entière vint nous voir.

Il y avait à Toulouse une partie du 8e bataillon de chasseurs, les frères de ceux qui s'étaient si vaillamment battus à Sidi-Brahim.

Avec eux nous étions en famille.

Les officiers tenaient singulièrement à donner un dîner à M. de Cognord, qui moins que jamais pouvait accepter une pareille invitation.

— Ces messieurs reviennent sans cesse, dis-je à M. de Cognord ; que faut-il leur répondre ?

— Je ne puis accepter.

— Ils seront bien fâchés de ne pas vous avoir, mon colonel ; depuis Sidi-Brahim, les chasseurs du 8e sont les frères du 2e hussards.

— Vous voyez, mon ami, dans quelle position je me trouve.

— Je vois bien... mais ils sont bien peinés.

— Il n'y a qu'un moyen...

— Lequel, mon colonel ?

— Allez-y à ma place !

— Ce n'est pas de refus. Ce ne sera pas la même chose, mais je m'en acquitterai de mon mieux.

Justement un de MM. les officiers vint prier le colonel de vouloir bien m'envoyer au banquet.

J'allai dîner par procuration et j'eus la place d'honneur.

J'aurais mieux diné à l'hôtel Cassette assurément, car je fus obligé d'employer mon temps à raconter notre lamentable histoire.

J'étais enroué en rentrant à l'hôtel.

Triste chose que le meilleur bon-vouloir des hommes! Nous avions eu beau vider nos verres, verres ordinaires, verres de bordeaux, verres à champagne, à la santé du colonel, le colonel n'éprouvait pas de mieux dans sa position.

Il passa une mauvaise nuit.

Le lendemain nous prîmes le coupé de la malle-poste de Tarbes et nous courûmes toute la journée.

Le cœur me battait à se rompre.

Je songeais à l'explosion de joie de cette bonne famille qui attendait le retour du colonel et la douleur qui frapperait madame de Cognord en recevant son mari dans un état d'affaissement pareil.

Dieu m'est témoin que pour ne pas laisser tomber une larme sur ces joies du retour, j'aurais donné à mon colonel cette santé florissante que j'avais retrouvée sur la terre de France, au risque de prendre une dyssenterie des mieux prononcées.

Soit émotion, soit fatigue, M. de Cognord se soutenait à peine et gardait un silence morne qui m'effrayait.

Enfin la malle-poste résonne sur le pavé de la ville, et, par une attention délicate, le conducteur, au lieu de suivre la rue pour arriver à la poste, détourne les che-

vaux, enfile des rues, puis des rues, et s'arrête au n° 1
de la rue Bourg-Vieux.

M. de Cognord est à sa porte.

Pauvre madame de Cognord! comme les coups de
fouet du postillon durent retentir dans son âme!

J'ai dit que je m'attendais à une explosion de joie à
l'arrivée du colonel, mais il paraît que les bonheurs de
cette sorte sont muets, comme les grandes douleurs.

Comme si le mot d'ordre eût été donné, la porte s'en-
tre-bàilla, les domestiques ouvrirent la portière et emportèrent le malade sur leurs bras.

Puis la porte se referma silencieusement sur eux.

Aucun cri, aucun signe de vie n'avait été donné
d'ailleurs.

Je me renfermai dans mon coupé pour aller faire descendre les bagages.

A la poste, je ne sais ce que pensa de moi la foule
qui attendait le colonel. Les questions me tombèrent
sur la tête comme une pluie d'orage, et je ne répondis à
aucune.

Je sentais que les larmes m'étouffaient.

Un commissionnaire me suivit avec les bagages, et je
revins à grands pas vers la rue Bourg-Vieux.

On m'ouvrit comme on ouvre à une vieille connaissance, comme on ouvre à un bon ami, à l'enfant de la
maison qui revient d'un long voyage.

Je demandai le colonel.

Mlle Jeanne, la femme de chambre, me répondit que
le colonel était dans la chambre de madame de Cognord.

28

C'est alors que j'appris une touchante histoire.

Quand M. de Cognord était passé en Afrique, madame de Cognord, pour ne pas avoir à supporter seule les ennuis de l'absence, était venue à Tarbes, dans cette maison de la rue Bourg-Vieux, chez M. de Lasalle, son père.

A la nouvelle du désastre de Sidi-Brahim, la pauvre femme avait pris le deuil, qu'elle ne voulut pas quitter même en apprenant que son mari, survivant à ce désastre, avait été emmené en captivité.

Et de ce jour, elle s'enferma volontairement dans sa chambre et fit vœu de n'en sortir que le jour où M. de Cognord recouvrerait sa liberté.

Seulement elle s'échappait de temps en temps de sa prison volontaire pour aller s'agenouiller à l'église et prier pour le captif bien-aimé.

Le colonel venait donc lever l'écrou de la noble prisonnière.

Comme il était en tête-à-tête avec madame de Cognord, Jeanne m'installa dans une belle grande chambre du rez-de-chaussée où flambait un joyeux foyer, où l'on ne tarda pas à dresser une table.

Quelque formidable qu'eût été mon appétit pendant la route, je ne pus dîner.

Je me représentais la joie de M. et de madame de Cognord et cette joie déteignait sur moi.

Je pleurais comme un enfant.

Les domestiques s'empressaient autour de moi et m'accablaient de questions.

Je ne pouvais guère plus causer que manger.

Au moment où je priais Mlle Jeanne d'enlever le dîner, auquel je n'avais pas fait grand mal, M. de Lasalle
descendit dans ma chambre et, d'aussi loin qu'il m'a-
perçut, m'ouvrit ses bras.

Le bon vieillard avait la figure baignée de larmes.

— A la vie et à la mort, mon ami! me dit-il en me
serrant sur sa poitrine, votre nom sera pour nous un
nom béni!

Dieu sait ce que je répondis.

— M. Testard, vint me dire Jeanne, voulez-vous me
suivre?

— Où me conduisez-vous?

— Madame veut vous voir...

Je suivis Jeanne machinalement.

Madame de Cognord, le regard humide, la figure
émue, m'attendait sur le seuil de sa chambre.

De son lit, en face de la porte, le colonel, radieux
pour la première fois depuis bien des mois, hélas! me
regardait venir.

Madame de Cognord m'ouvrit les bras, comme avait
fait son père, en m'embrassant comme un fils:

— Oh! je suis bien heureuse, s'écria-t-elle, d'embrasser le sauveur de mon mari!

Je redescendis comme une trombe.

Mes idées s'égaraient et je devenais fou de toutes ces
émotions.

A ma rentrée dans ma chambre, j'embrassai Mlle Jeanne,
j'embrassai les autres domestiques, j'aurais embrassé,
je crois, les murailles et les meubles, si je n'avais eu
personne sous la main.

Je me croyais dans ma famille.

Toujours par suite de cette réaction morale dont j'ai déjà parlé, les grandes scènes de mon passé défilèrent devant mes yeux.

Pendant que je me chauffais, les mains sur les genoux et les pieds sur les chenets, je recommençai les batailles, les marches dans le désert, les courses vertigineuses sur les montagnes.

Dans les pétillements du foyer j'entendais la fusillade ; des cavaliers arabes se détachaient avec les étincelles ; les méandres de la flamme représentaient les mouvements d'une mêlée...

C'est que, rompu de fatigue, je m'endormais doucement sous l'influence de la chaleur du foyer.

Il faisait très-froid, car nous étions au 31 décembre.

Dans le bon lit bien chaud que Jeanne m'avait préparé, les mêmes visions recommencèrent ; toute la nuit se ressentit de ces agitations.

D'heure en heure, un domestique venait savoir si je n'avais besoin de rien ; il paraît que mes rêves fantastiques se faisaient à voix haute, comme dans la maison du commandant de place de Melilla.

Je tins les domestiques éveillés toute la nuit.

Le lendemain, 1er janvier, le général commandant le département vint serrer la main du colonel et l'inviter à un déjeuner de corps.

A la suite du général arrivèrent en procession les autorités civiles et militaires et les principaux habitants de la ville.

Tarbes était en fête.

La musique civile, malgré le froid piquant de la matinée, vint donner une longue aubade, et l'on organisa pour le milieu du jour un dîner formidable.

Comme le colonel était toujours très-souffrant et que j'étais son premier ministre, j'assistai au dîner et pour lui et pour moi.

La salle du festin était solide; autrement elle eût croulé dans les ébranlements des vivat.

La musique militaire du 8ᵉ régiment de chasseurs à cheval avait bien eu l'idée de saluer de ses fanfares le retour de M. de Cognord, mais on l'avait fait prier d'attendre que le colonel allât un peu mieux.

Elle se présenta le 6 janvier, jour des Rois.

Je me souviens qu'il faisait grand froid ce jour-là, et qu'il tombait de la neige à plein temps.

M. Davergne, chef de cette musique, aujourd'hui huissier de l'Empereur, vint demander à donner son aubade.

M. de Cognord, qui de son lit voyait la neige tomber, donna ordre de faire entrer la musique, qui fit à l'intérieur trembler la maison.

Pendant ce temps-là Jeanne faisait chauffer du vin et préparer un énorme gâteau des Rois.

Le galas était fait dans ma chambre.

Sous l'influence de ce généreux vin chaud qui coulait à pleins bords, les musiciens reprirent leurs cuivres et recommencèrent à l'intérieur et au dehors leur bruyant répertoire.

On rentra pour la dernière tournée de vin chaud.

J'élevai mon verre et je m'écriai :

28.

— Au brave et vaillant colonel que je vous ai ramené! au bon grand cœur que j'ai soigné comme mon père et qui m'a traité comme son fils!

Une explosion terrible répondit à ces paroles :

— Vive le colonel!

Pauvre malade, ce brouhaha était bien capable de lui donner la fièvre!

M. de Lasalle, dont la maison semblait être au pillage, vint avec des larmes dans les yeux remercier le corps de musique et lui donner de quoi s'en aller boire encore à la santé de l'illustre malade.

Je restai douze jours à Tarbes, et, si je n'avais été tourmenté du désir de revoir ma famille à mon tour, ces douze jours eussent été les plus beaux de ma vie.

Les médecins avaient répondu d'un prompt rétablissement pour M. de Cognord; je n'étais donc plus en peine de ce côté.

Le matin je me levais et je montais à cheval, puis je faisais une longue promenade soit dans la ville, soit dans les environs pour me donner appétit.

Le reste de la journée je ne quittais pas la maison de M. de Cognord; je recevais, à sa place, les visiteurs qui arrivaient en foule et qui me faisaient répéter, l'un après l'autre, tous les détails de notre captivité.

Ordinairement, le soir, j'avais une extinction de voix.

Le 11 janvier, voyant que M. de Cognord était presque rétabli, je lui demandai l'autorisation de le quitter pour retourner dans ma famille.

— Vous partirez demain! me répondit-il.

Le lendemain, en lui faisant mes adieux, je sentis

qu'il me mettait quelque chose de volumineux sur les bras.

C'était une bourse.

— Des services comme les vôtres ne se payent pas, me dit le colonel, je ne vous donne que de quoi faire la route.

Il y avait mille francs dans la bourse.

Mille francs! je ne m'étais jamais vu si riche.

Bien entendu, je n'avais pas à réclamer contre une pareille générosité. Le colonel m'eût fermé la bouche.

Bonne et sainte maison! je l'ai quittée en pleurant pour ne plus la revoir sans doute...

Les domestiques me firent cortége jusqu'à la voiture.

CHAPITRE XXI.

LE RETOUR AU PAYS.

Je repris la route de Toulouse, et, à mon arrivée dans cette ville, je descendis à l'hôtel Cassette, où j'avais laissé ma malle à mon premier passage.

Comme il avait été convenu que je resterais un jour à Toulouse, à mon retour, Mme de Cognord m'écrivit pour me donner des nouvelles du colonel.

Je dinai avec le corps d'officiers du 8e bataillon des chasseurs à pied.

Je fis des discours, je racontai mon éternelle histoire, l'histoire des chasseurs du 8ᵉ bataillon, et les enrouements recommencèrent.

Malheureusement, je n'avais plus Jeanne pour me soigner après ces fatigues de la route !

Ces braves officiers me fêtèrent comme si j'avais été un des leurs, un frère. J'avais de si bonnes et de si grandes choses à leur dire de ces héroïques chasseurs de la colonne de Djemmâa !

Ce fut bien autre chose à Béziers.

J'y restai cinq grands jours.

C'est qu'à Béziers je retrouvais ma famille militaire : ce brave 2ᵉ hussards qui avait perdu une si belle partie de lui-même à Sidi-Brahim, et auquel, comme on sait, j'appartenais.

Officiers, sous-officiers et soldats, tout le monde voulut me serrer la main, m'embrasser, me fêter et entendre de ma bouche la fin de nos glorieux frères.

Les banquets se suivirent sans interruption pendant ces cinq jours de fête.

Le gros-major animait toutes les têtes de son enthousiasme et me garda partout à côté de lui.

Là encore Mᵐᵉ de Cognord m'écrivait pour me rassurer sur la santé du colonel.

Enfin il fallut se décider à partir.

Je pris le chemin de l'Ardèche, et le cœur me battait bien fort en approchant de mon village.

Ma famille avait bien été prévenue de ma délivrance, mais cette délivrance était tellement miraculeuse qu'à peine y avait-on ajouté foi.

Et puis j'allais revoir une autre famille qui me redemanderait mon pauvre Courcial...

Cette pensée me cassait bras et jambes.

Une lieue me séparait encore de Chanéac, mon village,
qu'une petite montagne m'empêchait d'apercevoir.

Je voyais seulement quelques arbres bien connus, sur
la colline, de l'autre côté de la vallée, et ombrageant
la bourgade de Saint-Martin-de-Valamas, située au delà
de mon village et à quelques centaines de pas plus loin
que la maison paternelle.

Je marchais donc dans le tumulte de mes pensées.

Tout à coup, à près d'un kilomètre en avant, je si-
gnale une personne qui, de Chanéac, venait de mon
côté.

Je m'imaginai d'abord que c'était quelqu'un d'une
auberge qui se trouve en cet endroit sur la route.

Puis, un peu plus tard, je distingue un bâton dans
les mains du voyageur.

Je marche sans plus m'inquiéter; cependant quelque
chose me pousse en avant; mes jambes semblent aller
plus vite que ma volonté.

Mais ce voyageur... cette démarche...

C'est mon père!

Pauvre père... il m'avait vu, et il s'était arrêté comme
si la foudre l'eût frappé d'immobilité...

Son regard m'appelait, ses bras se tendaient vers
moi, mais sa voix s'était éteinte dans son gosier. Ses
larmes l'étouffaient.

Nous nous rencontrions à quelques pas de l'auberge
dont j'ai parlé.

A la fin, il put s'écrier :

— Mon enfant... te voilà donc !

Et nous nous tînmes longtemps, longtemps embrassés.

Je crus que mon vieux père, poussé par ce sentiment instinctif qui révèle au cœur la présence des êtres aimés, venait tout bonnement au-devant de moi.

Nous entrâmes à l'auberge.

Tout en vidant la bouteille que j'avais demandée, je crus m'apercevoir que mon pauvre père était sous le poids de préoccupations douloureuses.

Mais je mis ces préoccupations sur le compte d'une émotion bien naturelle, causée par cette rencontre.

— Partons! me dit-il en cherchant dans sa bourse de toile le prix de la consommation.

— C'est moi qui paye, père! me hâtai-je de dire en tirant de ma poche une poignée d'argent — les pièces de mon colonel.

— Tu es riche donc?

— Presque millionnaire.

— Alors paye et partons.

A la porte de l'auberge il m'embrassa.

— Est-ce que nous ne partons pas ensemble? demandai-je avec une certaine inquiétude.

— Non, tu vas rentrer sans moi.

— Où allez-vous?

— Je ne tarderai pas à te suivre...

— Mais enfin?

Sa cravate noire et le crêpe de son chapeau que je n'avais pas encore remarqués me firent peur.

— Est-ce qu'il manque quelqu'un là-bas, père?

— Je vais chercher le médecin.

— Vous avez des malades?

— Ta pauvre mère s'est cassé la jambe tout à l'heure à l'échelle du grenier...

— Est-ce grave?

— Je ne crois pas, mais par précaution je vais au médecin.

— Alors, au revoir!

Et nous nous séparâmes pour une heure.

Je n'avais plus que la colline à franchir pour arriver; déjà même j'apercevais le haut de l'église et les colonnes de fumée lente qui montaient au-dessus des toits.

Le vertige me prit.

Et je me mis à marcher comme un fou, faisant tourner mon bâton de voyage avec rapidité et chantant à tue-tête.

Je ne sais vraiment pas pourquoi je chantais; l'accident qui était arrivé à ma pauvre mère n'était pas de nature à m'égayer.

Mais je l'ai dit, je ne sais pas pourquoi je chantais si fort.

Voici Chanéac!

Ici l'église, le presbytère... là un ami, là-bas un parent... puis en haut de cette colline, de l'autre côté de la vallée, le groupe de maisons au milieu duquel mon regard s'arrêta fasciné...

La maison de la famille!!

Et je chantais toujours...

En passant devant les premières maisons, j'aperçus de vieilles femmes qui me regardaient d'un air ahuri, et qui avaient envie de faire un long signe de croix.

Un revenant, songez donc!

Est-ce que Testard n'était pas mort en Afrique?

Toute personne qui revient après son glas sonné est une âme en peine.

Or mon glas avait été sonné par la cloche de Chanéac.

Le temps cependant ne prêtait pas aux idées surnaturelles. La neige avait presque disparu, et le plus joyeux soleil éclairait le village et les collines environnantes.

Cependant, malgré ce gai soleil de midi, les premières maisons se fermèrent à la file sur mon passage.

Décidément, j'étais une âme en peine qui rôdait effrontément en plein jour dans son village natal.

Mais, à mesure que j'avançais, mon uniforme tirait les yeux, et, une fois au cœur du village, je me trouvais au milieu de mes vieilles connaissances.

Les enfants, comme partout, comme toujours, annoncèrent par leurs cris l'arrivée d'un militaire.

On mit le nez aux portes, et les jeunes gens de mon âge me reconnurent :

— Testard! Testard!

Ce fut une acclamation générale.

J'eus bientôt tout le village sur les bras.

Mais il paraît que mon arrivée avait été signalée sur la colline de Saint-Martin-de-Valamas.

De l'endroit où j'étais, je vis descendre de la prairie en pente une jeune fille qui courait comme le vent.

Une minute après, cette jeune fille était dans mes bras.

C'était ma plus jeune sœur.

Comme elle était heureuse! comme elle était grande aussi, elle que j'avais laissée si petite!...

Elle était en noir des pieds à la tête.

— Mon pauvre père m'a trompé, n'est-ce pas, petite sœur?

— Pourquoi ça?

— Je l'ai vu là-bas sur la route....

— Eh bien?

— Il a un crêpe à son chapeau...

— Sans doute!

— De qui portez-vous donc le deuil?

La pauvre enfant se prit à pleurer et, me passant les bras autour du cou, elle s'écria :

— De toi! de toi, mon frère!

— Tu vas me quitter ce deuil-là... Tu vois que je ne suis ni mort ni en train de mourir...

— Nous l'avions cru... on nous avait dit que les Arabes t'avaient tué...

Et nous montâmes bras dessus, bras dessous aux dernières maisons du village.

— Eh bien? me dit ma sœur en riant, tu as oublié les chemins depuis six ans?

— Prenons par ici!

— Mais c'est le plus long!

— Ça ne fait rien.

— Mais le chemin est défoncé...

— Nous enjamberons.

— Il y a une flaque d'eau...

— Je te passerai sur mes épaules...

29

Et j'avais les yeux fixés sur une petite maisonnette dont la cheminée couverte de neige jetait quelques tristes bouffées de fumée épaisse.

Cette maisonnette me faisait peur.

Il me semblait qu'une famille en deuil allait en sortir et me barrer le passage en s'écriant dans une explosion de douleur :

— Qu'as-tu fait de ton ami ?

Cette maisonnette appartenait à la famille Courcial...

J'avais peur en arrivant, moi, plein de santé, avec la croix d'honneur sur ma poitrine, de donner le coup de grâce à cette famille en deuil.

Ma pauvre mère, qui ne croyait pas à mon retour, poussa un grand cri en me revoyant...

Elle me tint embrassé pendant un quart d'heure et pleura toutes ses larmes...

Pauvre femme... pauvre mère ! elle pouvait pleurer de joie... car elle avait assez longtemps pleuré de douleur !

Au milieu de ces émotions de famille, la porte s'entr'ouvrit et dans l'entre-bâillement se montra une figure hâve sur laquelle coulaient deux ruisseaux de larmes.

Cette apparition inattendue me frappa au cœur.

Je restai interdit et je baissai les yeux.

— Et lui, Testard ? dit la pauvre femme en entrant, je ne le reverrai plus !...

— Il est là-haut !

— Il est mort, n'est-ce pas ?

— Oui... mais il est mort glorieusement, au champ

d'honneur, comme un brave... J'ai reçu son dernier adieu pour vous l'apporter.

Et j'embrassai la pauvre mère de Courcial.

Elle s'accroupit au coin du foyer, la tête sur les genoux, n'osant plus même lever les yeux sur moi.

Cette douleur morne est un de mes souvenirs les plus poignants.

Mon père ne tarda pas à revenir, et il se trouva que ma mère n'était pas aussi gravement blessée qu'on l'avait cru d'abord.

Une voix joyeuse de la cour cria bientôt :

— Où est-il? où est-il?

Et la porte s'ouvrit encore une fois.

— Où est-il? fit le curé du village en venant m'embrasser à son tour.

— Voilà!

— Est-ce bien toi?

— Je crois bien!

— Tu es un mauvais client, mon cher!

— Parce que?

— Parce que le bon saint Pierre a dû te noter comme déserteur ou te croire en enfer.

— Je ne comprends pas...

— Songe donc! j'ai dit au moins douze messes à ton intention...

— Ça ne fait pas de mal, au moins!

— Mais c'étaient des messes de *Requiem !*

— Des messes de mort?

— Douze! Et puis nous avons chanté des *Libera* sur

ton catafalque, nous y avons jeté de l'eau bénite ; nous n'avons enfin rien omis.

— De sorte que je peux mourir maintenant à mon aise ; toutes les cérémonies sont faites d'avance?

— Toutes!... jusqu'au dernier *Requiescat in pace!*

— Merci... je vais placer maintenant ces prières à intérêt et je ne lèverai mon capital que le plus tard possible, vous pouvez le croire.

— C'est égal! te voilà ressuscité!

— Comme vous voyez!

— Je ne serais pas fâché de dîner avec un homme qui revient d'outre-tombe. Comme tu as été par là, et que tu dois avoir à nous raconter les secrets de l'autre monde, viens dîner avec moi ce soir... je te ferai causer... je n'ai pas peur des revenants, et je verrai bien s'ils aiment le bon vin du curé de Chanéac.

J'allai en effet dîner le soir au presbytère, et j'eus à cœur de montrer au bon curé que ses *Libera* et ses *Requiescat in pace* ne m'avaient ôté ni la faim ni la soif.

Le facteur me remit justement à cette heure une lettre de Mme de Cognord.

Cette lettre, comme toutes les autres, me donnait des nouvelles complétement rassurantes de la santé du colonel et était remplie de choses bienveillantes pour moi.

— C'est bien! me dit le bon curé, tu as été un digne enfant... et nous allons passer au champagne.

Je ne sais plus au juste le compte des bouchons qui sautèrent au plancher pendant deux ou trois heures de causerie, mais j'ai gardé du presbytère de Chanéac le plus agréable souvenir.

Ma sœur aînée, mariée et habitant le voisinage, n'était pas encore venue m'embrasser.

Cependant elle avait dû apprendre mon retour.

Elle ne vint que bien avant dans la soirée et mystérieusement, comme si elle avait eu peur.

Dans les familles pauvres l'intérêt soulève presque toujours des difficultés qui amènent des divisions et des haines vivaces.

Mon pauvre beau-frère, que la mort a enlevé depuis, n'en était encore qu'aux difficultés avec ma famille.

J'apportais avec moi le remède souverain, la panacée qui guérit l'aigreur des relations dans la famille ; je veux dire les écus de mon colonel.

Une fois les exigences satisfaites, la paix revint au foyer.

O mon noble et généreux bienfaiteur ! vous m'aviez sauvé la vie à la Malouïa ; vous m'aviez, pendant la captivité, protégé du prestige de votre nom et de votre bienveillant intérêt.

Aujourd'hui, c'est la famille que vous réconciliez...

Au nom de cette famille qui vous doit de ne faire qu'un cœur et qu'une âme, mon général, merci !

Les lettres de Mme de Cognord continuèrent d'arriver de temps en temps à Chanéac, et j'eus enfin le bonheur d'apprendre que le noble convalescent était complétement guéri et venait d'être nommé colonel au 6e hussards.

De mon côté, j'avais repris la blouse et je commen-

çais à me livrer aux travaux des champs, quand une
maladie lente dont j'avais sans doute rapporté le germe
d'Afrique se déclara avec une certaine intensité.

Comme mon congé de convalescence touchait à la fin
de son troisième mois, je fus obligé de demander une
prolongation.

On m'envoya un congé illimité.

C'était à peu près la même chose qu'un congé défi-
nitif, car je n'avais plus qu'un an pour atteindre le
terme de ma libération.

Au bout de quelques mois, M. de Cognord m'écrivit
lui-même pour me demander ce que je comptais faire.

Le colonel mettait son crédit à mon entière disposition.

Comme je n'étais pas guéri, je ne pus profiter de
cette généreuse protection qui venait à moi jusque dans
mes montagnes, et, à vrai dire, l'espèce d'atonie morale et physique qui avait suivi les souffrances de la
captivité et les émotions du retour ne me permettait
pas de songer sérieusement à l'avenir.

D'ailleurs je me trouvais si bien de cette douce vie de
famille, de ce bonheur indolent que j'avais retrouvé
après de si mauvais jours, que mes désirs n'allaient
pas encore au delà de ma position actuelle.

Et puis, le plus pressé pour moi était de me guérir.

Mⁿᵉ de Cognord de son côté m'écrivait toujours de
temps en temps, et ses lettres me disaient de ces bonnes
choses qu'on n'oublie pas, à moins que le cœur manque
tout à fait.

Un an après mon retour au foyer paternel, le colonel,

qui savait que j'étais remis, devint plus pressant et m'écrivit qu'il venait de dîner avec le roi Louis-Philippe, et que dans ce dîner royal il avait été longuement question de moi.

Je répondis que je ne voulais qu'une chose : être porté sur les rôles du régiment de hussards dont M. de Cognord était colonel.

La réponse ne se fit pas attendre.

J'étais inscrit au 6e hussards.

Mais en même temps j'étais nommé surveillant à la résidence du château de Saint-Cloud.

Ainsi tout soldat que j'étais et dans le régiment de mon noble protecteur, je devenais surveillant des palais royaux.

Il n'y avait pas à balancer.

Je partis de Chanéac et j'arrivai à Saint-Cloud.

Le roi s'y trouvait avec sa famille.

J'eus l'honneur d'être présenté immédiatement à Sa Majesté, qui daigna me dire des choses flatteuses et me serra la main.

— Vous *étiez* nommé pour Saint-Cloud... me dit le roi.

Sans trop savoir ce que voulait dire le mot que j'ai souligné dans la phrase royale, je répondis en gardant mon aplomb :

— Sa Majesté a daigné me le faire savoir.

— J'ai changé d'avis.

Peut-être que ma figure s'allongea et que le roi s'en aperçut, car il s'empressa d'ajouter en souriant :

— Les braves qui ont du cœur comme vous ne sauraient jamais être trop près de la famille royale et de la personne du roi.

Je m'inclinai...

Tout inespérée qu'eût été la faveur d'être surveillant à Saint-Cloud, je sentis qu'il allait m'arriver quelque chose de mieux.

— Je vous désigne pour les Tuileries.

L'audience royale se termina sur cette parole.

Moins d'une heure après, je recevais du cabinet du roi une lettre pour le colonel commandant le château des Tuileries, et je revins en toute hâte à Paris.

Et je pris immédiatement possession du poste que j'occupe encore aujourd'hui.

Malgré mon titre de surveillant aux Tuileries, je n'ai jamais cessé d'appartenir au 6e hussards, dans les rangs duquel je figure comme brigadier.

Quant à M. de Cognord, il a été depuis lors nommé général de brigade, en attendant le décret qui le fera général de division ; ce qui, je l'espère, ne se fera pas attendre longtemps.

Dans le cours de ces *Souvenirs,* j'ai parlé des hommes prédestinés, et je crois m'être compté du nombre.

Voyez, en récapitulant les faits, si je me suis trompé.

On sait qu'il a fallu en ma faveur une sorte de miracle pour que j'aie pu échapper à la mort sur le champ de bataille de Sidi-Brahim.

En donnant mon cheval au commandant, je restais seul et démonté au milieu des balles et des yatagans, et, tout empêtré que j'étais, comme un cavalier qui a perdu sa monture, je pus rester dans la mêlée et tuer pendant quelques heures sans recevoir une égratignure.

Ce n'était pas deux ennemis que j'avais à combattre, c'étaient des milliers de furieux qui m'entraînaient dans leur tourbillon et qui tiraient sur moi de toutes parts.

On se souvient même qu'un officier arabe déclara devant moi qu'il avait fait tirer sur moi, et que je n'avais échappé aux balles que parce que Dieu avait voulu que je survécusse.

Je deviens prisonnier, mais l'officier qui m'a pris en croupe me sauve d'un coup de lance.

Une heure plus tard, un autre officier, celui qui avait fait tirer sur moi, fait tomber des mains de trois nègres le yatagan avec lequel on allait me couper la tête.

Il était frappé à mort lui-même, mais l'on eût dit que la Providence lui laissait une dernière heure, afin qu'il pût employer cette heure à me sauver.

Au désert, j'étais malade quand on éloigna M. de Cognord afin de massacrer ses soldats. Je ne tins aucun compte de mes souffrances et je voulus partir avec lui afin de partager ses dangers.

Je n'allais point à la mort; j'échappais ainsi aux mains des massacreurs.

On peut dire que le hasard m'a bien servi; j'aime mieux aller plus haut que le hasard et voir dans tout cela la main de la Providence.

Et je reste avec la conviction que les balles ne veulent point de moi.

— Dieu le veut ainsi! comme diraient les Arabes.

Quoi qu'il en soit, je ne crains ni les coups de sabre, ni les coups de fusil.

Je finirai autrement.

Comment finirai-je? Je n'en sais rien, mais il est probable que ce sera dans mon lit et tranquillement, comme la plupart de vous, chers lecteurs.

A la mi-novembre 1849, deux familles étaient réunies dans le cabinet de M⁏ Planchard, notaire à Paris.

Il s'agissait d'un contrat de mariage à faire.

Ce futur mariage qui se préparait chez M⁏ Planchard, c'était le mien.

L'officier ministériel chargé de dresser l'acte savait bien que le *futur conjoint,* comme ils disent, ces écrivains officiels, était tout simplement un surveillant du Palais, mais il regarda deux fois et curieusement, par-dessus ses lunettes, l'un de mes témoins, qui lui semblait venir d'un peu haut pour la circonstance.

Nous étions assis en cercle autour de son bureau.

Évidemment il ne se hâtait d'écrire que pour savoir plus tôt le nom de l'officier supérieur qui me faisait l'honneur de m'accompagner.

La curiosité se trahissait sur sa figure, quand, se retournant vers nous, il dit au noble officier :

— Votre nom, monsieur?

— Le colonel Courby de Cognord!

— Parent ou ami du futur?

AMI, MONSIEUR, ET POUR LA VIE !

(Page 347.)

M. de Cognord se lève avec une certaine émotion, et, me prenant vivement la main, répond au notaire :

— Ami, monsieur, et pour la vie, car sans ce brave jeune homme, je n'aurais pas l'honneur d'être aujourd'hui chez vous.

Et en parlant ainsi, le colonel avait des larmes dans les yeux.

Je n'affirme pas que l'émotion gagna le notaire, mais je sais bien qu'il se hâta d'écrire le nom de mon bienfaiteur sur mon contrat.

On devine, je suppose, l'émotion produite sur les deux familles par ces chaleureuses et sympathiques paroles.

M. de Cognord ne put assister à mon mariage, mais en regagnant le midi de la France où l'appelaient son commandement ou ses affaires, il nous dit adieu jusqu'au prochain baptême à faire dans le nouveau ménage.

Un an après, effectivement, le colonel traversait une seconde fois une partie de la France pour tenir ma fille aînée sur les fonts de baptême.

Un peu plus tard, la filleule de M. de Cognord, elle avait deux ans, se trouvait sur les genoux de sa mère, quand elle m'entendit tourner la clef dans la serrure et entrer.

Comme à l'habitude, elle battit de ses deux petites mains pour me souhaiter la bienvenue, et accourut jusqu'à la porte afin de m'embrasser en babillant.

Mais c'était un bruit de pas extraordinaire... je n'étais pas seul, et comme de grandes ombres blanches dansaient autour de moi.

Au lieu de m'embrasser en sautillant dans mes jambes, l'enfant recule vers sa mère et pousse un cri de peur effroyable.

Avec moi arrivaient trois Arabes !

Dans mon ménage, et cela se conçoit, les Arabes ne sont pas précisément en odeur de sainteté.

Ma femme eut presque aussi grand'peur que l'enfant.

Abd-el-Kader, rendu à la liberté, était à Paris et avait autour de lui une certaine quantité de ses fidèles.

Ceux que j'amenais chez moi étaient trois de mes anciens gardiens pendant la captivité. Je les avais rencontrés et reconnus dans le jardin des Tuileries, où j'étais de planton.

Je leur donnai l'hospitalité pendant trois jours, et j'eus à cœur de leur montrer que si la civilisation parisienne traitait noblement les vaincus, c'était toujours quelque chose de mieux que ce qui se pratiquait au désert.

Ils le sentirent du reste et s'en applaudirent.

On finit dans le ménage par s'habituer à ces hommes à figure rébarbative qui, dédaignant notre luxe, mangeaient tout simplement avec leurs doigts ce qu'on leur servait à table.

Ma fille avait un accordéon qui venait de la générosité de son noble parrain.

L'un des Arabes tira par hasard le soufflet et l'accordéon poussa un son criard.

Je crus que l'Africain allait devenir fou de joie. Pendant une heure, ce fut une musique infernale à la maison, si bien que la moitié des touches, brisées par cette exécution furibonde, cessèrent de se faire entendre.

Le grave Africain m'avoua que de toutes les merveilles parisiennes ce petit instrument était à beaucoup près la plus étonnante.

Cette opinion est contestable, mais chacun a ses goûts.

Cette musique de casse-tête n'était pas précisément belle, mais, à tout prendre, elle valait mieux que celle du désert.

Abd-el-Kader était logé à l'hôtel de la Terrasse, rue de Rivoli.

Bien que je n'eusse pas à me louer énormément d'avoir été son pensionnaire, je désirais beaucoup le revoir, mais je ne savais pas trop quels moyens prendre pour lui être présenté.

J'allai trouver M. Larrazet, ex-prisonnier de l'émir, comme on sait, et, sachant qu'il était dans l'intention de demander à voir Abd-el-Kader, je le priai de m'emmener avec lui.

Nous arrivâmes à l'émir sans difficulté.

L'interprète nous accompagnait, mais à la rigueur on eût pu s'en passer, car Abd-el-Kader ne prononça que quelques paroles et ne témoigna guère que par un sourire gracieux le plaisir qu'il avait de revoir de vieilles connaissances.

C'était toujours le même homme, avec sa figure grave, son regard inspiré, sa parole rare, son geste prophétique, semblant vivre dans un monde surnaturel bien au-dessus du vulgaire.

Obéit-il à une conviction ou bien joue-t-il un rôle?

Lui seul le sait.

30

Une autre fois, au commencement de 1852, étant de service aux Tuileries, je l'aperçus au balcon de l'Horloge avec ce brave Sidi-Kadour-ben-Allel, qui nous avait rendus aux Espagnols moyennant un sac de douros.

Au moment où ils descendaient l'un et l'autre pour sortir du palais, je m'approchai d'eux, et Sidi-Kadour n'hésita pas à reconnaître son ancien prisonnier sous l'uniforme de surveillant.

Lui, c'était autre chose, il n'avait pas à garder vis-à-vis des simples mortels son quant à soi de pontife; il accourut vers moi et me serra cordialement la main.

Une autre connaissance suivit son exemple : Kara-Mohammed, l'intendant de l'émir, m'avait également reconnu, et venait se rappeler à mes souvenirs.

L'un et l'autre avaient été bons pour moi, et j'eus du plaisir à les revoir.

Sidi-Kadour-ben-Allel s'empressa de me demander des nouvelles de M. de Cognord. Le bon kalifa était si heureux de me revoir qu'il se retourna vivement pour dire à l'émir, qui venait gravement par derrière, que Testard, l'ancien prisonnier, se trouvait aux Tuileries.

— Oui ! fit Abd-el-Kader en me faisant de la main un signe amical, je sais que ce brave enfant sert aujourd'hui l'Empereur.

Et ils montèrent tous les trois dans la voiture qui les attendait à quelques pas de là.

Tous les enfantements sont douloureux.

L'enfantement de l'Afrique à la civilisation a coûté bien du sang à la France.

J'ai appartenu à l'époque où la poudre parlait, et j'ai pris ma bonne part dans la fatigue et dans le danger.

Aujourd'hui la charrue a remplacé le fusil.

Dans quelques jours, la locomotive lancée du Maroc à Tunis achèvera de civiliser ce continent inhospitalier qui paraissait devoir rester éternellement séparé du monde moderne.

Et l'Afrique, arrosée du plus pur sang de la France, deviendra le grenier de la vieille Europe.

FIN.

www.ingramcontent.com/pod-product-compliance
Lightning Source LLC
Chambersburg PA
CBHW050318030726
47505CB00003B/767